CORRIDA À MEIA-NOITE

OUTROS LIVROS DE BEN MEZRICH

A Rede Antissocial
Bilionários do Bitcoin
Bilionários por Acaso
Busting Vegas
Once Upon a Time in Russia
Quebrando a Banca
Rigged
Straight Flush
The 37th Parallel
Ugly Americans
Woolly

CORRIDA À MEIA-NOITE

BEN MEZRICH

Tradução de **Wendy Campos**

ALTA BOOKS
GRUPO EDITORIAL
Rio de Janeiro, 2023

Corrida à Meia-Noite

Copyright © **2023** ALTA NOVEL
ALTA NOVEL é um selo da EDITORA ALTA BOOKS do Grupo Editorial Alta Books (Starlin Alta e Consultoria Ltda.)
Copyright © **2022** BEN MAZERICH
ISBN: 978-85-508-1920-4

Translated from original The Midnight Ride. Copyright © 2022 by Mezco, Inc. ISBN 978-15-387-5463-4. This translation is published and sold by permission of Grand Central Publishing, a division of Hachette Book Group, Inc., the owner of all rights to publish and sell the same. PORTUGUESE language edition published by Starlin Alta Editora e Consultoria Ltda., Copyright © 2023 by Starlin Alta Editora e Consultoria Ltda.

Impresso no Brasil — 1ª Edição, 2023 — Edição revisada conforme o Acordo Ortográfico da Língua Portuguesa de 2009.

Dados Internacionais de Catalogação na Publicação (CIP) de acordo com ISBD

M617c   Mezrich, Ben

　　　　　Corrida à Meia-Noite / Ben Mezrich ; traduzido por Wendy Campos. - Rio de Janeiro : Alta Books, 2023.
　　　　　288 p. ; 16cm x 23cm.

　　　　　Tradução de: The Midnight Ride
　　　　　ISBN: 978-85-508-1920-4

　　　　　1. Literatura americana. 2. Ficção. I. Campos, Wendy. I. Título.

　　　　　　　　　　　　　　　　　　CDD 813
2023-109　　　　　　　　　　　　　　CDU 821.111(73)-3

Elaborado por Vagner Rodolfo da Silva - CRB-8/9410

Índice para catálogo sistemático:
1. Literatura americana : Ficção 813
2. Literatura americana : Ficção 821.111(73)-3

Todos os direitos estão reservados e protegidos por Lei. Nenhuma parte deste livro, sem autorização prévia por escrito da editora, poderá ser reproduzida ou transmitida. A violação dos Direitos Autorais é crime estabelecido na Lei nº 9.610/98 e com punição de acordo com o artigo 184 do Código Penal.

O conteúdo desta obra fora formulado exclusivamente pelo(s) autor(es).

Marcas Registradas: Todos os termos mencionados e reconhecidos como Marca Registrada e/ou Comercial são de responsabilidade de seus proprietários. A editora informa não estar associada a nenhum produto e/ou fornecedor apresentado no livro.

Material de apoio e erratas: Se parte integrante da obra e/ou por real necessidade, no site da editora o leitor encontrará os materiais de apoio (download), errata e/ou quaisquer outros conteúdos aplicáveis à obra. Acesse o site www.altabooks.com.br e procure pelo título do livro desejado para ter acesso ao conteúdo.

Suporte Técnico: A obra é comercializada na forma em que está, sem direito a suporte técnico ou orientação pessoal/exclusiva ao leitor.

A editora não se responsabiliza pela manutenção, atualização e idioma dos sites, programas, materiais complementares ou similares referidos pelos autores nesta obra.

Alta Novel é um selo do Grupo Editorial Alta Books

Produção Editorial: Grupo Editorial Alta Books
Diretor Editorial: Anderson Vieira
Vendas Governamentais: Cristiane Mutús
Gerência Comercial: Claudio Lima
Gerência Marketing: Andréa Guatiello

Produtoras da Obra: Illysabelle Trajano & Mallu Costa
Tradução: Wendy Campos
Copidesque: Marcelle Alves
Revisão: Alessandro Thomé & Denise Himpel
Diagramação: Rita Motta

Rua Viúva Cláudio, 291 — Bairro Industrial do Jacaré
CEP: 20.970-031 — Rio de Janeiro (RJ)
Tels.: (21) 3278-8069 / 3278-8419
www.altabooks.com.br — altabooks@altabooks.com.br
Ouvidoria: ouvidoria@altabooks.com.br

Editora afiliada à:

Para meus pais, por serem meus primeiros leitores e maiores incentivadores — mas principalmente por me obrigarem a ler dois livros por semana, quando criança, para só então ter permissão para assistir televisão.

CORRIDA À MEIA-NOITE

PRÓLOGO

E *eis que surgiu uma grande tempestade no mar...*

A sensação foi repentina e inesperada, tão selvagem, intensa e feroz, que Robert "Bobby" Donati chegou a ofegar. Ele podia sentir — realmente *sentir* — o convés de madeira se elevando sob seus pés enquanto as ondas gigantescas quebravam contra a popa do barco cambaleante. Ele podia *ver* as nuvens de tempestade escuras e violentas tremulando contra o mastro quebrado, enquanto a proa adernava em direção às rochas pontiagudas, à morte certa. Ele podia ouvir os gritos dos passageiros amontoados atrás de si — a maioria paralisada pelo pânico desconcertante; alguns ainda empunhavam remos ou tentavam desesperadamente consertar a vela principal — na tentativa de fazer algo, qualquer coisa. Exceto por um homem, no centro do convés, que observava a tempestade com uma resignação serena, que só poderia ser descrita como divinal, porque, *ora* — e então a própria voz de Bobby o arrancou do transe, seu forte sotaque de Boston soando levemente metálico em seus ouvidos.

— Venha, me ajude a tirar isso da parede.

Bobby recuou, quase surpreso ao sentir o mármore sob os coturnos, em vez das tábuas de madeira úmida do veleiro do século XVII. O barco, as ondas e a tempestade não eram menos impressionantes

1

por estarem atrás do grosso vidro, envolto por uma moldura dourada de um metro e meio de altura que parecia pesar cerca de vinte, trinta quilos. Bobby não sabia bem o que o fez parar diante daquela pintura em particular enquanto atravessava a galeria escura — o luxuosamente decorado Salão Holandês estava repleto de obras-primas, quadro após quadro graciosamente ornamentado, salpicados ao longo das paredes adornadas, sob candelabros e lustres vertendo lágrimas de cristal tão antigas e tristes quanto as cortinas de seda pendendo das janelas arqueadas que davam para o pátio dois andares abaixo. Mas, por algum motivo, o barco o atraíra, e a voz interior de Bobby se manifestou; apesar de cada partícula racional em seu corpo lhe dizer que era a coisa errada na hora errada — que o caminho inteligente, cauteloso e seguro era seguir o plano — Bobby nunca foi capaz de ignorar aquela maldita voz.

Ele olhou para o parceiro, parado do outro lado da galeria. Dez centímetros mais alto e dez quilos mais pesado que Bobby, Richie Gustiano parecia ridículo em seu uniforme — dois números menor e apertado demais na cintura. Bobby tinha a impressão de que os botões de latão brilhante sairiam voando a qualquer momento. Para piorar, o bigode de Richie pendia de seu lábio superior e seu quepe estava ao contrário; a única coisa nele que parecia real era seu distintivo, que felizmente fora mais do que o suficiente para possibilitar que estacionassem o carro vermelho em um beco a um quarteirão de distância e entrassem no museu pela porta lateral.

— Está me ouvindo? — Bobby perguntou e depois repetiu, mais alto. — Venha aqui e me ajude com isso.

— Está falando sério? — Richie finalmente respondeu, aquele bigode dançando em sintonia com um sotaque ainda mais carregado do que o de Bobby. — Nós nem deveríamos estar aqui.

Isso era verdade; Richie podia ser grande, mas não era estúpido. Bem, ele era grande e estúpido, mas o plano era simples o suficiente para que até Richie pudesse segui-lo sem um ensaio prévio. Trabalhos sob encomenda eram muitas vezes assim; cada passo explicado em minuciosos detalhes, como uma pintura com números — tudo o que você precisava fazer era manter o pincel dentro das linhas.

Bobby voltou para a tempestade, as ondas e o barco.

— Sim, estou falando sério.

— O trabalho não é esse — insistiu Richie.

— Eu sei — respondeu Bobby.

Mas ele já estava pegando a moldura.

Desde que aquela maldita voz começou a se manifestar, Bobby nunca foi muito bom em manter o pincel entre as linhas. Falta de controle de impulsos — era assim que os professores, os sacerdotes e os assistentes sociais chamavam quando Bobby estava crescendo no leste de Boston; às vezes ele simplesmente *agia*. Provavelmente essa era a razão de, aos 51 anos, sua folha de antecedentes ser tão longa e variada quanto sua lista de dívidas.

Bobby sorriu enquanto deslizava seu estilete ao longo das bordas da tela que agora repousava no chão a sua frente. A sensação da lâmina contra a pintura era estranha e única. As lascas e o pó da tinta espirravam contra seus dedos enluvados, inundando-o com um senso de magnitude. Ele sabia que a tinta era antiga — ainda mais antiga do que o prédio ao seu redor, que parecia uma espécie de palácio veneziano transportado de avião diretamente da Itália do século XIX e despejado em um subúrbio arborizado de Boston. Mas não era apenas a idade da tela, já quase totalmente fora da moldura dourada e começando a se enrolar nas bordas — como um pedaço de jornal perto demais do fogo. Bobby sabia que a decisão que ele havia tomado não era apenas espontânea; era, muito provavelmente, *histórica*.

Ele manteve o joelho firme contra a parte inferior do quadro enquanto trabalhava, ignorando as gotas de suor escorrendo pela nuca e manchando o colarinho de seu uniforme policial emprestado. Ele podia ouvir os grunhidos de Richie enquanto o grandalhão trabalhava em outra pintura a alguns metros dele — um quadro muito menor, talvez dois metros de largura por dois de altura, a tela representando algum tipo de cena de salão do século XVII envolvendo um cara com um instrumento de cordas, duas mulheres e um piano. Não demorou muito para convencer seu parceiro a participar da diversão, uma vez que eles tiraram o grande quadro da parede. Richie sempre foi mais obediente do que a maioria dos capangas com quem Bobby cresceu nas ruas de Revere, e foi por isso que Bobby o contratou. Não importa o quão simples um trabalho parecia no papel, sempre havia a possibilidade de complicações inesperadas — e a última coisa de que você precisa quando as coisas saem do roteiro é um parceiro que goste de pensar por si mesmo.

Quando Bobby deslizou o estilete para baixo em direção ao último canto de sua tela, finalmente examinou a sala ao redor deles. "Fora do roteiro" era um eufemismo. Não eram apenas a pintura do barco e aquela que Richie estava cortando; agora havia meia dúzia de quadros vazios espalhados pela galeria, cada um ao lado de restos de vidro quebrado. Algumas das telas já estavam enroladas e empilhadas em um canto perto da porta, enquanto outras ainda estavam espalhadas pelo chão onde eles trabalhavam. Bobby não tinha tubos para colocá-las, mas tinha muita fita adesiva e braçadeiras plásticas na mochila, deixada do lado de fora do Salão Holandês, no corredor do segundo andar que levava a outras áreas do museu. Os tubos teriam sido melhores — só Deus sabia o quanto aquelas coisas realmente valiam —, mas a fita e as braçadeiras teriam que servir.

Este não era o primeiro roubo de obras de arte de Bobby, embora certamente fosse o mais estranho, principalmente porque não deveria ter sido um roubo de obras de arte. Mas ele já havia roubado pinturas antes e sabia que a arte antiga costumava valer milhões. Então, novamente, com pinturas como essas, não era tanto sobre o quanto valiam, era mais uma questão de encontrar alguém disposto a pagar por elas. Até mesmo o bilionário mais excêntrico não poderia simplesmente pendurar um Rembrandt na parede de sua sala de estar.

Mas naquele momento, pouco depois da 1h da madrugada, vestido como policial, deslizando o estilete pelos últimos centímetros da borda de um quadro de 400 anos, Bobby não se preocupava com as possíveis etapas futuras. Um dos benefícios de agir por impulso era poder realmente se deleitar com o momento, e olhando através da galeria violada, ficou claro que Bobby e seu parceiro tinham feito uma festa. Bobby realmente se sentiu mal pelos policiais federais que, sem dúvida, tentariam reconstruir o que agora era uma cena de crime caótica. Para ser justo, mesmo antes de Bobby se desviar do plano, a cena toda já não fazia muito sentido.

Um bom exemplo disso eram os dois guardas de segurança que os deixaram entrar pela porta lateral depois de ver seus distintivos e que agora estavam presos e algemados em uma sala de caldeiras três andares abaixo. Se dependesse de Bobby, ele teria usado o estilete neles primeiro, porque ele era um profissional, e profissionais não deixam testemunhas. Além disso, havia o tempo que eles já haviam passado no museu; uma rápida olhada em seu relógio comprovou que eles já estavam lá havia uma hora — uma quantidade absurda de tempo, embora quanto a isso Bobby só tivesse a si mesmo e sua natureza impulsiva a quem culpar. Se ele tivesse seguido o plano, eles teriam entrado e saído em minutos.

Mas, apesar do quanto tudo aquilo pareceria confuso para os federais, Bobby não estava preocupado com o tempo, assim como não estava preocupado com as câmeras de segurança pelas quais passaram ao sair do porão — onde haviam prendido os seguranças — e seguir para o segundo andar do edifício gigantesco. O sistema de segurança era quase tão antigo quanto a galeria ao seu redor; na saída, eles não teriam problemas em pegar as fitas do videocassete na cabine de segurança do primeiro andar. Além do que, mesmo que tivessem passado a noite inteira tirando os quadros das paredes de todos os cômodos, era improvável que algum policial de verdade aparecesse para interrompê-los. Havia uma razão para as pessoas que contrataram Bobby para o trabalho escolherem aquela madrugada em particular — 18 de março — logo após o Dia de São Patrício. Todo policial de Boston que se preze estava de folga e bêbado ou de plantão, lidando com bêbados.

Bobby terminou de extrair a enorme tela e se levantou, deslizando o estilete de volta para o bolso. Richie se juntou a ele no centro da sala alguns minutos depois, avaliando a cena com um olhar resoluto em seus olhos arregalados.

— Acho que agora devemos pegar o que viemos buscar — sugeriu Richie, e Bobby assentiu, enquanto começava a recolher as telas enroladas. Quando ele se dirigiu para a porta, notou que seu parceiro havia parado diante de uma prateleira baixa contendo algumas esculturas; o grandalhão parecia particularmente intrigado com um vaso de aparência antiga, algo estrangeiro, talvez chinês ou árabe. O objeto não parecia tão impressionante para Bobby, mas, por algum motivo, Richie deu de ombros e o surrupiou da prateleira.

Bobby sorriu, enquanto guiava seu parceiro para fora da galeria, de volta ao corredor do segundo andar. Eles tinham uma pilha de pinturas que valiam milhões, e Richie parou para pegar um vaso que parecia ter saído de uma prateleira da loja de penhores do bairro. Pelo menos o grandalhão estava entrando no espírito. Dane-se, talvez o vaso pagasse pelas multas que certamente receberiam por terem estacionado naquele beco.

Cinco minutos depois, Bobby estava dois passos à frente de seu parceiro quando entraram em uma sala de exposição muito menor — era mais um corredor do que uma galeria, repleta de móveis de época e gavetas enfileiradas cheias de retratos e desenhos. Desta vez, as paredes ostentavam apenas um punhado de quadros com molduras douradas ornamentadas. Ainda assim, Bobby identificou vários deles que poderiam ser boas adições às telas que ele já havia surrupiado.

Mas seu parceiro estava focado em seu alvo, afixado na parede acima de um armário de meados do século XVIII, no meio do corredor. Não era uma pintura — nada tão intenso quanto o barco na tempestade que chamara a atenção de Bobby, nem tão bonito quanto a serena cena que Richie roubara do Salão Holandês. Um objeto, algo antigo, mas não tão antigo quanto o vaso chinês ou árabe. E não estava em uma moldura, mas, mesmo assim, seria difícil de remover. Não era um trabalho para o estilete desta vez — Richie já havia tirado uma chave de fenda do bolso do casaco e examinava o armário abaixo do objeto, tentando decidir se suportaria seu peso.

Então ele fez uma pausa, olhando para Bobby.

— Eles querem a bandeira também?

Bobby balançou a cabeça. Eles não queriam a bandeira.

Eles não queriam os quadros.

Eles contrataram Bobby, por uma soma exorbitante, para obter um item — e somente um item — daquele museu. Uma soma exorbitante para seguir um plano que não fazia muito sentido: roubar um objeto praticamente sem valor.

Bobby olhou ao redor da sala, para as gavetas cheias de retratos e desenhos — e sorriu.

Controle de impulsos.

Enquanto Richie levava sua chave de fenda ao objeto preso à parede, Bobby se dirigiu até as gavetas. Ele não era irlandês, mas aquela noite seria celebrada como se ele tivesse nascido em South Boston — ou Southie, como era conhecido —, e não em Revere.

Seguir o plano à risca sempre foi a jogada inteligente; mantinha você seguro, tranquilo e indetectável.

Mas seria a obra-prima impressionista que gravaria seu nome nos livros de história.

CAPÍTULO 1

Já passava um pouco das 2h de uma quarta-feira, e Hailey Gordon estava prestes a fazer a jogada de sua vida.

Ela agarrou a borda almofadada da mesa de blackjack com as duas mãos enquanto lançava um olhar deliberadamente indiferente para as cartas espalhadas pelo feltro verde. Deus, era difícil manter suas emoções sob controle, aplacar a euforia que corria em suas veias! Ela queria pular de sua cadeira, abraçar o velho simpático sentado dois assentos ao lado, levantá-lo no ar e rodopiá-lo até seus chinelos ortopédicos saírem voando. Em vez disso, Hailey estampou no rosto um olhar entediado, depois fez um gesto com a mão, exibindo as unhas muito bem cuidadas, sinalizando ao *dealer* que não queria mais cartas.

Em seguida, foi a vez do velho, na terceira base, a última cadeira à mesa. Eram apenas os dois na mesa durante a última hora — pelo avançado da hora em um dia de semana e porque a aposta mínima naquela mesa específica naquele cassino específico eram muito altas para o bairro a sua volta. Hailey não fazia ideia de como o homem tinha cacife para uma aposta mínima de cem dólares; dos chinelos ortopédicos ao terno de linho, tudo no homem gritava aposentadoria. Por outro lado, Hailey sabia muito bem que as aparências podem ser traiçoeiras. Ela usava sua aparência para ludibriar havia um bom tempo. E no momento, estava prestes a forjar seu caminho até uma pequena fortuna.

O *dealer* não estava prestando atenção, e o chefe de banca — um cara enrugado, levemente acima do peso, com uma barriga que pressionava os botões de seu uniforme enquanto conversava com uma garçonete do outro lado da banca de blackjack — estava ocupado, então Hailey lançou um olhar demorado para a parte interna da mesa. O caleidoscópio de fichas coloridas espalhadas pelo feltro perto dela era pura beleza, e a julgar pela carta revelada do *dealer* — um seis, um maravilhoso, incrível e sexy seis —, as coisas estavam prestes a ficar ainda melhores. Hailey tinha 8 mil dólares nas quatro mãos, outros 6 mil em fichas amarelas, *bananas*, guardadas em segurança ao lado de sua bebida, uma mistura castanho-clara em um copo de uísque que cheirava a suco de maçã se você chegasse perto o suficiente. Porque, na verdade, *era* suco de maçã.

Aparências, de novo traiçoeiras.

Mas ao percorrer os olhos pelo cassino ao seu redor, Hailey sabia que não tinha nada pelo que se sentir culpada. O ambiente — como em todos os estabelecimentos desse tipo — fora todo construído para criar uma ilusão. O salão de jogos de mesa era vasto e excessivamente bege; exceto pelo verde dos feltros, tudo era bege — das mesas ao carpete e às paredes acortinadas. Em contraste gritante, havia veludos vermelhos pendurados no teto alto — combinando com o mar carmesim que cobria cada centímetro do salão de máquinas caça-níqueis nas proximidades — e música suave e relaxante ecoando de alto-falantes escondidos em algum lugar nos cantos. O ar era frio e, se os rumores forem verdadeiros, um pouco oxigenado demais. E tudo tinha um cheiro levemente floral. Para aumentar a ilusão, o lugar era repleto de flores. Um excesso botânico capaz de provocar convulsões — 55 mil flores ladeavam as passarelas em frente à entrada do luxuoso cassino, 4 mil vasos se espalhavam pelas áreas de jogos e quartos do hotel e uma intricada profusão de arranjos em um rodopiante carrossel que dominava o saguão. Mas o aroma no ar não vinha das plantas coloridas, era fabricado por equipes de aromatera-peutas e borrifado no ambiente junto com o oxigênio. Tudo — a de-coração, a iluminação e o ar — era *projetado* por pessoas muito mais interessadas em lucro do que em arte.

Há uma razão para não haver relógios nos cassinos e sempre ser difícil encontrar o caminho de volta até a entrada. Há uma ra-zão para Vegas não ter frigobares nos quartos de seus hotéis e para a notável ausência de janelas em qualquer lugar perto das áreas de jogos. Diabos, há uma razão para os tapetes nos cassinos serem ge-ralmente feios e destoantes; a ideia é manter os olhos à frente, nas luzes piscantes dos caça-níqueis e nos habilidosos movimentos das cartas nas mãos dos *dealers*. As pistas visuais, o design do edifício, o cheiro — tudo é pensado para fazê-lo jogar e continuar jogando. Porque, quanto mais você joga, mais, em média, você perde. E não importa se o cassino está no meio da Strip de Vegas, ou aqui, a mais de 4 mil quilômetros, nos arredores da Baía de Boston; um cassino é um grande número de ilusionismo, um caixa eletrônico invertido mascarado como um local de entretenimento, onde tudo é feito para tomar seu dinheiro.

O Encore Boston Harbor era tão bonito e cintilante quanto qual-quer outro cassino de Nevada. Desde a escultura de ninguém menos que Popeye — uma obra de Koons com valor estimado em 30 milhões de dólares — no corredor da frente até o carrossel florido no saguão — com um unicórnio, um Pegasus e um hipocampo, por que não? —, o lugar parecia muito com Vegas. E durante as primeiras horas da noite, a clientela era abastada, profissionais em jaquetas esportivas misturando-se a millennials vestidos para uma noitada. Mas quan-to mais tarde ficava, mais a clientela se tornava local, de Chelsea, Everett e Malden, o que combinava com Hailey, porque, no fundo, debaixo de seus cabelos com luzes douradas, camisa polo e saia de tenista combinando, as unhas bem cuidadas, as joias falsas em seus dedos e pescoço, ela *era* Chelsea, Everett e Malden. As roupas, as joias e até o cabelo eram uma ilusão, algo montado cuidadosamente no pequeno banheiro do apartamento que dividia com duas colegas em Central Square, Cambridge. Até mesmo a maneira como ela estava sentada, as pernas bronzeadas artificialmente cruzadas sobre o joelho, os tênis sacudindo para cima e para baixo, os dedos distraidamente enrolando mechas de seus cabelos dourados — tudo isso fazia parte da ilusão. *A linda e loira namorada troféu torrando o dinheiro do namorado sem uma preocupação sequer neste maldito mundo.*

Nada disso era real. O dinheiro na mesa era basicamente tudo o que ela tinha. Não tinha namorado, jamais pegou em uma raquete de tênis em sua vida e seu cabelo natural era castanho. *Um número de ilusionismo dentro de um número de ilusionismo.* Qualquer um que olhasse para ela — do chefe de banca aos homens nas cabines de segurança, conectados às câmeras sobre as mesas de blackjack, apelidadas de "olhos no céu", até o simpático velhinho na ponta da mesa — veria o que ela queria que vissem: *uma linda e loira namorada troféu.* Não uma estudante de doutorado em matemática aplicada no MIT que se virava na vida com seu único atributo *real*: a facilidade com números. E agora os números lhe diziam que ela estava prestes a sair de uma longa noite de jogatina com dinheiro suficiente para pagar seu aluguel, um semestre de mensalidade da faculdade e a maioria de suas contas pendentes.

O velhinho finalmente pediu outra carta para sua difícil mão de quatorze, e o *dealer* o atendeu com um ar cansado, revelando um quatro. Hailey acrescentou um à contagem em andamento, ajustando a contagem verdadeira em sua cabeça: *mais catorze* com dois terços do baralho distribuído, uma rodada bem longa, provavelmente porque o *dealer*, um homem careca de 50 e poucos anos com os óculos embaçados pelas muitas horas na sala com ar-condicionado, parecia entediado e exausto ao fim de um longo turno. Uma contagem tão alta quase no fim do baralho significava que as cartas restantes eram altas, figuras e ases; uma *upcard*[1] de seis provavelmente levaria a uma

---

[1]   *Upcard* é o nome dado para a primeira carta aberta na mão do *dealer*. (N. da T.)

mão estourada do *dealer*, o que significava que as quatro mãos de Hailey pagariam.

Mesmo que parecesse complicado para os não iniciados, vencer no blackjack é, na verdade, pura matemática básica. Você conta as cartas baixas e altas à medida que saem do baralho; quanto mais cartas baixas saírem, maior será a contagem e melhor o baralho se torna. Quanto mais cartas são distribuídas, mais significativo é esse número — que é a diferença entre a contagem corrente e a contagem verdadeira. E quanto maior esse número, mais dinheiro você desejaria ter na mesa.

A aposta original de Hailey tinha sido de 2 mil dólares, e ela recebeu duas figuras. A *upcard* era um seis. Ela dividiu o jogo, o que era uma jogada incomum. No nível em que ela estava jogando, você esperaria que um movimento como esse chamasse a atenção do chefe de banca, mas a garçonete era muito mais interessante do que uma loira bêbada e burra jogando fora o dinheiro do namorado depois de um dia na quadra de tênis. Em seguida, ambas as mãos divididas de Hailey receberam figuras — um valete e uma rainha —, e ela as dividiu novamente.

Até o *dealer* arqueou as sobrancelhas acima de seus óculos embaçados diante dos 8 mil dólares agora em jogo, mas ela apenas sorriu e fez um comentário sobre o quanto o namorado ficaria bravo se ela perdesse.

Então, quando o *dealer* estendeu a mão para virar a *hole card*,[2] ela fez o possível para manter a tensão longe de suas bochechas e olhos, estampando um sorriso leve e despreocupado — e lá estava ele, um dez, vermelho brilhante e perfeito, resultando em um *dealer* com dezesseis. O que significava que ele precisaria de outra carta. Seus dedos correram para o *shoe*[3] de forma puramente mecânica, como

---

[2]   *Hole card* é a segunda carta da mão do *dealer*, que só é revelada após os jogadores decidirem se querem ou não mais cartas em suas respectivas mãos. (N. da T.)

[3]   *Shoe* é uma caixa onde são colocadas as cartas depois de embaralhadas. É de lá que o *dealer* faz a distribuição das cartas. (N. da T.)

engrenagens em uma máquina, e, em seguida, a próxima carta zuniu no feltro, virada para cima. Mais um dez.

O *dealer* estourou com 26.

Hailey lutou contra os fogos de artifício em seu peito quando o *dealer* começou a empurrar pilhas idênticas de fichas amarelas ao lado de suas apostas, mais 8 mil dólares para se somar aos seus 14 mil. *Vinte e dois mil dólares.* O velhote na ponta da mesa batia palmas, sua aposta de cem dólares dobrou, e Hailey estava prestes a parabenizá-lo, quando algo chamou sua atenção. Para além do simpático velhote, do outro lado da sala bege, uma porta se abriu e dois homens se aproximavam. Eram homens enormes, altos e robustos. Um tinha um corte de cabelo militar, e o outro, cabelos tingidos que não enganavam ninguém. Ambos usavam ternos escuros, e aquele com o corte militar falava em um comunicador preso a sua lapela.

— Bela vitória — disse o *dealer*, recolhendo as cartas, mas Hailey mal estava ouvindo. Os dois homens caminharam alguns metros em sua direção e fizeram uma pausa, o de corte militar ainda falava em sua lapela. E foi então que ele olhou para cima — direto para Hailey. Antes que ela tivesse a chance de reagir, seus olhos se cruzaram, e ela *sabia*.

Ela tinha sido descoberta.

CAPÍTULO 2

Obrigada — disse Hailey ao *dealer*, descruzando as pernas e levantando-se rapidamente da cadeira. — É melhor eu voltar para o meu quarto e esconder isso do meu namorado, ou ele vai perder tudo na roleta.

Ela pegou as fichas com as duas mãos e as enfiou na bolsa, aberta em seu colo. Na verdade, era de Jill, sua colega de quarto; tinha estampa de tigre e fechos de bronze desgastados pelas muitas noites passadas em clubes em Kenmore, aplicando e reaplicando maquiagem em banheiros repletos de meninas da Universidade de Boston. O batom e o pó compacto foram substituídos por uma identidade falsa e uma caixa de suco pela metade. Tudo parte da encenação — ir ao banheiro no início da noite, despejar o uísque que ela havia pedido quando se sentou pela primeira vez e reabastecer o copo com suco de maçã. Ninguém apostando 2 mil dólares por mão no blackjack jogava sóbrio, e não importava o quão tarde fosse, não importava o quão desatento o chefe de banca parecia, em um cassino você tinha que presumir que alguém estava *sempre* observando.

Obviamente, essa suposição era verdadeira novamente, porque os dois homens de terno estavam agora indo direto para a mesa de Hailey. Ela enfiou as últimas fichas na bolsa e a fechou.

— Você não quer trocar por fichas mais altas? — perguntou o *dealer*.

— Não, eu gosto do som que elas fazem balançando na minha bolsa — respondeu Hailey.

E então ela estava longe da mesa, movendo-se rapidamente em direção ao corredor que levava para fora da área de jogos, em direção ao interior do resort. Ela preferia ter ido direto para a entrada da frente, mas os dois seguranças se aproximavam rapidamente e ela não tinha certeza de que chegaria a tempo.

Contar cartas não era ilegal, e a identidade falsa era um delito menor, não o tipo de coisa pela qual você acaba algemado. Mas, como todos os contadores de cartas experientes que jogam o tipo de apostas que ela estava jogando, ela já havia se deparado com a segurança de cassinos antes, e ela sabia que eles tentariam levá-la para o "quartinho dos fundos" se a pegassem. O que significava uma viagem para algum lugar nas profundezas do hotel, onde eles ameaçariam chamar a polícia, tomar suas fichas e, em seguida, fazê-la assinar algum tipo de termo de "invasão" — basicamente dizendo que se ela voltasse ao Encore, ela estaria invadindo. E então, provavelmente, eles colheriam as digitais dela antes de deixá-la sair com as fichas.

E era isso que ela tinha que evitar. Porque as impressões digitais não seriam compatíveis com a identidade falsa; nem com a identidade *real* que ela tinha escondido em um compartimento costurado em sua saia, onde ela guardava as chaves do apartamento e seus cartões de crédito. E certamente não seriam compatíveis com o nome nos cartões de crédito, ou no contrato de aluguel que ela assinou com seus colegas de quarto, ou com os documentos de identificação no escritório de admissões do MIT. Ser boa em matemática não lhe renderia um doutorado se ela enfrentasse várias acusações de fraude, não importa o quanto o motivo fosse inocente.

Resumindo, ela tinha muito mais em risco do que 22 mil dólares em fichas.

Ela contornou entre mais duas mesas de blackjack, se esquivou de uma garçonete carregando uma bandeja cheia de vodca com

Red Bull, depois quase derrubou uma floreira com algo que parecia um experimento botânico que deu terrivelmente errado envolvendo bambu, uma roseira e um salgueiro-chorão em miniatura. Então ela saiu da sala de jogos e abriu caminho por um corredor mais lotado. Passou por um grupo em uma despedida de solteira com camisetas combinando e orelhas de coelho piscantes, cortou entre duas mulheres dignas do Instagram no meio de uma selfie ao lado de uma fonte em forma de concha, depois quase bateu de cabeça em um par de jovens em camisas um pouco apertadas e muito brilhantes. Ela finalmente ousou olhar para trás, com um fio de esperança — e seu coração congelou, porque os dois seguranças ainda se aproximavam rapidamente, e aquele com o corte militar apontava para ela enquanto suas coxas grossas o impulsionavam para a frente.

Merda! Ela virou à direita subitamente, movendo-se mais rápido por outro corredor até chegar a um hall com um chão de mármore adornado com gigantescas borboletas coloridas sob um teto alto com sancas — de onde pendiam mais dos insetos gigantescos, em uma pose de pleno voo de uma forma supostamente extravagante, embora para Hailey isso invocasse uma sensação predatória. No centro do hall, abaixo e entre os enormes insetos — a estátua brilhante de aço inoxidável —, o marinheiro Popeye — nas mesmas proporções das borboletas. Hailey tinha visto fotos da escultura de Koons em revistas meses antes da abertura do cassino — ela sabia que Steve Wynn havia pagado 28 milhões de dólares pela espalhafatosa, mas divertida, monstruosidade e a comprara especificamente para a unidade de seu império de cassinos no porto de Boston porque, pelo menos para ele, evocava um tom divertido e nostálgico. Mas, pessoalmente, a escultura de duas toneladas e dois metros de altura — polida até brilhar tão reflexiva que fez os olhos de Hailey lacrimejarem — parecia mais intimidante do que convidativa. Para ela, não evocava nostalgia; gritava testosterona, o que, em um cassino — por mais floral que fosse —, era claramente redundante.

Mas o tipo de pessoa que circulava pelo Encore às 2h da madrugada de uma quarta-feira não parecia se importar. Hailey rapidamente se esgueirou em meio ao aglomerado de turistas reunidos em torno da escultura, abaixando-se e costurando entre telefones celulares estendidos e obsoletas máquinas fotográficas. Por um momento, ao chegar do lado oposto do hall, ela pensou que poderia ter despistado os seguranças — mas então um lampejo de movimento refletido em um dos sapatos roliços e brilhantes de Popeye chamou sua atenção. Os dois homens estavam se movendo ao redor da multidão, procurando — a qualquer minuto eles a veriam, e então ela não teria saída.

Mantendo a estátua entre ela e os seguranças, ela voltou em meio à multidão e entrou em outro corredor, depois correu pelos últimos metros até um hall de elevadores que levavam aos quartos do hotel. Havia um sensor de segurança ao lado dos botões de chamada, mas ela estava preparada. Sacou da bolsa a chave de um quarto — a chave que ela pegou do bolso de trás de um vendedor de meia-idade tão entretido em seu videopôquer na sala de caça-níqueis, que ela poderia ter pegado o cinto e os sapatos dele também — e apertou o botão.

Felizmente, as portas do elevador se abriram imediatamente, e um jovem casal bêbado compartilhando uma garrafa de champanhe saiu tropeçando. Hailey passou por eles, acionou um andar aleatório e, depois, com a planta da mão, o botão de fechar a porta. Houve uma demora dolorosa — e Hailey xingou consigo mesma, enquanto os dois seguranças a avistavam do final do corredor e corriam em sua direção. Ela apertou o botão novamente, e as portas começaram a se fechar, mas devagar, muito devagar. Os dois agora estavam a toda velocidade, o de cabelo militar já bem perto com a mão estendida para impedir o fechamento da porta — quando um bêbado trombou com ele, desviando sua mão. Hailey teve um breve e turvo vislumbre do bêbado — vestido quase todo de jeans, se desculpando com a fala incoerente —, mas então as portas do elevador se fecharam, e ela estava subindo, respirando com dificuldade.

Um minuto depois, ela estava no sexto andar do hotel, andando silenciosamente pelo longo corredor, seus tênis afundando no tapete grosso. *Bege, mais bege.* Ela sabia que não tinha muito tempo — os seguranças descobririam em que andar ela estava e chegariam em minutos. Ela examinou as portas de ambos os lados enquanto caminhava, procurando uma saída de incêndio. Podia haver câmeras nas escadas e nos corredores, mas se ela fosse rápida o suficiente, talvez pudesse sair antes que alguém a pegasse. Seu rosto em uma câmera não seria um problema; uma impressão digital podia ser rastreada até um passado muito mais distante do que o software de reconhecimento facial, porque, quando seu rosto assumiu as feições de uma jovem mulher, ela se tornou a pessoa em sua carteira de identidade. Era lamentável que suas impressões digitais não tivessem mudado desde os 12 anos, como o resto de seu corpo. A puberdade tinha suas limitações.

Ela estava no meio do corredor, ainda escaneando as portas, quando ouviu o barulho metálico do elevador atrás dela. Alguém estava chegando ao seu andar. Os seguranças poderiam tê-la encontrado tão rápido? Ela começou a entrar em pânico, correndo e olhando porta após porta. E então viu: um dos quartos a alguns metros logo à frente estava com a porta entreaberta. Ao se apressar em direção à porta e agarrar a maçaneta, Hailey viu o porquê. A fechadura eletrônica estava pendurada na porta em um emaranhado de fios. *Alguém invadiu este quarto recentemente.*

Hailey fez uma pausa por um breve segundo, perguntando-se agora se aquele era um bom lugar para se esconder. Mas então ela ouviu as portas do elevador se abrindo no final do corredor e tomou a única decisão que podia. Entrou correndo, fechando a porta o melhor que pôde. Então ela se virou, de costas para o corredor, e tentou recuperar o fôlego.

O quarto era espaçoso, com uma grande janela panorâmica com vista para o escuro e ondulante breu do Rio Mystic. A decoração da sala era mais bege sobre bege, desde a cama enorme às grossas cortinas junto à janela e às paredes. Havia uma reprodução emoldurada acima da cama, um desenho colorido de uma mulher loira olhando para um espelho de mão — certamente um objeto caro, raro e largamente ignorado pelo tipo de pessoa que passaria a noite em um cassino com vista para o Mystic —, e uma TV de tela plana em uma cômoda diretamente do outro lado. Mas a atenção de Hailey foi imediatamente atraída para uma cadeira no canto da janela, primeiro porque estava bem de frente para a porta, mas também porque estava ocupada.

O homem na cadeira parecia ter cerca de 50 anos e estava desgrenhado, vestindo um paletó pequeno para seus ombros arredondados e calças cinza que não combinavam. Seu cinto não estava em volta das calças, o que era estranho. Mais estranho ainda era que o cinto ainda estava lá; mas amarrado firmemente ao redor do pulso esquerdo do homem, prendendo sua mão contra o braço da cadeira.

— Desculpe, a porta estava aberta — Hailey começou a dizer, depois fez uma pausa, enquanto sua mente digeria o que estava vendo. O homem estava virado para ela, de olhos abertos, mas tinha algo de errado com a expressão em seu rosto. — Você está... Tá tudo bem?

O homem não respondeu. Foi então que Hailey notou: o motivo de seu silêncio era um buraco de bala no meio de sua testa.

CAPÍTULO 3

Q uando as portas do elevador se abriram e Nick Patterson saiu para o corredor acarpetado que dividia o sexto andar do hotel Encore Boston Harbor, sentiu algo inundando seu peito, algo que não sentia havia muito tempo e que só identificou depois de alguns passos.

Esperança.

Um sorriso surgiu em seu rosto angulado e um tanto pálido, pois o sentimento era muito estranho, absurdo e impossível. *Como um unicórnio coberto de flores em um maldito carrossel.* Durante quase nove anos, ele não teve nada pelo que esperar. Mesmo nos últimos meses, à medida que o fim de sua pena no Instituto Correcional de Massachusetts — Shirley se aproximava, não havia nenhum sentido de otimismo e nenhum sentido *em ser* otimista. Um cara como ele, sem família, sem habilidades além daquela que o levou para lá, sem dinheiro ou perspectivas —, o que diabos ele tinha para ser otimista? O que ele podia esperar *lá de fora* que não o levaria de volta para *dentro*?

As portas do elevador se fecharam atrás dele e suas pesadas botas de trabalho afundaram no carpete fofo, cada passo o empurrando para a frente. Ele deu um tapinha no bolso interno da jaqueta jeans pela centésima vez. Claro, ele ainda estava lá, rígido e quadrado sob o jeans, embrulhado em um saco de plástico de sanduíche para maior segurança. Diabos, como algo tão pequeno e mundano poderia ser tão valioso? Mais valioso, na verdade, do que tudo o que Nick já havia roubado, mais valioso do que qualquer coisa que ele poderia ter roubado em uma dezena de vidas. Tão valioso, na verdade, que poderia muito bem fazer valer os nove anos que ele passou preso.

Porque, se não tivesse sido preso, ele nunca teria conhecido aquele maldito garoto magrela com vasta cabeleira ruiva e coberto de sardas.

Ele começou a examinar as portas de cada lado do corredor enquanto caminhava, procurando o número certo. Ainda parecia loucura, para ele, marcar o encontro em um lugar como aquele. Claro, ele gostava de cassinos tanto quanto qualquer um, mas mesmo às 3h da madrugada, parecia muito movimentado, e havia câmeras em todos os lugares. Ter um registro criminal não fazia com que você fosse banido de um cassino; metade dos jogadores degenerados no país tinha registros criminais. Sem os degenerados, esses lugares nunca poderiam pagar por todos aqueles lustres. Mas parecia descuido começar esse tipo de transação em um lugar tão público. Claro, não havia nada de ilegal em encontrar um cara em um quarto de hotel mostrando-lhe algo em um pequeno saco plástico em troca de um bom pagamento de entrada. Mas se nove anos na prisão ensinaram algo a Nick, foi que, quanto menos atenção você chama para si mesmo, melhor. Ele teria ficado muito mais feliz em marcar a reunião em algum bar em Southie.

Infelizmente, não dependia dele. Inferno, nada daquilo era realmente seu plano! Foi tudo *herdado*. Sem dúvida, o garoto com cabeleira ruiva que combinava com o veludo na sala de caça-níqueis havia escolhido o cassino precisamente *por ser* barulhento, impetuoso e chamativo. Tudo sobre aquele maldito garoto tinha sido barulhento.

No minuto em que o garoto desembarcou do ônibus vindo do centro de triagem em Walpole, xingando os guardas enquanto eles executavam a rotina de admissão em Shirley, provocando qualquer preso perto o suficiente para chamar sua atenção, os condenados começaram a apostar o quão rápido ele acabaria na enfermaria, ou pior. O próprio Nick estava lá havia quatro dias. E talvez essa fosse a verdadeira razão pela qual se aproximou do garoto na sala de TV em seu segundo dia lá dentro; não alguma necessidade interna de ajudar, algum incomum senso de empatia, mas para proteger sua aposta.

Ainda contando as portas enquanto ele se movia pelo corredor do hotel — 621, 623, 625 —, Nick podia imaginar o olhar no rosto do garoto enquanto ele ria dos gritos e vaias, das ameaças e promessas gritadas pelos outros presos na sala de recreação. Nisso, ele estava certo: não era com os idiotas barulhentos e animados que ele tinha que se preocupar. Claro, eles poderiam dar uns socos para ganhar algum crédito de seus amigos, mas não estavam dispostos a provocar um dano real. Eram os quietos, os que nem olham para você enquanto o esfaqueiam. Não por credibilidade, não para criar uma reputação, mas para manter a ordem, manter as coisas calmas e suaves. O ruivo e aqueles que cumpriam penas leves estavam apenas de visita. Para os condenados, Shirley era sua *casa*.

Mas o garoto apenas riu, se gabando de que seu advogado o tiraria de lá em três semanas, no máximo, e tudo mudaria depois disso. Pois ele tinha algo grandioso planejado para depois que saísse, algo *monumental*. E foi quando o garoto tirou algo do bolso da camisa e mostrou a Nick.

Nick tocou o saco plástico em sua jaqueta novamente. A verdade era que, quando o garoto o colocara pela primeira vez cautelosamente na mesa da sala de recreação como se fosse algum tipo de ovo Fabergé insubstituível, Nick pensou que era uma piada. Só na manhã seguinte, quando ele teve tempo para fazer uma pequena pesquisa no terminal de computadores na biblioteca do bloco, foi que se deu conta do que tinha visto. E então, é claro, já era tarde demais para o garoto. Todos os seus extraordinários planos — sua grande jogada em algo monumental — se foram, porque alguém não gostou da maneira como ele falou no chuveiro, porque se negou a limpar os equipamentos de musculação do pátio ou se esqueceu da descarga de cortesia durante seu tempo no banheiro. Qualquer que fosse o motivo, grande ou pequeno, o garoto havia sido esfaqueado no rim enquanto fazia fila no refeitório para o café da manhã, e Nick de repente foi deixado com uma decisão.

Esquecer o que o garoto lhe mostrou, voltar para sua rotina, sua vida sem esperança. Só mais alguns meses em Shirley até que conseguisse liberdade condicional. Ele poderia voltar para a rotina tediosa, dia após dia. Ou poderia tentar algo novo.

Agarrar a oportunidade. Arriscar-se pela primeira vez em nove anos e ver aonde isso o levaria.

627. 629. 631.

Ele parou diante da porta, verificando mentalmente o número em relação àquele que havia sido anotado no caderninho do garoto ruivo. Nick encontrou o caderno enrolado e preso na perna de alumínio oca do beliche do garoto, junto com o que Nick agora carregava dentro do saco plástico no bolso do casaco. Depois que Nick tomou a decisão de correr esse risco, não foi difícil seguir em frente; subornar um guarda para entrar na cela do garoto durante o almoço não foi difícil, e embora eles já tivessem ensacado os pertences do garoto para enviar para seus parentes mais próximos, ninguém havia feito uma busca completa ainda, o tipo de busca que apenas um detento poderia realizar adequadamente. Veja, para um detento, cada móvel, cada instalação, cada fresta é um lugar para esconder algo. Depois de nove anos, você poderia colocar um celular em uma barra de sabão ou dentro de um biscoito da cantina. Nick não sabia exatamente onde procurar, mas sabia *como*.

E agora ali estava ele. Estendeu a mão para bater à porta 633, os nós dos dedos ecoando na madeira mais alto do que ele pretendia — antes de perceber, com um sobressalto, que o dispositivo da chave eletrônica acima da maçaneta estava pendurado pelos fios.

Que porra é essa? Mas a porta já estava abrindo.

CAPÍTULO 4

A primeira coisa que Nick notou foi a garota. Loira, magra, aparentando ser universitária, com pernas bronzeadas serpenteando de uma saia branca justa. A mesma garota que ele vira correndo para o elevador no saguão do cassino, sendo perseguida pelos seguranças. Na ocasião, ele imaginou que era só mais alguém saindo do restaurante sem pagar; talvez ela tivesse roubado um recipiente de moedas de um idoso distraído em uma máquina caça-níqueis e estivesse fugindo. Esbarrar nos guardas de segurança foi mais instintivo do que qualquer outra coisa: *alguém correndo, alguém perseguindo*. Com certeza ele não esperava vê-la novamente, muito menos ali.

Ela estava de costas do outro lado do quarto, de frente para uma cadeira. Quando o ouviu entrar, ela se virou e ele pôde ver seu rosto. Não havia conseguido ter uma boa visão no elevador. Bonita, mas muito mais pálida do que as pernas, parecia de porcelana, e a expressão em seus olhos era de puro terror. Então Nick desviou sua atenção para a cadeira e para o corpo esparramado sobre .ela, praticamente ainda sentado, um dos braços preso à madeira com um cinto.

— Meu Deus! — Nick murmurou.

A garota deu um passo em direção a Nick. Todo seu corpo tremia, e algo escorregou de debaixo de seu braço — uma bolsa, que bateu no chão com um barulho, seu fecho se abriu, e fichas de cassino se esparramaram pelo carpete.

A garota caiu de joelhos e começou a recolher as fichas.

— Não é o que parece — justificou-se, enfiando punhados de fichas de volta na bolsa. — Quero dizer, eu encontrei ele assim.

— Ele está morto — disse Nick.

Nick estava parado diante da porta, ainda aberta atrás dele.

— Sim, isso eu já percebi.

Então ela fez uma pausa e o encarou do chão.

— Você não é segurança do hotel.

— Ele foi baleado — continuou Nick, ignorando-a. — Alguém atirou nele.

A garota fez uma pausa. Lia o rosto dele de uma forma que o deixou instantaneamente desconfortável.

— Você conhece ele — disse ela. Não era uma pergunta.

Sim, Nick conhecia o homem na cadeira. Não pessoalmente, mas o conhecia. Falou com ele ao telefone duas vezes da prisão e uma vez desde que saiu. A primeira vez para explicar que "herdara" o acordo do garoto ruivo e que precisava adiar a reunião por alguns meses. E a segunda, logo depois que ele conseguiu a condicional.

— Jimmy O'Leary. Jimmy, o Boca, como o chamam. Quero dizer, por causa de, bem, você sabe.

A garota então notou pela primeira vez a coloração escura no lábio inferior do homem, uma marca de nascença que ia de um canto ao outro.

— E você veio falar com ele — disse ela, levantando-se. — Bem, acho que chegou um pouco tarde.

E de repente ela estava caminhando em direção à porta. Ela era uns bons 10 centímetros mais baixa que o 1,80m de Nick, mas não parecia intimidada. Em retrospecto, nem parecia tão perturbada pelo homem com um buraco de bala na cabeça. O rosto da garota estava pálido, ela estava tremendo, mas não perdeu a linha, como a maioria dos "civis" faria. Sem dúvida, aquele não foi seu primeiro cadáver. Também não era o de Nick. Ainda que sua especialidade fosse invasão e furto, e nunca carregasse uma arma, ele já tinha visto um corpo antes. Em sua segunda noite em Walpole, antes de conseguir a transferência para Shirley, um traficante se enforcou na cela vizinha à de Nick, e ele teve que passar seis horas ao lado do corpo, vendo a língua pendurada para fora da boca e os olhos esbugalhados, algo que nunca esqueceria.

Ele pensou em impedir a garota enquanto ela passava por ele, mas, em vez disso, deu passagem. Sua mente estava agitada. *Isso não é bom, não é nada bom.* Essa reunião, originalmente marcada pelo garoto ruivo, deveria mudar tudo. E agora Jimmy, o Boca, estava morto, e Nick estava ali, a poucos metros de distância. Não dava nem para começar a enumerar as violações à sua condicional.

— Você não vai esperar os seguranças do hotel? — perguntou ele. — Aqueles para quem você ligou?

— Eu não liguei para eles. E quero estar bem longe daqui quando eles chegarem.

— E pra polícia?

— Você pode ficar por aqui se quiser. Isso não tem nada a ver comigo.

E então ela passou pela porta. Sem dúvida, tinha seus próprios problemas. Nick achava que ela não tinha nada a ver com a morte de Jimmy, o Boca, mas ele não sabia o que diabos ela estava fazendo naquele quarto. O fato de ela não ter chamado a polícia era um grande sinal de alerta, o tipo de sinal que provavelmente a tornava mais uma aliada do que uma adversária. Nick deu uma última olhada em Jimmy, o Boca, depois seguiu a garota, acelerando o passo para alcançá-la. Ela passara direto pelos elevadores, em direção a uma porta no final do corredor sinalizada como "Saída de Emergência".

— Espera um pouco. Eu vou contigo.

— Nem ferrando — disse ela, acelerando seu ritmo. — Quero distância disso tudo, e de você também, o mais longe que eu puder. Como eu disse, isso não tem nada...

— Eu te encontro em um quarto com meu receptador morto. Isso faz com tenha a ver com você.

Ela olhou para ele.

— Receptador? Como nos filmes?

— Não importa. Quando encontrarem o corpo, vão olhar as gravações das câmeras do cassino, do elevador, de todos os lugares. E eles vão te ver, e vão me ver. E saber que estivemos neste andar, talvez até que entramos naquele quarto.

Ela alcançou a porta de saída de emergência e apoiou a mão contra a madeira.

— E aí?

— Aí eles vão pensar que um de nós teve algo a ver com o cara morto na cadeira. Isso faz de você meu álibi. E eu, o seu.

A garota colocou seu peso contra a porta — e então um breve olhar de pânico cruzou seu rosto quando a porta não se moveu. Nick tirou um cartão de segurança do bolso. A garota ergueu as sobrancelhas — pareceu notar a jaqueta dele pela primeira vez.

— Você roubou isso dos guardas. Lá embaixo, perto do elevador. Foi por isso que esbarrou neles.

Nick deu de ombros e usou a chave da porta corta-fogo. Quando abriu, a garota passou por ele.

— Bem, eu não preciso de um álibi. E, sem ofensa, mas você não parece um álibi. Parece que acabou de sair da cadeia.

Eles estavam descendo uma escadaria de blocos de concreto.

Não tinha alarme, mas isso não significava que não havia algo zumbindo em alguma cabine de segurança em algum lugar. Tinham que ser rápidos.

— Sim. E não pretendo voltar, não por homicídio. Se tiver que voltar, vai ser por algo que vale a pena.

Eles estavam descendo dois degraus de cada vez, ela na frente, ele logo atrás. Enquanto desciam, ele enfiou a mão na jaqueta e retirou o pequeno saco plástico. Bateu no ombro dela e lhe entregou. Ela estudou o objeto através do plástico transparente.

— Mas que merda é essa?

— Isso é o que eu estava levando para Jimmy, o Boca. Ele ia me dar 100 mil dólares por isso, como adiantamento.

Ela parou, um pé suspenso sobre o próximo degrau.

— Isso é uma foto de Polaroid. Ele ia te dar 100 mil por uma Polaroid?

— Olha direito.

Ela apertou os olhos analisando o plástico.

— Parece uma foto de uma foto.

— De uma pintura, sim.

— Parece antiga — disse a garota. — Uma mulher tocando piano ao lado de um cara com um violão e outra mulher cantando. É bonito, acho.

— Bonito? — respondeu Nick.

— Que foi? Não é bonito?

Ele pegou o saco plástico e o enfiou de volta em sua jaqueta. Então ele começou a descer as escadas novamente, tomando a liderança. Agora ela estava um passo atrás dele, mas ele sabia que ela não estava apenas indo na mesma direção, tentando fugir da segurança do hotel, ou da polícia, ou do cassino. Ele estava liderando, e agora ela estava seguindo.

— Não é um piano, é um cravo. E não é um violão, é um alaúde.

Soava engraçado até para Nick, a palavra "alaúde" em seu sotaque de Dorchester. Até alguns meses antes, ele nunca tinha ouvido falar de um alaúde. E nunca tinha visto aquele quadro. Mas desde aquele dia na sala de TV em Shirley, ele fez sua pesquisa. A garota ainda não sabia, mas aquela pintura era incrivelmente valiosa e famosa. Talvez, pensou Nick, enquanto acelerava o passo escada abaixo, famosa o suficiente para resultar em um buraco de bala no meio da testa de alguém.

De certa forma, poderia se dizer, era a pintura mais famosa do mundo.

CAPÍTULO 5

O professor Adrian Jensen não tentou esconder seu desagrado enquanto desabotoou cuidadosamente os fechos de seu capacete profissional de ciclismo fabricado em poliestireno, tirou-o da cabeça e libertou seu glorioso halo de cabelos dourado-avermelhados. Mesmo que tivesse conseguido a mesa mais distante possível do balcão que corria ao longo da taverna lotada localizada — havia quase dois séculos e meio — no coração de um dos subúrbios de Boston menos favoritos de Adrian, ele mal conseguia ouvir os próprios resmungos, devido ao barulho e ao burburinho de duas dúzias de acadêmicos vestindo blazers e tons de cáqui reunidos sobre aquele balcão de carvalho envelhecido, tagarelando, rindo, bebendo, enquanto festejavam a conclusão do que devem ter sido os três dias mais longos da vida profissional de Adrian.

Colocando o capacete no assento vazio ao seu lado, ele manteve a cabeça baixa para não atrair a atenção de nenhum dos efusivos fanfarrões no bar, caso olhassem para ele. A triste verdade era que ele só tinha a si mesmo para culpar. Uma das muitas máximas que guiaram sua vida em um mundo continuamente habitado por um mar agitado de mentes inferiores era a crença, reforçada até o ponto do clichê, de que nada de bom acontecia por estar fora de casa depois da meia-noite. E ali estava ele, pouco depois das 2h da madrugada, mal tendo sobrevivido a uma conferência de 72 horas organizada pela Sociedade Histórica de Charlestown, Massachusetts — da qual, contra sua vontade, Adrian herdara uma filiação como parte de seu cargo efetivo na Tufts —, acrescentando dolorosos momentos a tudo que já tinha que suportar na busca por um pouco de comida no único lugar aberto após o horário oficial de fechamento da cidade.

Pelo menos a mesa diante de Adrian estava posta com suficiente esmero. Uma taça de vinho branco quase adequado — que ele havia pedido a uma garçonete que passava — estava à esquerda de uma tigela com pãezinhos ligeiramente velhos. Se ele conseguisse manter a cabeça abaixada até que a cozinha terminasse sua salada cítrica de beterraba — o único item que ele estava disposto a arriscar pedir de um menu que incluía kielbasa e algo chamado "rolinhos de ovo Fenway" —, poderia simplesmente escapar com algum nível de dignidade intacto.

O fato de que a maioria da multidão em torno do balcão — e espalhada pelas mesas à esquerda e à direita de Adrian — usava cordões de crachás exibindo afiliações universitárias, em sua maioria respeitáveis, não fez nada para melhorar o humor de Adrian. Os muitos rostos que ele reconheceu pertenciam a círculos acadêmicos que ele evitava diligentemente. Parte da razão pela qual ele trocara seu blazer por uma de suas camisas de ciclismo para a curta viagem de bicicleta da sala de conferências foi para inibir o tipo de camaradagem acadêmica inevitável que poderia ser facilmente interpretada como um breve momento de respeito mútuo. Adrian raramente tinha paciência para os tolos, e o fato de esse grupo possuir títulos avançados de renomadas universidades do Nordeste dos Estados Unidos apenas os tornava um tipo um pouco melhor de tolos.

Mas, novamente, Adrian estava lá por sua própria escolha equivocada. Ainda com a cabeça abaixada, ele ergueu o copo — revelando um porta-copos kitsch adornado com o Monumento Bunker Hill, uma das atrações turísticas mais conhecidas da região, ainda que excessivamente fálica — e tomou um gole de seu vinho, deixando do o calor do álcool — e o sabor — de segunda categoria amortecer sua angústia. Pelo menos a taverna tinha história; não foi por acaso que a sociedade histórica escolheu dar sua festa pós-evento em uma das tavernas mais antigas do país, certamente uma das mais famosas da Era Revolucionária em um estado repleto de armadilhas para turistas supostamente datadas do século XVIII. Pelas placas cravadas nos batentes das portas e esculpidas nas calçadas por todo o estado de Massachusetts, parecia que os Pais Fundadores haviam passado tanto tempo visitando pubs, restaurantes e pousadas charmosas quanto planejando sua guerra com os britânicos. Mas pelo menos a Warren Tavern, em Charlestown, era um dos poucos lugares autênticos frequentados por nomes famosos como George Washington, Benjamin Franklin e Paul Revere — o que quase fez Adrian perdoar a kielbasa, ou até os rolinhos de ovo Fenway. E embora o lugar tivesse sido "restaurado" mais de uma vez, ainda parecia muito como há 240 anos, quando abriu suas portas pela primeira vez em 1780, repleto de mesas de carvalho, canecas de vidro penduradas em suportes acima do bar e parafernália revolucionária ao longo das paredes. Se Adrian pelo menos pudesse viajar no tempo junto com a decoração — e para longe da multidão barulhenta e egocêntrica de fanfarrões que compartilhavam de sua posição acadêmica, mas não de sua aguçada sensibilidade —, poderia ter perdoado a safra insossa que rodopiava em sua língua.

Mas a cronologia imutável de seu tormento ficou ainda mais evidente quando uma nova explosão de riso emergiu da área do bar; então Adrian ouviu uma voz se destacar, e suas orelhas enrubesceram, combinando com seus cabelos.

Levantando a cabeça mais por reflexo do que por vontade, Adrian avistou Charles Walker — cabelos curtos, uma leve papada, começando a sucumbir ao excesso de peso da meia-idade — parado no meio da multidão, que agora poderia ser descrita como um grupo de fãs. Como sempre, Charles era o centro das atenções, as mãos balançando no ar em frente aos botões de latão brilhantes de seu terno trespassado. Sem dúvida, os botões eram antiguidades, provavelmente compradas em leilão. Talvez tenham pertencido a algum oficial revolucionário de segundo escalão. Provavelmente haveria uma história ligada a eles, que Charles contaria em coquetéis e reuniões acadêmicas, repetidamente; quanto mais ele bebesse, mais dramática seria a história, e no final de uma noite como aquela, Adrian poderia imaginar que esses botões já teriam cruzado o Rio Delaware e desviado um raio disparado pelo rei George em pessoa.

Para muitos de seus colegas, Adrian poderia parecer o arrogante, mas na mente de Adrian, Charles Walker estava muito além do insuportável, de um jeito sisudo e ao mesmo tempo espalhafatoso, propenso a delírios de grandeza. Tudo o que Adrian odiava sobre o estado atual de sua profissão.

— Professor Jensen, é você?

Adrian sentiu seu estômago afundar quando percebeu que Charles estava olhando para ele, rapidamente baixando a cabeça — mas era tarde demais. Charles se afastou da multidão e de repente atravessou a taverna. Um momento depois, estava inclinado sobre a mesa de Adrian, tão perto que Adrian podia sentir o cheiro de álcool em seu hálito.

— O objetivo de um congresso é congregar — disse Charles, com um sorriso. — E que melhor maneira de congregar do que com algumas bebidas...

— Eu prefiro beber na companhia de meus pares intelectuais.

Charles olhou para o assento vazio ao lado de Adrian, e o brilho em seus olhos diminuiu um pouco. Ele ainda estava sorrindo. Pode ter sido a bebida, mas Adrian podia ver algo no rosto arredondado do homem; um nível de confiança que parecia atípica, mesmo para alguém tão pomposo como Charles.

— Somos colegas, Adrian. Você deveria aprender a ser legal. Eu não vi você na minha palestra esta manhã. Embora fosse difícil distinguir rostos em tamanha multidão. Foi uma bela recepção.

Sem perguntar, Charles estendeu a mão e pegou um dos pãezinhos da cesta. Adrian observou com desgosto enquanto Charles falava entre mordidas, farelos saltando de seus lábios.

— Boston é grande o suficiente para nós dois. Nem sempre precisa ser uma competição...

— Não tem competição. Eu simplesmente não gosto de você. Você é um tolo falho e *delirante*. Então por que você não volta para o seu fã-clube no bar? Talvez os delicie com outra fábula maravilhosa repleta de mosquetes, chapéus triangulares e teorias insanas e não verificáveis.

— Sempre encantador — disse Charles. Mas então ele se inclinou para ainda mais perto da mesa. — Hoje à noite vou deixar passar. Porque não estou aqui para contar histórias. Estou aqui para comemorar.

Adrian revirou os olhos.

— Sua palestra não foi tão impressionante.

— Não é minha palestra. Amanhã vou submeter um novo artigo para publicação. E ele vai mudar o mundo.

Mesmo para Charles, isso pareceu muito dramático. Adrian examinou o rosto roliço do homem, mas não viu nenhum vestígio de sarcasmo, nada além daquela pura, inalterada e irritante confiança.

— Mais teorias insanas — respondeu Adrian. — Mais ficção científica.

No entanto, Charles apenas piscou, deu outra mordida no pãozinho e o colocou de volta na cesta. Quando ele se virou e voltou para o balcão, lançou um olhar final na direção de Adrian.

— Mesmo os falhos e tolos são atingidos por raios de vez em quando.

Adrian observou o homem enquanto ele era mais uma vez engolfado pelos colegas no bar. *Ridículo.* Um artigo que mudaria o mundo? Como Adrian, Charles era professor de história norte-americana do século XVIII. Em Harvard, não na Tufts — mas, ainda assim, quem ele achava que era? Mesmo o artigo acadêmico mais revolucionário publicado por alguém em sua profissão mal causava uma ondulação no mundo dominante; fora da academia, o interesse da maioria das pessoas na história norte-americana do século XVIII atingia seu auge em algum lugar entre o sétimo e o oitavo ano de ensino fundamental.

Mas observando Charles, mais uma vez cercado por seus colegas bajuladores, era óbvio que o homem estava exultante. Claramente comemorava *algo*. E sua felicidade parecia ser contagiosa, não apenas entre os puxa-sacos reunidos. Mais ao fundo do balcão, Adrian notou uma mulher — cabelos escuros e assimétricos presos no alto da cabeça por palitos de marfim — claramente muito além dos encantos de Charles, e ainda assim ela parecia estar entretida com o palhaço, até sorriu para ele.

Adrian sacudiu a cabeça. Mais uma vez, depois da meia-noite — *ele só tinha a si mesmo para culpar.*

Ele desviou seu olhar do show no bar. Em seguida, pegou a cesta de pãezinhos mordidos, inclinou-se para colocá-la na mesa ao lado — para a surpresa do casal sentado ali — e voltou para seu vinho branco quase insignificante.

CAPÍTULO 6

Foi o perfume que primeiro atingiu Charles Walker, tirando-o das horas de sono mais profundas e satisfatórias que ele experimentara nos anos desde seu divórcio. Uma mistura de toranja e baunilha que ardia levemente quando atingia a parte de trás de suas narinas e, ao mesmo tempo, era, de alguma forma, instantaneamente sensual, despertando uma lenta pulsação em suas cuecas boxer. E mesmo antes de abrir seus olhos, ele sentiu um sorriso brotando em seus lábios.

Ele respirou fundo, de boca aberta, inalando aquele cheiro incrível, deixando-o dançar na ponta da língua. Ainda estava em meio ao torpor daquele estado intermediário, não totalmente acordado, mas não mais catatônico, suas memórias da noite fragmentadas em flashes visuais — como imagens em um vidro quebrado, de partes macias, esbeltas e maravilhosamente curvilíneas de um corpo e de atos sexuais selvagens, vigorosos e *acrobáticos*. Ele sabia que era uma noite da qual nunca se esqueceria, embora ainda não conseguisse entender exatamente *como* havia ocorrido. Na verdade, noites assim não aconteciam com Charles, não desde o divórcio — e certamente não antes. Doze horas antes, ele teria apostado seu último dólar que noites assim não aconteciam na vida real com *ninguém*.

Ele rolou de costas, esticando os braços acima da cabeça, alongando os ombros doloridos. Foi então que também notou a música;

suave, clássica, principalmente violinos com um toque de uma viola, flutuando pelo ar ao seu redor em ondas suaves. Ele reconheceu imediatamente — um concerto de Bach, regravado em 2007 pela Orquestra da Filadélfia —, porque era de sua própria coleção. Não digital, é claro, não degenerado por algum software de computador, mas real, a vibração de uma agulha contra o vinil no toca-discos em sua sala de estar no andar de baixo — da maneira como Deus e a Orquestra da Filadélfia pretendiam que a música fosse tocada.

Ele alargou o sorriso e abriu os olhos. Estava deitado em sua cama no quarto, no andar superior de sua casa, a dois quarteirões da Praça Harvard, mas tudo ao seu redor parecia estranho. Os lençóis, normalmente esticados e enfiados nos cantos, mesmo depois de uma noite de sono, estavam bagunçados e amarfanhados. Os travesseiros estavam em estado ainda pior, como se mal tivessem sobrevivido a um furacão. O que estava sob sua cabeça estava quase todo para fora da fronha, e penas se espalhavam por toda a cama. O outro travesseiro, que geralmente permanecia intocado no lado oposto, estava dobrado quase ao meio, e, no meio da fronha, ele podia ver uma mancha inconfundível de batom. Vermelho vivo, diabólico, vermelho-*sangue*, algo que você veria na capa de um romance barato e vulgar. Provas, Charles percebeu, de que não tinha sido apenas um sonho. Era tudo real; *ela* era real. E se a música era uma indicação, ela ainda estava em sua casa.

Ele rapidamente se sentou. Sua cabeça latejou forte com o movimento, e ele sentiu a garganta seca. Olhou para a mesa de cabeceira, procurando por seu telefone, queria saber as horas, mas o dispositivo não estava onde ele normalmente o deixava, e ele não tinha ideia de onde poderia estar — se é que ele não havia perdido o maldito telefone na noite anterior. Mais um telefone perdido — estava começando a se tornar um hábito.

Antes de seu divórcio, ele sempre bebera ocasionalmente; talvez uma vez por semana, encerrava o dia com uma taça de vinho tinto do armário em seu escritório. Mas nos anos seguintes, ele redescobriu uma afinidade com a uva — que lentamente evoluiu para um caso selvagem. E nos últimos anos, assim como sua ex-mulher, ele começou a transgredir sua natureza monogâmica: o vinho deu lugar à vodca, depois ao gim. Até tequila, na falta de outra opção. Normalmente, mesmo em suas piores noites, ele encontrava o caminho de casa sem grandes incidentes. Celulares perdidos à parte, havia apenas uma quantidade de problemas em que um professor de história poderia se meter no meio social em que vivia.

Mas a noite anterior fora diferente. Mesmo antes de conhecê-la, depois das 2h da madrugada, ele se lembrava — a noite anterior *parecia* diferente. Antes mesmo de a conferência terminar, ele já começara a comemorar — primeiro com uma taça de champanhe na sala verde do salão de convenções, depois continuou com uma pós-festa em uma taverna.

Sentado em sua cama, ouviu um barulho no andar de baixo: saltos altos contra o piso de ardósia importado que cobria a maior parte de sua cozinha. O piso fora escolha de sua ex-mulher. Ela tinha gostos caros em tudo, desde a decoração de casa até sua escolha do advogado de divórcio. Com um salário de professor titular, Charles foi capaz de pagar pelo piso, mas ainda pagaria os honorários do advogado ao longo dos próximos anos.

Mas agora o piso parecia valer seu preço, apenas pelo clique daqueles saltos altos contra a ardósia. Charles rapidamente saiu de debaixo do edredom e cruzou o quarto até o gancho perto do armário, onde guardava seu roupão. O quarto estava bem iluminado para as 5h30 da manhã — ou foi ela quem abriu as persianas que cobriam a única janela com vista para a tranquila e arborizada rua Brattle antes de ele acordar, ou eles as deixaram abertas na noite anterior. Charles esperava que fosse a primeira alternativa; seus vizinhos eram quase todos professores como ele, e pelo menos três casas tinham uma boa vista de seu quarto. Ele teria dificuldade em entrar no refeitório da faculdade se achasse que algum de seus vizinhos sisudos e eruditos havia testemunhado até mesmo uma parte das atividades da noite anterior.

Ele se certificou de que o roupão estava bem fechado e saiu do quarto. As escadas que levavam ao primeiro andar eram de madeira e tão lustrosas que ele podia ver seu reflexo no corrimão. Sua ex-mulher sempre zombou de sua propensão à limpeza e à ordem; com certeza, ele sabia que na maioria das coisas era tão sisudo — e certamente tão erudito — quanto seus vizinhos. Os professores de Harvard eram todos farinha do mesmo saco, especialmente os do departamento de História. A noite anterior não fora apenas um grande salto para Charles, mas um momento Neil Armstrong para toda a sua profissão.

Ele estava sorrindo quando chegou ao primeiro andar. À sua direita estava a cozinha, o piso de ardósia, a ilha de mármore italiano e os eletrodomésticos cromados brilhando ao sol da manhã — sob a luz que penetrava pelas portas de vidro duplo que levavam ao quintal. O aroma distinto do café moído na hora rodopiava pelo ar, mas, para a surpresa de Charles, a cozinha estava vazia. Sua atenção se desviou para a esquerda, além do arco aberto que levava ao seu escritório. Ele ouviu mais cliques, mas desta vez não eram saltos tamborilando no chão. Agora eram unhas contra um teclado.

Seu sorriso esmoreceu quando ele apertou o passo e entrou no escritório. A maioria dos móveis era de couro e antigo, em forte contraste com a cozinha e o quarto. Isso porque o escritório era *dele*, sempre foi dele, mesmo quando ainda era casado. A cadeira reclinável no canto perto do toca-discos — ainda girando, ondas de violinos subindo e descendo como as marés de verão — estava desgastada por anos de uso, e as grossas prateleiras de carvalho subindo em cada parede estavam cheias de livros, ainda mais usados e velhos, principalmente antiguidades e primeiras edições que ele adquiriu em livrarias pitorescas ao longo dos anos. Todos os títulos tinham a ver com história, especificamente norte-americana de meados do século XVIII. E ao longo do escritório, havia mais evidências da obsessão de sua vida. Acima do toca-discos, uma reprodução da famosa gravura do Massacre de Boston de Paul Revere. Uma cópia envidraçada, em grande escala, da Declaração de Independência, disposta em uma enorme mesa de centro no meio da sala. E uma réplica do mosquete de confiança de um *minuteman* em uma moldura de madeira polida no canto perto de sua mesa.

A mesa em si era um belo exemplar vintage de mogno, lembrando a escrivaninha que Thomas Jefferson usou para redigir a Declaração original. Charles a havia comprado em uma feira de antiguidades no norte do estado, com documentos de certificação que comprovavam sua origem. Ela havia sido fabricada em uma marcenaria em uma rua que agora fazia parte dos apartamentos de Beacon Hill; um negócio familiar com sua linhagem descendente do *Mayflower* e que havia atuado durante a Guerra Revolucionária, trabalhando na época para fazer moldes para canhões e canos de armas, em vez de mesas e armários. Ao longo dos últimos dois anos, Charles havia enchido as gavetas daquela mesa com papéis — principalmente cartas e documentos originais relativos à sua pesquisa, alguns incrivelmente valiosos, embrulhados em estojos de proteção.

Então, não foi surpresa que uma adaga afiada de preocupação perfurasse seu estômago enquanto seu olhar mudava da mesa para a cadeira atrás dela. Em retrospecto, o fato de a mulher ter colocado um disco de sua coleção no toca-discos sem perguntar fora presunçoso o suficiente. Mas agora, ao vê-la esparramada em sua cadeira, com o notebook aberto na mesa de mogno à sua frente, uma caneca de café ao lado de suas mãos que deslizavam sobre as curvas do mouse de seu computador, Charles se viu sem palavras, algo muito raro.

CAPÍTULO 7

E spero que você não se importe — disse a mulher, docemente. — Acordo cedo. Eu precisava verificar meu e-mail, e meu telefone está sem bateria. Mas eu fiz café para você. Está bem ali, ao lado da Declaração de Independência.

Charles viu a caneca na mesa — felizmente em um porta-copos — perto da caixa de vidro. Ele ainda não sabia o que dizer, então, em vez disso, pegou o café e tomou um pequeno gole. Era o grão de torra escura que ele comprara no supermercado Trader Joe's em Central Square, com a quantidade certa de creme e açúcar. Também havia um toque picante — talvez noz-moscada? Canela?

— Duas medidas de açúcar e uma de creme, e uma pequena surpresa que eu mesma preparei. Do jeito que você gosta.

Ele corou um pouco, trechos de conversa da noite anterior na taverna ecoando em seus ouvidos, logo depois que ela se aproximou dele no bar, para seu espanto, e disse que ele parecia exatamente o tipo dela, perguntando como ele gostava de seu café pela manhã. Uma abordagem tão agressiva que ele se surpreendeu por não se desculpar e correr para a porta. Mas ele já havia tomado muitas taças de vinho, sem contar o champanhe de antes, já que ele *estava* comemorando havia algumas horas.

Ao olhar para ela, mesmo agora esparramada na mesa dele como se ela mesma a tivesse comprado na feira de antiguidades, ele percebeu que nunca teve uma chance de resistir. Ela tinha 1,75m, pelo menos, com pernas que pareciam quase longas demais para seu corpo, nuas até a barra da saia que envolvia suas coxas perfeitas. Seu cabelo negro como carvão estava preso em um rabo de cavalo por um par de palitinhos de marfim — embora na noite anterior ele se lembrasse dele solto e selvagem, espalhado pelos travesseiros de sua cama. As maçãs do rosto eram altas e proeminentes, seus lábios, carnudos, ainda vermelhos e bem desenhados. Mas seus olhos eram sua característica mais marcante; escuros como seu cabelo, mas perfeitamente elípticos, como um hieróglifo que você esperaria encontrar na pedra angular de uma pirâmide egípcia.

Em suma, ela era muita areia para seu caminhão. Professores divorciados de 52 anos de idade, de história norte-americana de meados do século XVIII, não seduzem mulheres como ela em tavernas; certamente não são *seduzidos* por mulheres como ela, bem, em nenhum lugar. Foi enervante vê-la no computador, tomar café, usar o toca-discos, mas talvez ele estivesse exagerando.

Ele tomou um gole de seu café. O líquido quente era agradável contra sua garganta seca, os vapores lutando com o leve latejar em seu crânio. Foi realmente tolice beber tanto em uma noite de semana — geralmente ele reservava os verdadeiros porres para os fins de semana —, mas ele não tinha tido muitas ocasiões para comemorar assim. Claro, tinha concluído artigos antes, publicara muitos ao longo de todo o caminho desde sua tese de doutorado, que acabou publicada no *Cambridge Historical Journal*, resultando em sua contratação pelo departamento de História de Harvard. Mas aquele artigo — uma exploração detalhada da relação entre John Hancock e Samuel Adams com base em um tesouro de cartas originais que ele havia descoberto escondido em um caderno de Ben Franklin emprestado à Biblioteca Widener por um colecionador de Londres — nem sequer era páreo para o que ele estava prestes a publicar.

Pensar no que estava por vir — que se concretizaria dentro de alguns dias — o motivou a se aprofundar em seus estudos. Ele só podia imaginar o que seus colegas diriam quando lessem seu artigo. A surpresa, o completo deslumbramento e, ainda melhor — a *inveja*. Charles sentiu um tremor de alegria, mesmo com aquela ressaca, ao pensar no furacão que atingiria várias universidades. E então, a cereja no bolo, Adrian Jensen, aquele tolo, arrogante, egocêntrico...

Seus pensamentos foram interrompidos ao notar que a mulher voltara sua atenção para o computador, e enquanto ele se aproximava da mesa, ela virou o notebook para que ele pudesse ver a tela.

Para sua surpresa, não estava aberto em um servidor de e-mail. Era algo que ele reconheceu instantaneamente. Ele parou pouco depois da mesa de centro, bem ao lado de uma prateleira repleta de livros sobre o Boston Tea Party.[1]

— Esse é o meu artigo — argumentou ele.

Ela assentiu, batendo as longas unhas no mouse.

— Sim. É muito interessante! Eu tropecei nele enquanto procurava meus e-mails. É fascinante. Sempre me considerei uma fã da Guerra Revolucionária, mas nunca li nada como isso antes.

Ele olhou para ela, depois para a tela. Embora fosse possível que ele tivesse deixado o artigo aberto em alguma barra de tarefas em seu computador, não conseguia imaginar que houvera tempo para ela ler muito do documento de cinquenta páginas, a menos que ela estivesse acordada havia muito mais tempo do que ele pensava. Ele não ficou surpreso por ela ter achado interessante. Ainda que a maioria das pessoas tenha ficado um pouco chocada quando ele lhes contou qual era o foco — a era da Guerra Revolucionária e as inter-relações entre os Pais Fundadores —, ele sabia que o artigo na tela do computador era algo diferente. Como ele havia dito ao narcisista Adrian, a

---

[1] Boston Tea Party, ou Festa do Chá de Boston, é o nome de um protesto realizado pelos colonos ingleses nos Estados Unidos contra o governo britânico, em 16 de dezembro de 1773, no qual lançaram ao mar, no Porto de Boston, o carregamento de chá de três navios pertencentes à Companhia Britânica das Índias Orientais. O incidente foi o evento-chave na Revolução Norte-Americana e até hoje é um dos principais acontecimentos da história dos Estados Unidos. (N. da T.)

pesquisa de Charles, *sua descoberta*, certamente seria notícia em todo o mundo. Não importa para qual periódico ele o submetesse, uma vez que alcançasse o mundo, ele tinha certeza de que encontraria seu caminho até o público em geral. Para um professor de história, era uma chance única na vida. Provavelmente era por isso que ele ainda não havia publicado o artigo. Na verdade, as únicas pessoas que o tinham visto, além daquela mulher que o seduzira na noite anterior, eram aquelas poucas obcecadas pela Guerra Revolucionária e que frequentavam um obscuro canal no Reddit, iniciado por ele alguns meses antes. Ele tinha postado a sinopse na manhã anterior para ver o que eles pensavam. Desde então, não havia retornado ao site para ver a resposta, mas tinha certeza de que os quatro ou cinco seguidores que ele reunira ao longo dos meses em seu subgrupo teriam muito a dizer. Pessoas que sonhavam com as obras e feitos de Thomas Jefferson e Ben Franklin se empolgavam facilmente.

— Eu sempre fui fascinada pelos heróis da Guerra Revolucionária — continuou ela. — Homens como Patrick Henry, George Washington e, claro, Paul Revere.

Charles girou o café na caneca com um gesto do pulso.

— Revere não foi exatamente um herói de guerra — esclareceu ele, sentindo a necessidade de corrigi-la. — Embora ele seja, indiscutivelmente, o nome mais famoso do período, especialmente nesta região. Mas os turistas que visitam regularmente sua casa cuidadosamente preservada em North End, ou sua lápide no Granary Burying Ground em Downtown Crossing, não têm ideia de quem ele realmente era.

Se ela leu o artigo no computador, ou grande parte dele, deve ter percebido que Charles era indiscutivelmente o estudioso mais proeminente de Revere nos Estados Unidos — ou, pelo menos, um dos *dois*.

Sua memória da noite anterior era superficial, mas aquele assunto podia até ter surgido durante a conversa. Não era sua melhor cantada, e tendia a ser um fracasso, mas ele costumava mencioná-lo em algum momento da conversa. Embora, para ser justo, na noite anterior, foi ela quem falara durante a maior parte do tempo, enquanto ele apenas observava.

— Na verdade — continuou Charles —, Revere foi praticamente um fracasso na batalha. Enfrentou uma Corte Marcial em 1779 e foi dispensado com desonra após um cerco desastroso de um forte britânico no Maine, a batalha mais desastrosa da Guerra Revolucionária, que resultou na morte ou na captura da maior parte de seu batalhão.

— Mas não é assim que ele é lembrado — respondeu ela.

Charles deu mais um gole no café. Seu sorriso voltou, porque agora eles estavam em seu território.

— *Ouçam, meus filhos, e vocês ouvirão falar da corrida à meia-noite de Paul Revere.*

— Certo, o poema. Longfellow, não é? Os britânicos estão chegando.

— Revere certamente teve a melhor campanha de relações públicas de qualquer dos heróis da Revolução — brincou Charles, repetindo uma frase que ele usara, às vezes provocando risadas, quando lecionava sobre o período para calouros de graduação —, mas a maior parte do que as pessoas pensam que sabem sobre Paul Revere e sua famosa corrida à meia-noite está completamente errado.

— Ele não atravessou Boston com seu cavalo, avisando as pessoas que os britânicos estavam atacando?

— O cavalo não era *dele*. E não, ele não estava avisando o povo de Boston sobre um ataque iminente. E a maior parte de sua corrida ocorreu fora de Boston, a caminho de Concord e Lexington. Ele fez a primeira parte de sua jornada através do Rio Charles, de barco, e ele não estava sozinho, havia três cavaleiros. E durante a missão, Paul Revere foi capturado pelos britânicos, agredido um pouco e depois libertado.

Ela bateu na tela do computador com uma unha vermelha.

— Este artigo vai muito mais fundo do que isso.

Então ela tinha lido bastante. Por algum motivo, Charles teve a sensação imediata e estranha de que ela estava tentando agradá-lo, instigando-o a contar informações que ela já sabia. Ele percebeu que nunca tinha perguntado no que trabalhava, ou quem realmente ela era. Na verdade, ele não tinha certeza se sabia o nome dela. Algo que começava com *P*, mas estava com medo de arriscar um palpite, considerando tudo que fizeram na noite passada — as marcas de batom em seu travesseiro. Nessas situações, ele se sentia tão estranho, tão inseguro; então ele preferiu ficar na arena que conhecia melhor.

— Isso mesmo. O verdadeiro motivo por trás da corrida à meia-noite. Mas antes mesmo de começarmos a entender o que Revere realmente estava tramando, precisamos entender quem *realmente* ele *era*.

A mulher clicou no mouse com uma das mãos e, em seguida, apontou para as linhas do primeiro parágrafo do artigo.

— Sua família era francesa; seu pai possuía uma oficina de prata. Revere era um artesão, um ourives. Um dos mais talentosos e técnicos de sua era. Ele também trabalhou na odontologia, mas provavelmente não foi ele quem fez os dentes de madeira de George Washington.

— Ele era um tecnólogo — disse Charles, sentindo seu rosto corar. Seu fascínio por Revere era um pouco embaraçoso. — Um inovador. Ele trabalhava com prata, mas também com bronze e madeira. E cobre. Foi a oficina de Revere que revestiu de cobre a cúpula do Capitólio Estadual de Massachusetts Boston pela primeira vez. Ele também foi um dos gravuristas mais talentosos de sua época.

Ele olhou para a reprodução da famosa gravura de Revere do Massacre de Boston na parede de seu escritório, feita apenas três semanas após o próprio evento. A dramaticidade da peça era palpável; a crueldade dos casacas-vermelhas e o tormento dos colonos feridos e moribundos gravados com tanta paixão, não era surpresa que o trabalho tivesse ajudado a incitar toda a nação.

— Ele também era maçom — disse a mulher, olhando para a tela.

De novo, não parecia que ela estava lendo algo que já não sabia. O que era estranho. *Quem era ela, exatamente?* Uma colega historiadora? Ele não queria julgá-la por sua aparência, mas ela não se parecia com qualquer dos fãs de história norte-americana que ele conhecia. E ele conhecia muitos.

— Correto, ele foi um membro fundador do capítulo dos Maçons de Massachusetts. Muitos dos revolucionários eram maçons. Benjamin Franklin, claro, mas também Hancock e Revere. Mas a conexão de Revere com os maçons realmente ia além desse fato.

A maioria das pessoas conhecia os maçons. Eles foram objeto de vários romances e filmes pop. E por que não? Uma organização misteriosa, ou clube privado, que remonta a centenas de anos, com rituais e símbolos secretos, clubes sombrios e membros influentes, muitas vezes ricos, alguns famosos, alguns infames — um prato cheio para os teóricos da conspiração. Mas Charles sabia: *a relação de Paul Revere com os maçons era insignificante em comparação com sua verdadeira afiliação.*

— Revere não era apenas um maçom — continuou Charles, baixando a voz. — Ele fazia parte de algo muito mais misterioso e antigo do que a Maçonaria.

Ele quase continuou, mas resolveu se calar. Se tinha lido o artigo, ela sabia o que ele iria dizer — mas se não tivesse, bem... Ele tomou outro gole do café, enquanto observava o rosto dela. Aquelas incríveis maçãs do rosto reluziam sob a luz do computador. Ele supôs que não faria diferença, pois dentro de alguns dias ele apresentaria seu trabalho, e então sua pesquisa, sua descoberta, estaria em todos os lugares.

— E agora chegamos ao ápice de tudo isso — disse ela. — A corrida à meia-noite.

Charles ficou feliz por mudar de assunto, da revelação do que Revere *realmente* era para os acontecimentos daquela fatídica noite.

— No fundo, era uma missão de inteligência. Além do mais, Paul Revere foi um dos primeiros espiões dos Estados Unidos. Ele fundou um grupo que ele chamava de Mecânicos, e uma facção desse grupo se intitulava Filhos da Liberdade. Os Mecânicos eram encarregados de vigiar os britânicos. Naquela noite em particular, 18 de abril de 1775, eles descobriram que uma equipe de soldados britânicos estava a caminho de Concord.

— Para prender John Hancock e Sam Adams — completou a mulher.

— Isso é o que aprendemos no ensino médio. Hancock e Adams eram os líderes de fato dos rebeldes norte-americanos; Hancock, um rico comerciante, o homem mais rico de Massachusetts, e Adams, um jovem empresário fracassado, mas um autêntico agitador, um fã da violência da máfia e provavelmente um dos líderes do Boston Tea Party. Eram, sem dúvida, os homens mais perigosos das colônias. Então é compreensível que os britânicos quisessem enviar um destacamento de homens para encontrá-los e prendê-los. Mas descrever a missão britânica dessa forma, bem, não é totalmente preciso. Os britânicos pretendiam prender Hancock e Adams, mas esse não era o foco principal de seu ataque, ou da corrida de Revere. Quando Revere foi capturado pelos britânicos e depois libertado, ele seguiu até onde Hancock estava escondido, mesmo sabendo que seus compatriotas já haviam avisado a liderança rebelde. Ele continuou com um propósito.

Charles esperou um momento, para se certificar de que tinha toda a atenção dela.

— Para recuperar o baú de Hancock.

Charles pronunciou as palavras com um floreio, talvez um tanto exagerado. Ao fazê-lo, perdeu o equilíbrio e estendeu a mão sobre a estante de livros próxima para se estabilizar. Talvez ainda estivesse um pouco bêbado da noite anterior, mas estava empolgado demais para desacelerar.

— Depois que Hancock e Adams escaparam, Revere recuperou o baú, um pesado baú trancado de madeira, revestido de couro, de cerca de 1,60m por 60cm, e o levou para a floresta. Era esse baú que os britânicos estavam procurando. Esse baú foi o que levou Revere a fazer sua perigosa corrida por Massachusetts naquela noite.

— O baú. Eu já li sobre isso antes. Continha cartas, contratos, coisas assim, comunicação entre os líderes revolucionários. De valor político e talvez sentimental.

Charles balançou a cabeça tão violentamente que quase caiu novamente. Sua mente estava girando um pouco, então ele tomou outro gole do café para tentar se estabilizar. Novamente, ele sentiu algo picante.

— Isso é canela? Ou tamarack?

— Algo parecido — disse a mulher. — Os papéis no baú, Charles.

— Sim, os papéis. Eram documentos revolucionários, sim. Mas isso não era tudo que o baú continha.

E agora chegara ao ponto, sua descoberta, algo que mudaria sua vida. *O baú de Hancock*. Que sobrevivera ao intento de Revere em abril de 1775, sobrevivera a muitos anos, décadas, séculos, e terminou, de forma bastante desonrosa, em um museu em Worcester, Massachusetts, onde fora mantido em uma unidade de armazenamento hermeticamente fechada no porão e colocado em exibição anualmente para crianças em idade escolar. Não foi fácil para Charles obter permissão para executar um estudo radiológico no baú — primeiro um raio X, depois uma tomografia computadorizada —, mas o que ele descobriu fez valer toda a burocracia que teve que enfrentar.

Pois o que ele encontrou era maior do que um esconderijo de documentos da Guerra Revolucionária. Maior do que a conexão de Revere com os maçons ou a importância de sua rede de espionagem, seus Mecânicos. O que Charles descobriu foi um segredo que, caso os britânicos tivessem conseguido botar as mãos no baú de Hancock, não teria apenas mudado o curso da Revolução, mas da *história da humanidade*.

Enquanto os pensamentos de Charles retornavam para o momento em que ele a viu pela primeira vez naquele tomógrafo portátil, a mulher em seu computador avançou o artigo até aquela mesma imagem. E agora lá estava, em sua tela do notebook, em preto e branco. Uma imagem aprimorada radiograficamente de um pedaço de pergaminho, escondido dentro da madeira da parte de trás do baú de Hancock.

E, no entanto, por mais incrível que essa imagem fosse, não era a história toda, nem de longe. Porque o que a mulher em seu computador não poderia saber era que o artigo no computador de Charles não estava completo. Ele propositadamente manteve a melhor parte para si mesmo, algo que revelaria depois que o periódico corresse o mundo e o virasse de cabeça para baixo. *Sua segunda descoberta: uma que rivalizou, e superou, a primeira.*

Ele voltou sua atenção da tela para a mulher, imaginando o que ela estaria pensando, o que aquela imagem significava para ela. Mas seus olhos, aquelas elipses escuras e perfeitas, aqueles olhos *hieroglíficos,* não lhe disseram nada. Na verdade, enquanto admirava os dela, seus próprios olhos começaram a tremer, falhar e *enevoar.*

— Eu não me sinto bem — Charles finalmente murmurou.

E então ele notou que sua língua parecia anormalmente grande. Seus ombros pareciam rígidos, e um formigamento percorria a pele de suas pernas. Ele ainda estava bêbado? Não, era mais do que isso. *Será que estava tendo um derrame?*

— O que há de errado comigo? — gaguejou.

Ele tentou dar um passo, mas suas pernas não se moviam direito. Sua mão se abriu e a caneca caiu no chão, batendo no tapete com um baque. Então Charles também desabou. Ele estendeu a mão para se apoiar na mesa de centro — mas seu braço estava tão fraco quanto suas pernas. Bateu no chão ao lado da caneca, o ombro primeiro. Ele lutou para torcer o corpo para que ainda pudesse olhar para cima, em direção à mesa.

A mulher se aproximou e agora estava de pé ao seu lado. Seus saltos altos a centímetros de seu rosto, suas longas pernas se estendendo até o infinito.

— Além do grupo do Reddit — disse ela, sua voz quase inaudível em meio a um som estranho e acelerado que agora enchia os ouvidos de Charles. — Você mostrou esse artigo para mais alguém?

A parte de seu cérebro que ainda estava pensando logicamente percebeu que era uma pergunta muito estranha. Mas o que isso importava?

— O que está acontecendo comigo? — ele ofegou, sua língua mal formando as palavras.

— É um paralisante — respondeu a mulher, no alto daquelas longas pernas. — Originário da floresta tropical brasileira. Não tem um nome, na verdade, mas é derivado da pele de um sapo-amarelo nativo. Coloquei no seu café. Mas isso agora não importa. Charles, se concentre. Você mostrou esse artigo para mais alguém?

Um paralisante? De um sapo? Charles piscou, percebendo que suas pálpebras eram a única coisa que ainda pareciam normais. Seus braços e suas pernas não podiam se mover, e seu peito, seu peito estava ficando mais pesado a cada segundo.

— Paralisante. Meu café.

— Sim. O efeito começa na pele. Você sentiu o formigamento? Então ele se move para os músculos. Primeiro os grandes grupos musculares, as pernas, os braços. Depois chega aos pulmões. Posso reverter, mas não temos muito tempo. Você mostrou isso para mais alguém? Ou enviou para alguém? Um amigo? Um colega? Alguém?

Ela me envenenou. Por quê? Não fazia sentido algum. Ele não a conhecia. Ele era professor de história. Um especialista em Paul Revere. Por que alguém iria querer envená-lo?

Paul Revere. Seu artigo. Seu inovador e revolucionário artigo.

Ela sabia sobre o grupo do Reddit, então deve tê-lo encontrado lá. Mas como? O grupo do Reddit era pequeno, três ou quatro estudiosos de universidades ao redor do mundo, o tipo de pessoa que passava as noites procurando chats obscuros para conversas sobre Paul Revere. Como ela foi parar naquele mundo, como ela encontrou o artigo dele, que ele só havia enviado por e-mail para o grupo na manhã anterior? Ou ela estava monitorando o site o tempo todo? Leu o artigo e veio a Charlestown para encontrá-lo?

Seduzi-lo?

Envenená-lo?

— Por favor — tentou balbuciar, suas palavras sem controle como um trem descarrilado. — Me ajuda. Não consigo respirar.

E naquele momento, ele se lembrou, *havia* enviado o artigo para outra pessoa. Na manhã anterior, depois de ter enviado por e-mail para o grupo do Reddit. Mas não pelo computador, nem mesmo pelo telefone. Uma cópia impressa, por via postal, por incrível que pareça. Porque ele queria que o destinatário sentisse o peso do objeto em suas mãos.

Não foi para um colega, nem um amigo. E não para obter conselhos, não como com o grupo do Reddit. Ele a enviou para outra pessoa — *por puro despeito*.

Ele abriu a boca para tentar contar a ela, mas era tarde demais. Agora sua mandíbula não se mexia. Seus lábios estavam abertos, mas seu rosto estava paralisado. A mulher o observou por mais um segundo, depois se virou e voltou para o computador. Enquanto ele olhava, incapaz de piscar, ela segurou algo pequeno e metálico contra a base do teclado, e de repente a tela ficou borrada, depois se apagou.

A mulher se virou para olhar para Charles uma última vez, jogado no chão.

Seus olhos ainda estavam abertos, mas as pupilas estavam ficando maiores, mais largas e mais redondas.

Então tudo ficou escuro.

CAPÍTULO 8

Ora, o que temos aqui — resmungou o detetive corpulento e narigudo ao avistar Zack Lindwell entrando no quarto de hotel do sexto andar da área de isolamento de cena do crime que agora ocupava grande parte do corredor. — Você deve estar no andar errado, Lindsy. Esse caso está muito abaixo de sua posição.

Zack fingiu um sorriso ao se esgueirar entre dois peritos, ou ratos de laboratório, como costumam chamá-los, de macacão branco e luvas combinando ajoelhados no carpete bege, medindo as pegadas. Outra meia dúzia dos melhores coletores de fios de cabelo e fibras de carpete da área de Boston estava entre Zack e o detetive da polícia estadual, parado perto do corpo, mas eles não desviaram os olhos do trabalho.

— Eu não sei, detetive Marsh. Há um Koons no saguão e um Lichtenstein a um metro de onde você está. Acho que estou exatamente onde deveria estar.

Marsh olhou para a pintura caricatural acima da cama, depois bufou, sem se impressionar.

— Aquela coisa se qualifica para uma visita do pessoal de Quântico? Bem, ainda está na parede. Você pode voltar para seus amigos na Crimes contra Arte e dizer que parem de molhar as calças. E se o legista achar um Picasso enfiado nos intestinos desse cara, serei o primeiro a avisá-lo.

O comentário provocou risadas no rato de laboratório mais próximo, que estava cuidadosamente ensacando o que parecia ser uma ficha amarela de cassino que havia rolado sob o pé da cama. Zack passou por cima da perna do homem de macacão enquanto se aproximava de Marsh, perto o suficiente do corpo para que pudesse ver o brilho ceroso brotando em manchas na pele do homem e as bolhas já se formando na epiderme. Com base nisso, e na rigidez geral aparente do corpo — até mesmo do braço amarrado à cadeira —, Zack estimou a hora da morte como sendo um pouco antes da meia-noite, mas após as 23h, entre seis e sete horas antes. Ele sabia pelo telefonema que o corpo havia sido descoberto por volta das 3h da madrugada pelos seguranças do hotel, que estavam verificando os quartos por uma ocorrência diferente e encontraram a fechadura arrombada do lado de fora. Era de surpreender que o legista ainda não tivesse chegado — mas não eram nem 6h da manhã, aquela hora nebulosa entre os turnos da noite e do dia. Pelo olhar no rosto de Marsh, sem dúvida o detetive estava no final de uma longa noite, o que significava que ele provavelmente seria ainda mais desagradável do que o normal.

— Não estou aqui procurando por Picassos, detetive. E duvido muito que o Jimmy, o Boca, aqui fosse capaz de distinguir um Picasso de um C. M. Coolidge.

Marsh ergueu uma sobrancelha com desconfiança.

— *Cães jogando pôquer* — explicou Zack. — As reproduções eram muito populares nos subúrbios na década de 1970.

— Sim, obrigado pela lição de história da arte, Lindsy, mas eu não dou a mínima para o seu conhecimento de pintores. Estou mais curioso sobre como você conhece nosso amigo inchado aqui. E, para início de conversa, o que você está fazendo aqui?

Foi a recepção mais cordial que Zack já recebera do truculento detetive estadual. Eles trabalharam juntos duas vezes antes — embora "trabalharam juntos" fosse uma descrição muito generosa. Quatro anos antes, um mês depois de Zack ter assumido a divisão de Crimes contra Arte do escritório do FBI em Boston, ele foi consultor em um latrocínio em um resort em Cabo envolvendo um antigo relógio Cartier que havia sido retirado de uma coleção privada uma semana antes. No minuto em que ele entrou na cena do crime, Marsh voou para cima dele, gritando sobre cadeias de comando e jurisdição. Não era apenas a habitual disputa entre a polícia estadual e os federais; Marsh tinha um verdadeiro desprezo pela divisão de Crimes contra Arte. Ele via Zack como um intelectual diletante que passara mais tempo em alguma universidade de elite estudando pinturas do que nas ruas enfrentando a escória que roubava coisas e matava pessoas, e achava que ele não tinha nada que meter o nariz no trabalho policial de verdade.

Deixando de lado o treinamento do FBI, Marsh não estava totalmente errado. Os colegas de Zack em Yale, onde ele obteve seu doutorado em História da Arte, com foco nos impressionistas europeus, ficaram igualmente surpresos quando ele se inscreveu para a vaga na divisão de Crimes contra Arte do FBI. O que nem Marsh nem seus colegas em Yale sabiam era que Zack havia crescido cercado de policiais. Seu pai e tio haviam patrulhado as ruas de New Haven, Connecticut, onde Zack havia crescido. Ele também estava bem familiarizado com o tipo de pessoa que Marsh prendia todos os dias; seus dois primos favoritos haviam trocado o roubo de rádios de carros na escola secundária por roubos de carros depois que o pai deles, policial, morreu jovem de um ataque cardíaco, deixando a família sobrevivendo apenas com a pensão da polícia. Ambos estavam na cadeia agora, mas Zack permaneceu perto deles, visitando-os na prisão de segurança média que agora chamavam de lar em Western Massachusetts.

Mas certamente não ajudou a situação entre eles quando um dos informantes de Zack resolveu rapidamente o caso, incriminando um mafioso local pelo roubo do Cartier. O relacionamento de Zack e Marsh também não melhorou um ano depois, quando Zack resolveu um assalto a uma casa de leilões em Marlborough, rastreando os passos de um dos ladrões, o que levou Marsh e seus colegas a um desagradável desfecho do caso — os dois infelizes ladrões de arte sangrando até a morte sobre um Renoir.

Agora, mais um ano se passara, e eles estavam juntos novamente — como sílex e aço, prontos para produzir faíscas no sexto andar do Encore Boston Harbor. Zack tinha a sensação de que não consertaria seu relacionamento com o detetive de homicídios tão cedo.

— Jimmy O'Leary — declarou Zack, acenando com a cabeça para o homem morto na cadeira. — Ele é um receptador de nível médio. Ligado à família Dominel em Southie, mas trabalha de forma independente, geralmente movimentando produtos de baixo nível. Candelabros de prata roubados da propriedade de alguém. Um quadro surrupiado de uma parede em um refeitório universitário. Uma vez ele tentou vender um lustre Tiffany que caiu da traseira de um caminhão quando eles estavam reformando o antigo Four Seasons na Back Bay.

— Jimmy, o Boca — disse Marsh. — Que encantador. Você tem amigos legais, Lindsy.

— É mais um conhecido. Não tinha notícias dele há anos. Então, há alguns dias, o nome dele surgiu em nosso radar. Parece que ele tinha algo para vender. Algo muito além de seu nível habitual. Ele estava perguntando por aí, porque seus compradores habituais não sabiam como lidar com algo assim. Pelo contrário. Algumas das pessoas que ele procurou entraram em contato com o FBI.

Marsh olhou para ele.

— Eles contataram o FBI?

— Por causa da considerável recompensa.

O comportamento irritado de Marsh pareceu esmorecer um pouco, e ele agora estava genuinamente interessado.

— Quanto?

— Dez milhões, com imunidade de acusação. Isso é o que eu chamo de considerável.

Marsh assobiou, e alguns dos ratos de laboratório próximos olharam para cima.

— É um belo valor. Que tipo de castiçal vale 10 milhões de dólares?

— Não é um castiçal — respondeu Zack. — São pinturas. Onze. E mais dois itens. Roubados há mais de trinta anos, em 18 de março de 1990...

— Não me diga que são... — interrompeu Marsh.

— Aham. As pinturas do Museu Gardner.

CAPÍTULO 9

O detetive Marsh riu em voz alta.

— O roubo do Gardner. É como herpes. Emerge a cada dois anos. Vocês, federais, recebem uma dica quente por telefone ou algum traficante de drogas é preso e tenta negociar uma pena mais leve vomitando um monte de besteira sobre um cara que ele conhece, que conhece um cara, que conhece um cara. Quando diabos você vai desistir desse sonho?

A verdade é que Marsh não estava errado. O roubo do Museu Gardner permaneceu o mais famoso roubo de arte não resolvido da história, assunto de inúmeras teorias, dicas, investigações e becos sem saída: em 18 de março de 1990, pouco depois da 1h da madrugada, dois homens se passando por policiais conseguiram entrar em um pequeno museu nos arredores de Boston, amarraram os dois guardas e fugiram com onze pinturas — incluindo *O Concerto*, uma das 34 pinturas existentes do mestre barroco holandês Johannes Vermeer e hoje talvez a mais valiosa pintura desaparecida do mundo. Nenhum dos quadros havia sido recuperado. Além do Vermeer, os ladrões levaram uma série de Rembrandts, incluindo *Tempestade no Mar da Galileia*, e outros, incluindo obras de Degas e Manet. Em uma estranha reviravolta, além das onze valiosas obras de arte, os falsos policiais também roubaram dois objetos que decididamente pareciam aleatórios: um antigo "gu" chinês, um recipiente ou vaso usado para líquidos como o vinho, e um adorno de bronze em forma de águia que já decorou uma das bandeiras de Napoleão Bonaparte. Nenhum desses dois itens era particularmente valioso, o que tornava sua adição às obras roubadas mais misteriosa. Mas as pinturas valiam centenas de milhões, se não mais; avaliações recentes haviam estimado o valor do roubo em mais de meio bilhão de dólares, tornando-o o maior assalto não resolvido de todos os tempos.

Para muitos agentes federais nas últimas quatro décadas, as pinturas do Museu Gardner foram o equivalente investigativo da baleia branca de Melville; incontáveis pistas levaram os agentes tão perto de resolver o caso, que os anúncios à imprensa foram redigidos e descartados várias vezes. Os cenários eram abundantes, envolvendo gangues de Boston que levavam até o próprio Whitey Bulger, o mafioso mais famoso da história local. Muitos livros e artigos seguiram todo tipo de pistas, das mais verossímeis às mais obscuras, em certo ponto apontando para uma trama envolvendo um gângster de segunda categoria chamado Bobby Donati, que supostamente pretendia usar as pinturas para negociar a saída de um colega da prisão. O assassinato da gangue de Donati um ano após o roubo dificultou a comprovação da teoria, embora as investigações em torno de vários associados de Donati tivessem resultado em muitas pistas promissoras. E, ainda assim, apesar de todos os esforços de investigação, as pinturas, o adorno e o gu ainda estavam desaparecidos — e a recompensa de 10 milhões de dólares que o museu e o FBI ofereceram nunca foi reclamada.

Quando chegaram ligações de um dos contatos do agente Zack Lindwell informando que Jimmy, o Boca, andava perguntando sobre a recompensa, Zack presumiu que seria outro beco sem saída, como todo o resto. Na verdade, ele nem teria seguido a pista se Jimmy, o Boca, não tivesse acabado amarrado a uma cadeira, com um buraco na testa. Seis horas antes, Zack poderia facilmente ter ignorado a ligação como fantasia, mais uma teoria fantástica. Mas, à luz do sol de início da manhã reluzindo sobre o rio, as coisas pareciam um pouco diferentes.

As pessoas não costumavam levar um tiro na cabeça por inventar histórias sobre valiosas obras de arte perdidas. E o buraco de bala na cabeça de Jimmy nem era a pior parte da cena do crime.

— Duas unhas — disse Zack, mudando de assunto enquanto chamava a atenção de Marsh para a mão do cadáver, ainda presa à cadeira pelo cinto do morto. — Arrancadas inteiras. Provavelmente com um alicate. Alguém estava atrás de informações.

Marsh assentiu. A expressão em seu rosto não havia suavizado, mas por mais que ele não gostasse de Zack e do FBI, gostava de resolver casos. Sem dúvida, Zack já havia lhe poupado algum tempo no computador identificando o cadáver, e isso era bem-vindo; Marsh não parecia ser do tipo que era particularmente hábil com um teclado.

— As câmeras de segurança mostram duas pessoas nas proximidades do quarto, pouco depois do momento da morte.

Marsh apontou para um dos peritos criminais, que trouxe um par de fotos em preto e branco, retiradas das imagens de segurança. Ambas as fotografias eram de câmeras no final do corredor, acima dos elevadores. A primeira era de um homem de idade indeterminada, com feições estreitas e cabelos castanhos-claros. O rosto do cara tinha uma aparência envelhecida e uma expressão dura, seu corpo era alto e atlético, mas seus ombros eram levemente arqueados. A imagem captara seus movimentos, e pela maneira como andava — confiante, mas cauteloso, braços soltos o suficiente para que pudesse se mover rapidamente se precisasse —, Zack podia dizer que não era estranho ao mundo que tanto Zack quanto o detetive conheciam bem. Se Zack tivesse que adivinhar, diria que o cara era um criminoso, um policial ou um condenado.

A segunda foto era um pouco mais surpreendente.

— Isso é uma saia de jogar tênis? — Zack perguntou. O detetive apenas deu de ombros.

A garota era bonita, provavelmente 20 e tantos anos, com cabelos com luzes douradas e muitas joias nos dedos e no pescoço. Seu rosto era redondo, suas bochechas, coradas, mesmo em preto e branco. Ela também foi flagrada se movendo pelo corredor, mas seus passos eram muito mais rápidos, e ela olhava para trás por cima do ombro. Sem dúvida, ela estava fugindo de algo.

— Sim — disse Marsh, notando o olhar de Zack. — A segurança do hotel a perseguiu até o elevador no andar do cassino. Aparentemente, ela é uma contadora de cartas, ganhou uma bela grana em uma mesa de blackjack e depois fugiu até o sexto andar quando os seguranças foram atrás dela para expulsá-la.

— Eles verificaram a identidade dela na mesa?

— Sim, mas acontece que era falsa. Verifiquei o nome e a foto, e não correspondem com ninguém no estado. A segurança do hotel viu a fita, disse que ela é muito boa, enganou-os a maior parte da noite. E esta não foi a primeira vez. Estamos trabalhando em uma identificação real, mas vai levar tempo.

— E o cara?

— Ele foi identificado. O software de reconhecimento facial gerou uma correspondência imediatamente. Um picareta chamado Nick Patterson. Passou nove anos em Shirley por uma série de roubos a banco em todos os condados de Middlesex e Suffolk. Cumpriu sua pena sem incidentes, está em liberdade condicional há apenas duas semanas.

Zack voltou para a foto do homem. Sem dúvida, este era o candidato a assassino mais provável. Como diz o ditado, ao ouvir cascos, você não procura por zebras. No entanto, sempre foram as zebras que mantiveram Zack acordado à noite, não os cavalos. Quando ele estudou o assalto a Gardner durante seu treinamento em Quântico, não foram as pinturas que o fizeram perder o sono — o Vermeer, os Rembrandts. Foram aqueles dois outros itens roubados, aqueles que não faziam sentido. O gu chinês. A águia de bronze da bandeira de Napoleão. O gu talvez pudesse ser descartado; era muito antigo e fácil de carregar, parado bem ali em uma prateleira a poucos centímetros do Vermeer. Mas pegar a águia deu trabalho: os ladrões primeiro tentaram desenroscar toda a bandeira de sua moldura, deixando metade dos parafusos soltos. Então tiveram que escalar metade da parede para desparafusar o adorno. Não foi fácil e não foi rápido. Para que se dar ao trabalho? Você tem um Vermeer que vale 100 milhões de dólares, fácil, e fica perdendo tempo para levar uma águia de bronze inútil?

— Então, esse Nick Patterson — disse Zack — sai da prisão depois de nove anos, vai para o Encore e mata um reles receptador?

— E o tortura primeiro — disse Marsh. Ele deu de ombros. — Quem sabe? Talvez tivessem algum problema antes de ele ser preso. Ou talvez ele tenha ficado sabendo que Jimmy, o Boca, estava movendo algo valioso e veio aqui para conseguir uma parte. De quanto era essa recompensa mesmo? Dez milhões? Isso vale algumas unhas.

Zack não disse nada. Parecia sem lógica para ele que Patterson fosse até ali para questionar e matar um receptador de segunda categoria. Jimmy, o Boca, era um intermediário. Ele não roubava coisas, não ficava com os produtos do roubo, apenas os movia. Quando alguém procurava um cara como Jimmy, era para vender ou comprar algo. Não para matá-lo.

Ainda assim, era possível — se Jimmy realmente soubesse algo sobre as pinturas de Gardner, 10 milhões de dólares era um bom incentivo para tentar obter essa informação dele. Havia muitas pessoas dispostas a cometer atrocidades por 10 milhões. Talvez Nick Patterson fosse uma delas.

— Você acha que quem fez isso conseguiu a informação que queria?

Zack deu de ombros.

— Uma coisa é certa. Quem veio aqui ontem à noite sabe muito mais do que nós.

Marsh olhou para ele.

— Por que você acha isso?

Zack apontou para a mão do homem morto.

— Ele só arrancou duas unhas.

CAPÍTULO 10

Hailey deslizou para fora do banco traseiro do táxi amarelo para a calçada deserta, a brisa do mar do porto, a apenas cem metros de distância, mordiscando suas bochechas. Ela tentou não pensar em todas as más decisões que a levaram àquele momento; se as últimas horas eram prova de alguma coisa, era a confirmação do que ela havia aprendido aos 12 anos, quando, como fugitiva com pouco em seu nome, exceto um talento para os números, foi viver por conta própria: *más decisões se acumulam como juros compostos*.

Ela observou Nick Patterson sair do táxi do outro lado e pagar o motorista de um rolo de notas de vinte que ele tirou da jaqueta jeans. Mais um bom exemplo dessa constatação: sua decisão de seguir aquele ex-presidiário para um beco repleto de armazéns, tão nos confins de South Boston que ela parecia estar na Irlanda. Nick Patterson era a personificação de uma vida inteira de más decisões acumuladas, o tipo de cara de que ela aprendeu há muito tempo a manter distância. Além da matemática, sua maior habilidade era a capacidade de decifrar pessoas. Normalmente, ela conseguia ler um rosto mais rápido do que depenava uma mesa de blackjack, e ela estava lendo Nick Patterson desde que eles deixaram o cassino, quatro horas antes.

Ele não parecia perigoso ou violento, mas certamente era um ladrão. E não parecia sofisticado o suficiente para ser um vigarista, além de parecer suficientemente perturbado pelo receptador morto no quarto do hotel para convencê-la de que ele não tinha nada a ver com o assassinato. Mas também ficou claro que ele estava *envolvido*, e, ao segui-lo para fora do hotel até esse beco em South Boston, ela também se permitiu se envolver — algo que desafiava todos os instintos que desenvolveu nos últimos dezesseis anos. Tudo por causa de uma fotografia de uma pintura que ela nunca tinha visto antes e as alegações empolgadas de um ladrão que ela acabara de conhecer.

Ela observou quando Nick se aproximou dela e acenou com a cabeça em direção ao prédio de quatro andares bem na frente deles. Só havia janelas a partir do segundo andar, a maioria fechada com tábuas, e as paredes estavam cobertas de grafites, insultos e marcas de gangues desgastadas pela constante ação da maresia do porto. Hailey não sabia que ainda havia edifícios abandonados tão perto do porto, uma área que ao longo dos últimos anos havia se transformado de um bom lugar para esconder com segurança obras de arte roubadas em um movimentado e superlotado parque de diversões para empresários e jovens de 20 e poucos anos, repleta de restaurantes ao ar livre, casas noturnas, cinemas e hotéis elegantes. Sem dúvida, à meia-noite, algum desenvolvedor imobiliário bem-humorado agitaria uma varinha mágica, e aquele prédio também se transformaria em um laboratório, um espaço de coworking, uma Cheesecake Factory ou um P. F. Chang's.

— Este é o lugar — disse Nick. — As coisas podem ficar um pouco complicadas. O plano não era aparecer de mãos vazias.

O plano. Nick examinara os detalhes na viagem de táxi do cassino até a lanchonete 24 horas, onde eles passaram as últimas horas esperando pela luz do dia, e Hailey ainda se perguntava por que ela não havia dito ao motorista para deixá-la no Túnel Ted Williams. *Más decisões se acumulando, como um engavetamento em uma via expressa.*

Merda, arriscar-se a pé no túnel em meio ao tráfego às 3h da madrugada parecia mais lógico do que a história que Nick estava contando. Mas, ainda assim, ela continuou lendo aquele rosto estreito e endurecido, aqueles olhos profundos. Não havia dúvida, por mais louca que a história fosse, Nick acreditava em tudo. O cara era um ladrão, mas estava sendo sincero.

A foto em sua jaqueta jeans era de um quadro roubado, parte de um lote no valor de talvez um bilhão de dólares. Embora o roubo tivesse ocorrido havia trinta anos, as pinturas finalmente apareceram e agora estavam guardadas naquele armazém em South Boston, nas mãos de alguns associados do garoto ruivo que Nick conhecera na prisão. Nick assumiu o papel do garoto no esquema e arranjou para mover as pinturas por meio de um receptador, que estava planejando vendê-las ele mesmo ou entregá-las aos federais pela recompensa de 10 milhões de dólares e dar uma boa parte a Nick. Mas agora o receptador estava morto, torturado e assassinado naquele quarto de hotel.

— Os caras que estão com as pinturas estão conectados ao crime original? O assalto ao Gardner? — perguntou Hailey.

Hailey não reconheceu a pintura na foto quando Nick a mostrou pela primeira vez na escada, mas definitivamente ouviu falar do famoso assalto. Ela não sabia muitos detalhes, mas Nick lhe contara o resto na lanchonete, enquanto ela comia uma pilha de panquecas. Apesar de seu exterior áspero, Nick não era estúpido, e ele obviamente fez uma pesquisa profunda enquanto ainda estava preso. O Vermeer e as outras obras eram incrivelmente valiosos, mas também eram extremamente reconhecíveis, o que os tornava quase impossíveis de vender. Provavelmente por isso eles permaneceram escondidos por tanto tempo, embora Nick tivesse sua própria teoria. Aparentemente, o principal suspeito pelo crime — um mafioso impetuoso chamado Bobby Donati — foi assassinado um ano após o roubo. Espancado, esfaqueado vinte vezes, degolado, depois enfiado no porta-malas de seu Cadillac, que foi deixado estacionado em uma rua em Revere. A teoria de Nick era a de que tinha sido uma operação mercenária; Donati fora contratado por alguém para roubar algumas obras de arte específicas do museu, não necessariamente as mais valiosas. Então ele escondeu o produto do roubo e morreu antes de conseguir entregá-lo ao contratante, ou morreu porque *não* estava disposto a entregá-lo.

De qualquer forma, de acordo com Nick, essas pinturas permaneceram escondidas em vários porões e esconderijos em Boston por três décadas.

— De certa forma — disse Nick, respondendo à pergunta de Hailey enquanto subiam em direção ao armazém. — De acordo com minhas anotações, meu amigo ruivo havia sido informado sobre o esconderijo pela filha de um dos associados de Donati. Gail Gustiano, seu pai, Richie Gustiano, supostamente teve algo a ver com o roubo, pode até ter sido cúmplice. Gail estava com medo de tentar mover as pinturas sozinha. O ruivo prometeu que não a envolveria e que ele e seus amigos, um par de criminosos de Southie, tinham as conexões necessárias para mover as pinturas.

— E agora você está junto nessa corrida.

— *Estamos* juntos nessa corrida — corrigiu Nick. — Assumi o papel mais fácil da jogada. O intermediário; só tinha que mostrar a prova do produto para o receptador e receber um pagamento inicial. Tudo certo, eu levaria os quadros para Jimmy e, então, entraria em contato com Gail para entregar a parte dela. Ela manteria as mãos e a identidade limpas, e todos sairiam felizes. Ou assim era para acontecer.

— Não houve resistência quando você assumiu o lugar do garoto ruivo?

Nick deu de ombros.

— Todo mundo está aqui pelo mesmo motivo: o dinheiro.

Hailey fez uma pausa, deixando Nick se afastar alguns passos. A porta do armazém parecia tão assustadora quanto o prédio em si;

pesada e metálica, com uma janelinha no meio que poderia ser aberta por dentro. Ainda havia tempo para dar o fora; para se afastar e esquecer que havia conhecido aquele ex-presidiário ou visto uma Polaroid daquele quadro roubado. Ela ainda tinha aquela pequena fortuna em fichas do Encore em sua bolsa, que sua colega de quarto poderia trocar para ela, e mesmo que seu rosto estivesse em uma fita de vigilância no cassino, talvez não a conectassem ao assassinato. Os policiais provavelmente já estavam vasculhando a cidade atrás de Nick, um cara com passagem pela prisão que realmente esteve em contato com a vítima do assassinato.

Só Hailey sabia que ele era inocente do assassinato. Não *totalmente* inocente, é claro, mas ele não tinha matado Jimmy, o Boca, e neste quesito, ela era de fato o álibi dele. Mas ela não ia fingir que tinha seguido Nick para South Boston para protegê-lo de uma acusação de assassinato. Na lanchonete, eles chegaram a um acordo; uma vez que recuperassem as pinturas, eles encontrariam uma maneira de devolvê-las pela recompensa. Nick e seus associados ficariam com a maior parte, mas haveria sobra suficiente para mantê-la fora das mesas de blackjack por muitos anos. Nick estava certo; ela, como todo o resto, estava lá pelo dinheiro.

— O ciclo da vida — disse ela, depois o seguiu pelo resto do caminho até a porta.

Nick não respondeu, porque já estava diante da porta. Seu corpo ficou estranhamente rígido, o que deixou o peito de Hailey apertado. Quando chegou ao lado dele, ela viu o motivo — três buracos de bala na tranca enferrujada; o metal mais próximo da moldura da porta estava dobrado para dentro, parecia que alguém havia forçado a entrada com brutalidade e rapidez.

— Isso não parece bom — sussurrou Nick.

Ele olhou para trás; o beco parecia deserto, e exceto por uma única gaivota, nada se movia.

— O que faremos? — Hailey sussurrou de volta, o medo crescendo dentro dela.

— A coisa inteligente a fazer seria dar o fora daqui — respondeu Nick.

Em vez disso, ele travou a mandíbula, abriu a porta e entrou.

Más decisões, acumuladas.

Hailey respirou fundo e o seguiu.

CAPÍTULO 11

A princípio, a vasta sala estava envolta em escuridão, exceto pelo feixe de luz que entrava pela porta aberta. Ela conseguia distinguir o piso de concreto e o teto ridiculamente alto; o que ela pensava ser um prédio de quatro andares era, na verdade, um grande armazém aberto, com passarelas de metal contornando os níveis superiores até o teto inacabado e recortado por vigas. Enormes caixotes de transporte se alinhavam nas paredes à direita e à esquerda, empilhados por máquinas, que agora repousavam nas sombras; ela podia ver a silhueta de uma empilhadeira em um lado da sala e algum tipo de escada em uma engenhoca com rodas no canto mais distante, chegando até quase o teto.

Mas quando Nick finalmente encontrou um interruptor na parede perto da entrada, a atenção de Hailey foi imediatamente atraída para o centro da sala. Primeiro porque os caixotes eram difíceis de ignorar. Meia dúzia deles, de madeira, alinhados lado a lado no chão de concreto. Estavam todos abertos, e enquanto seguia Nick mais para o fundo do armazém, Hailey podia ver que pelo menos os mais próximos estavam vazios. Ao lado do primeiro caixote havia um pé de cabra e os destroços de uma das tampas. E ao lado do pé de cabra…

— Isso é uma escopeta? — perguntou Hailey.

Ela nunca tinha visto uma escopeta antes, não na vida real. Armas não eram artigos comuns no MIT. E mesmo depois de fugir aos

12 anos — madura o suficiente para se passar por uma adolescente de 16 anos, e ainda mais velha na penumbra, morando em motéis baratos com uma identidade falsa e com qualquer dinheiro que pudesse ganhar fazendo bicos —, ela havia conseguido evitar o tipo de pessoas que sabia distinguir uma arma calibre .22 de uma .38. Caras como Nick, que já estava cutucando a escopeta com a ponta da bota, examinando com cuidado.

— Tá carregada. Nem chegaram a disparar.

E então ela acompanhou o olhar de Nick até os dois homens estendidos no chão atrás do último caixote, bem perto um do outro. O estranho era que eles pareciam quase pacíficos, lado a lado, braços rígidos como tábuas. Quando Hailey deu mais um passo à frente, percebeu que tudo parecia *petrificado* — não apenas os braços, mas todo o corpo, rígidos como estátuas humanas. Ambos os rostos pareciam jovens e eram tão semelhantes que poderiam ser irmãos. Um tinha cabelos loiros penteados para trás com gel demais, e o outro tinha um corte militar, mas os olhos eram iguais, azuis e abertos, paralisados. Assim como as bocas, os lábios abertos presos em algum lugar entre o grito e o pavor.

— Eles parecem paralisados — sussurrou ela, afirmando o óbvio.

Nick se ajoelhou para verificar o pulso de ambos. Então, balançou a cabeça.

— Isso aconteceu rápido. Alguém ou um bando entrou pela porta, desarmou os gêmeos e fez algo terrível com eles.

— Mas por que matá-los assim?

Nick pensou por um minuto, ainda olhando para os caixotes vazios.

— Unhas — disse Nick, sem mais explicações.

Então, ele coçou o olho.

— Jimmy, o Boca, já trabalhou com cada criminoso barato de cada bairro dentro de um raio de trinta quilômetros do Porto de Boston; aposto que ele tinha bons palpites sobre onde os gêmeos poderiam esconder produtos como esses. Não é surpresa, ele tinha conexões suficientes nesta parte da cidade para conhecer cada gaivota pela merda que deixam na calçada. Quem arrancou as unhas dele conseguiu a informação sobre o armazém e resolveu ser mais criativo com os gêmeos aqui.

— As pinturas não eram suficientes? — perguntou Hailey. — O que mais estavam procurando? Por que não pegar as pinturas e ir embora?

— Quem fez isso é profissional, e profissionais não deixam pontas soltas. Mas uma bala na cabeça é muito mais fácil do que isso, seja lá o que for.

Sem dizer mais uma palavra nem olhar para os corpos no chão, Nick de repente começou a fazer o caminho de volta, em direção ao beco. Hailey o observou — mas não o seguiu. Ela sabia que precisava ficar sempre um passo à frente. O "trabalho" no cassino era uma coisa; a contagem de cartas a colocou em situações perigosas inúmeras vezes ao longo dos anos, desde confrontos com seguranças que levavam seus empregos muito a sério até encontros noturnos com o tipo de pessoas que circula nos cassinos depois das 2h da madrugada, mas ela sempre conseguia escapar antes que as coisas ficassem complicadas.

Mas isso estava muito além de complicado. Ela viu três cadáveres no espaço de uma noite. E, no entanto, ainda estava plantada no mesmo lugar. Nick estava a poucos metros da porta quando finalmente percebeu que ela não estava com ele e se virou.

— As pinturas se foram. Acabou.

— Talvez — Hailey se viu dizendo. — Provavelmente. Mas você não tem certeza disso. Essas pinturas valem milhões, certo? Se apenas uma delas não estivesse naqueles caixotes…

— Você não me ouviu? —Nick irritou-se. — Profissionais como esses não deixam pontas soltas. E neste momento, somos a definição de pontas soltas. Quem quer que tenha feito isso pode estar na rua observando.

Hailey assentiu.

— Mais uma razão para ficarmos aqui até entendermos o que aconteceu.

— Não há nada para entender. Alguém torturou Jimmy, o Boca, então veio aqui e fez algo muito pior com os gêmeos.

— Mas a trilha não termina com eles — disse Hailey. Nick fez uma pausa, ainda perto da porta.

— Você está falando de Gail.

— Você disse que assumiu o papel de "intermediário". Os gêmeos sabiam como contatá-la?

Nick balançou a cabeça.

— O que significa que — continuou Hailey, ponderando suas palavras — eles não poderiam ter contado a quem fez isso onde encontrá-la. Esses caixotes continham pinturas, talvez todas, mas talvez não. Uma só dessas pinturas já vale uma fortuna.

Nick fez uma pausa na porta. Ele olhou para os corpos petrificados.

— Você acha que Gail vai entregá-las para nós? Depois disso?

— Você acha que ela vai querer ficar com elas? Depois disso?

Agora era Nick que ponderava. Então ele enfiou a mão no bolso e sacou o celular.

A mulher era baixa, corpulenta, com cabelo encaracolado e feições quadradas, e mal tinha dado dois passos dentro do armazém quando seu rosto ficou sério e pálido. Antes que ela pudesse sair porta afora, Nick já estava falando, acelerado, acrescentando os detalhes que ele deixou de mencionar durante a curta ligação que fez para chamá-la até o local.

— Gail, sinto muito que você tenha que ver isso, mas não podia te contar pelo telefone. Jimmy está morto, os gêmeos estão mortos, e quaisquer pinturas que estivessem aqui se foram.

Gail parecia ter sido atingida por uma pá. Seus olhos arregalados ficaram do tamanho de um pires acima de sua mandíbula quadrada. Seus ombros estavam caídos — mas Hailey não sabia dizer se era um estado natural ou se era fruto da visão dos dois corpos no chão do armazém. A mulher estava claramente transtornada. Mas a maneira como ela olhava para os caixotes abertos fez Hailey pensar que sua tristeza também carregava uma boa dose de interesse próprio.

Então Gail olhou para Nick.

— E o adiantamento?

Nick balançou a cabeça.

Os ombros da mulher afundaram ainda mais. Hailey podia imaginar o que ela estava pensando. Todas aquelas obras de arte roubadas, perambulando por South Boston por três décadas, perdidas, quase esquecidas. E agora perdidas de novo.

— Amaldiçoadas — Gail finalmente grunhiu. — Essas malditas coisas são amaldiçoadas.

— É muito dinheiro — disse Nick. Ele parecia estranhamente resignado. — Não há nada de sobrenatural nisso. Pessoas morrem quando há muito dinheiro em jogo. Sabe quando dizem que uma empresa é grande demais para falir? Bem, algumas coisas são grandes demais para serem roubadas.

Gail balançou a cabeça.

— Essa é a loucura de tudo isso — disse ela. — Bobby nem deveria ter roubado aquelas malditas pinturas. Ele não era bom em seguir ordens. Provavelmente foi por isso que acabou no porta-malas do próprio carro.

Ela se virou e se dirigiu para a porta. Nick a chamou.

— Gail, espere. Como assim ele não deveria roubar as pinturas?

Hailey ainda estava digerindo o que a mulher estava dizendo. Bobby era o gângster que supostamente tinha roubado o Museu Gardner. O pai da Gail era parceiro dele. *Seguir ordens?* Então ele mesmo não tinha planejado o assalto?

CORRIDA À MEIA-NOITE 77

Gail chegou à porta aberta, depois acenou para que Nick e Hailey se aproximassem.

— Bobby foi contratado para roubar o museu. Mas ele não estava sendo pago para roubar os quadros. Era outra coisa que eles queriam. Bobby repassou o plano várias vezes com meu pai, porque não fazia sentido. O objeto que eles queriam era praticamente inútil. Então, Bobby, com toda aquela arte inestimável ao seu redor, tomou a iniciativa. Ele havia transformado um simples roubo por encomenda, algo que poderia ter passado praticamente despercebido, talvez rendendo apenas um boletim de ocorrência que ficaria juntando teias de aranha em um arquivo esquecido em algum lugar, no roubo do século.

Eles saíram do armazém, de volta à luz brilhante da manhã. Hailey olhou além da mulher e viu um carro estacionado na calçada. Um Buick de pelo menos 10 anos que precisava de uma boa lavagem e um novo conjunto de pneus. A mulher caminhava em direção ao porta-malas, com as chaves nas mãos. Hailey sabia que ela não deveria mais estar ali, que os corpos agora estavam se acumulando tão rápido quanto as más decisões, mas ela não podia resistir. Não era mais apenas o dinheiro, era a *equação* criminosa, o *quebra-cabeça* que ficava mais complexo, acrescentando mais variáveis, com mais reviravoltas à medida que a história evoluía. Era ao mesmo tempo atordoante e irresistível. Essa era o problema de Hailey com equações — ela não conseguia desistir até que fossem resolvidas.

— Quem quer que tenha contratado Bobby, meu pai os chamou de "gente importante", e ele só usava esse termo quando realmente achava isso, não estava feliz com o deslize de Bobby. Eles não gostaram da atenção que o roubo atraiu. A questão era que eles também tinham contratado Bobby para um segundo trabalho, outro assalto. Algo ligado ao primeiro. Mas esse segundo trabalho nunca aconteceu, porque Bobby acabou no porta-malas do próprio carro.

A mulher sorriu, desconcertada, ao dizer isso diante do porta-malas do próprio carro. Ela colocou as chaves na fechadura, depois olhou para Nick e Hailey.

— Não — continuou ela. — Bobby não foi contratado para roubar essas pinturas. Ele foi contratado para roubar outra coisa. Algo que é praticamente inútil, em comparação. Tão inútil que nem o incluí no acordo.

Então, ela abriu o porta-malas.

Hailey demorou alguns segundos para entender o que ela estava vendo.

— Isso é… — ela começou, mas a mulher a interrompeu.

— Sim. Pode ficar com ela. Eu não quero mais ter nada a ver com isso.

Gail balançou a cabeça, o cabelo encaracolado saltitando na brisa do porto.

— Porque todos os envolvidos com essa maldita coisa acabam mortos.

CAPÍTULO 12

Um tanto clichê, Patricia — disse o homem com cabelo loiro ralo e traços delicados, passando um lenço com monograma bordado no banco de madeira com um gesto afetado. — Mas pelo menos a vista é agradável.

Ele colocou o lenço de volta no bolso da frente de seu terno azul-metálico de corte europeu e se acomodou no banco. Acenou com uma mão bem cuidada em direção à lagoa plácida diante deles, suas unhas lixadas e polidas tinham a cor e a textura de vidro temperado.

— E muito romântico. Eu deveria ter desconfiado que você escolheria um local como este, considerando o seu treinamento. Mas, claro, precisamos ser profissionais. Isso está longe de ser uma visita social.

Nisso ele tinha razão. Em todo o resto, ele estava completamente errado. Embora um banco de parque no meio do Public Garden possa parecer um lugar improvável para um encontro clandestino entre dois agentes altamente treinados em uma transação criminosa obscura, também era o cenário mais lógico. Cafés, restaurantes e bares eram ambientes difíceis de proteger, e a possibilidade de vigilância era alta. Um quarto de hotel estava fora de questão; se as coisas dessem errado, seria preciso haver mais do que uma saída, e hotéis significavam câmeras, que exigiam disfarces, que eram trabalhosos, demorados e irritantes. Só restava o ar livre. E o que poderia ser mais natural e banal do que um homem e uma mulher sentados juntos em um banco de parque perto da lagoa no meio do Public Garden observando os belos cisnes se bicarem a poucos metros de distância.

— Não é uma visita social mesmo — continuou o homem, entrelaçando as mãos no colo. Ele ainda olhava para a frente, talvez, de fato, observando os cisnes. Eram criaturas magníficas, para falar a verdade, mesmo parados silenciosamente limpando as penas uns dos outros à beira da água. Dois deles, brancos como a neve, com uma envergadura de asa de quase dois metros, moviam os imponentes pescoços para cima e para baixo usando os bicos que pareciam adagas.

— Estamos aqui, Patricia — continuou ele —, porque a Família está preocupada. Não preciso te dizer, as coisas não estão saindo como planejado.

Outra informação errada — o nome dela não era realmente Patricia, embora fosse parecido o suficiente para que ela não sentisse a necessidade de corrigi-lo. Ele também sabia disso. A aparência do homem não a enganava, e a recíproca era verdadeira. Debaixo daquele terno feito sob medida, seu corpo parecia estreito e comprido, mas ela conseguia enxergar algo que poderia passar despercebido para outras pessoas; rijos filetes de músculos subindo por suas coxas e antebraços. Tudo o que ele fazia era fisicamente preciso, porque seu corpo tinha sido tonificado e treinado para agir com total precisão física. Seu cabelo loiro estava ficando ralo, sim, mas por ter sido tingido, cortado e modificado tantas vezes, era impossível saber sua verdadeira cor e forma. Suas feições eram delicadas, mas a maioria delas não eram as feições com as quais ele havia nascido. Ele mudara seu rosto quase tantas vezes quanto seu cabelo. E mesmo agora ela podia ver vestígios da essência de suas feições em suas bochechas e testa.

Em seu mundo, nada era como parecia.

— Estou um pouco surpresa — ela finalmente respondeu. — Normalmente o Sr. Arthur conduz essas reuniões pessoalmente. Enviar você parece um pouco... extremo.

O homem sorriu. O nome que o homem lhe dera ao telefone foi Curt, embora ela soubesse que era tão verdadeiro quanto Patricia.

— Você está surpresa. Mesmo? Depois dos fracassos desastrosos das últimas doze horas?

Patricia estremeceu, em parte porque era uma avaliação justa dos acontecimentos. Incrível que só tivessem se passado doze horas desde que fora convocada para uma missão radical depois de anos de trabalho de investigação metódica e espionagem para um chefe podre de rico que ela conhecia apenas pelo primeiro nome e era impiedoso com o fracasso. Mesmo depois de uma vida inteira de treinamento, seu corpo estava cobrando o preço das três missões consecutivas. Aos 37 anos, ela ainda estava no auge de sua forma física, mas a idade impunha suas limitações. Quando concluiu sua "formação" como espiã aos 15 anos, era capaz de realizar missões semelhantes por dias a fio.

— O baú foi localizado. Não causará mais problemas. E eu coloquei as pinturas no navio de carga — disse ela, alisando a saia que ia até o joelho.

Era a terceira roupa que ela usava nas últimas 24 horas. No cassino, ela precisava passar despercebida; o uniforme de camareira surrupiado da lavanderia no porão do Encore funcionou bem, ainda que fosse um número maior. Se fosse preciso, ela poderia ter subjugado o receptador fora de forma mesmo se estivesse usando uma camisa de força e algemas. Os jovens no armazém haviam sido um desafio um pouquinho maior. Ela usara um macacão atlético e um colete a prova de balas, embora nem tenha havido chances de aqueles criminosos de segunda categoria atirarem. Ela duvidava que qualquer um deles já tivesse usado uma escopeta para algo mais do que mera intimidação; eles estavam totalmente despreparados para o que os atingiu.

O mesmo poderia ser dito de Charles Walker. A saia de couro e os saltos altos que ela escolheu para aquele trabalho eram armas ainda mais eficientes do que uma escopeta. Ela ainda calçava os mesmos saltos altos, mas a saia estava de volta em seu hotel. Se aquela reunião desse errado, a saia não teria efeito em um homem como Curt. Mas os saltos ainda tinham sua serventia.

— O Sr. Arthur não se importa com as pinturas — disse Curt. — A Família não esperou trinta anos por um monte de pinturas.

Era incrível a facilidade com que Curt menosprezava meio bilhão de dólares em arte roubada. Mas Patricia sabia que, neste caso, Curt não estava falando por si mesmo. Os dois eram da mesma espécie. Assassinos de aluguel. Por mais de uma década, ela estava na folha de pagamento da Família, e tudo chegara a um ponto crítico nas últimas doze horas. Tantas pistas e becos sem saída ao longo dos anos, e, finalmente, ela tinha chegado muito perto.

Primeiro, o receptador. Não era a primeira vez que uma das muitas fontes envolvidas no negócio de "mover" arte contrabandeada que ela vinha monitorando — por meio de escutas telefônicas, e-mails infindáveis, informantes pagos — mencionava a recompensa. Afinal, o roubo ao Gardner foi um dos mais famosos da história, e quase todos os intermediários, donos de lojas de penhores e ladrões de arte de segundo escalão da região tentaram recuperar os produtos perdidos em algum momento — e todos fracassaram miseravelmente. Então, como de costume, ela estava cética, mas com um pouco de investigação ela conseguiu reunir informações suficientes para empolgar os ânimos da Família — depois de tantos anos, o objeto que o Sr. Arthur tanto cobiçara finalmente parecia estar reemergindo das sombras. Mas ao chegar ao armazém e abrir os caixotes, ela ficou consternada. Meio bilhão em pinturas, nada mais.

E então, o pobre professor Charles. Como a Família a instruíra, ela o monitorava havia meses, junto com alguns de seus colegas acadêmicos, em busca de quaisquer sinais de que alguém tivesse tropeçado nos *negócios* da Família. Ela ficou chocada ao ver o recente artigo publicado no canal do Reddit que ele criara. Foi fácil deletar o anexo antes que algum de seus colegas visse, e ainda mais fácil ter acesso a sua casa, seu computador e sua cama. Se ela tivesse demorado demais para agir e ele publicasse aquele artigo, não haveria como saber até onde sua descoberta levaria e como a Família reagiria. A imagem que Charles descobriu dentro do baú de John Hancock, por si só, pode não ter sido suficiente para inspirar o tipo de pensamento conectivo capaz de ameaçar o grandioso plano da Família.

— Pode até ser — ela finalmente respondeu, agora também observando os dois cisnes. — Mas as pinturas e o professor... São tantos fios, mas o nó está começando a se desfazer. Não vai demorar.

Foi quase imperceptível a maneira silenciosamente ameaçadora como Curt se moveu no banco, aproximando uma das mãos bem cuidadas tão perto de sua saia que a fez tremer. Mas então o treinamento de Patricia entrou em ação, e os músculos de seu corpo se retesaram como uma mola encolhida. Sua mente instintivamente analisava as opções. A .22 escondida na manga da blusa. Um calibre pequeno, mas à queima-roupa era eficaz. Os sapatos, é claro; uma lâmina de cerca de dois centímetros escondida na ponta do pé esquerdo e uma seringa automática cheia de paralisante escondida no pé direito, junto com uma segunda seringa contendo o antídoto, que ainda não havia precisado usar. As faixas trançadas amarrando seu longo cabelo negro em um rabo de cavalo; dentro do tecido, um fio de arame farpado. E ela sempre podia contar com suas habilidosas mãos. Não tinha certeza se conseguiria vencer Curt em um combate corpo a corpo, mas estava disposta a apostar em seu treinamento contra qualquer pessoa no mundo. Curt pode ter passado anos se aperfeiçoando até se transformar em uma arma viva a serviço de quem pagasse mais, mas Patricia tinha literalmente *nascido* para isso.

— A Família não aceitará mais falhas, Patricia.

Patricia não era seu nome, porque ela não tinha um. Ela tinha um número. *Пятьдесят*. E a transliteração, "Piats-des-iat", era muito parecido com Patricia. Mas não fora concebido para ser um nome.

Significava cinquenta, ou seja, que ela fora a quinquagésima menina nascida naquele dormitório nas margens do Rio Irkut. Dessas cinquenta, menos de trinta ainda estavam vivas quinze anos depois, quando o general Yakov, anteriormente membro da agência russa de serviços de informação, FSB, e, antes disso, da organização de serviços secretos KGB, foi forçado a fechar suas instalações de treinamento. Ela sempre se lembraria da cerimônia de "formatura", Yakov parado diante de suas "filhas" lamentando o destino da experiência soviética arruinada, o desastre que Yeltsin era para a Rússia.

Agora somos todos mercenários, dissera Yakov a suas *ласточки* — "andorinhas", o nome dado às participantes do programa que começou na década de 1920, sob o regime de Stalin, e a princípio recrutava bailarinas do Bolshoi e atrizes de cinema, antes de Yakov ter a ideia nos anos 1980 de "criar" suas próprias espiãs. *Andorinhas*, meninas, agora mulheres — treinadas em técnicas que não eram tão absurdas afinal: estratégias para fazer o coração de um homem bater mais rápido não eram tão diferentes do que as táticas envolvidas em fazê-lo parar por completo. *Distrair, desarmar, encontrar uma fraqueza para se infiltrar e explorá-la, atacar rapidamente e com grande precisão.* Esse treinamento era válido tanto quando o objetivo era fazer um homem se apaixonar por você ou quebrar o pescoço dele.

Patricia forçou seus músculos a relaxar, pois viu que Curt também relaxava no banco ao lado dela. Por ora, pelo menos, ele não estava lá para substituí-la ou matá-la.

— Chega de atrasos, Patricia. Faça o que for preciso para cortar esses fios e desatar esse nó.

перерезать эту нить. "Corte os fios." Outro dos ensinamentos favoritos de Yakov. Pobre do professor Charles, do receptador no quarto do hotel, dos irmãos no armazém. Restavam apenas dois fios. Ela considerou mostrar a Curt as fotos em seu celular, tiradas das câmeras de vigilância do cassino. *A jovem não identificada e o ex-presidiário.* Patricia já haviam feito incursões para encontrá-los — uma espécie de pista interna em uma investigação já em andamento. Uma vez que os encontrasse, ela acreditava que estaria a caminho de cumprir sua missão, mas Curt não precisava saber de nada disso, porque Curt era exatamente como ela. Um mercenário. Nada mais.

— Eles têm nomes — disse ela, calmamente, sem deixar transparecer qualquer vestígio de seu sotaque russo. — Os cisnes. Eles voltam todos os anos para este exato lugar. Eles os chamam de Romeu e Julieta.

Curt ergueu uma sobrancelha.

— Ora, isso torna este local ainda mais romântico. Apesar de, repito, um tanto clichê.

— Acontece que as duas são fêmeas — continuou Patricia. — São animais muito bonitos. Mas também podem ser cruéis. Perigosos até.

— Ouvi falar. Os bicos...

— Você pensaria que sim, é claro, mas não é com os bicos que você precisa se preocupar. É com as asas. Sob a bela plumagem, eles têm as articulações do cotovelo. Fortes e afiadas; dizem que são capazes de quebrar o braço de um homem com um só movimento.

Ela se virou e deu uma longa olhada em Curt.

— Não haverá mais falhas. Chega de fios soltos.

Ela não esperou que ele respondesse. Sem dizer mais uma palavra, ela se levantou e saiu pelo parque, para longe do banco, do mercenário e dos cisnes.

CAPÍTULO 13

Adrian Jensen murmurou com raiva enquanto girava a combinação da trava de sua bicicleta, fixando o quadro de carbono leve e ridiculamente caro na placa de alumínio que se projetava em uma das esquinas mais movimentadas do centro de Boston. Não xingou exatamente; Adrian estava ciente demais do fluxo constante de pedestres no tráfego matinal que desviava dele como um rio se dividindo em torno de uma pedra em seu curso. Mas balbuciava e resmungava baixinho: uma torrente constante de autocrítica verbal que fluíra de forma contínua e desimpedida durante a viagem de quase dez quilômetros de seu escritório no East Hall, localizado no número 6 do parque The Green, bem no coração do campus da Tufts.

Na verdade, ele ainda estava falando sozinho enquanto tirava seu capacete — e, como de costume, e de maneira dramática, mais uma vez sacudiu o cabelo dourado-avermelhado — e então prendeu o capacete na pesada mochila. A mochila ainda estava pendurada sobre seu ombro esquerdo, a alça pressionando o material fino de mais uma de suas muitas camisas justas de ciclismo. Desta vez, a camisa combinava com as calças, que se agarravam em suas enormes panturrilhas e coxas como uma roupa de mergulho, ou para quem odiava aquele visual, como um derramamento de óleo em um pássaro se afogando.

À luz do dia, Adrian estava plenamente ciente da imagem que projetava, desde as roupas de ciclismo, a pele bronzeada e o corpo de formas simetricamente perfeitas aos cachos e ondas daquele cabelo meticulosamente penteado. Ele sabia que muitos de seus alunos e uma boa parte dos outros professores da Tufts — não apenas no departamento de história, mas em todos de ciências humanas — costumavam se referir a ele como "almofadinha" quando pensavam que ele não estava ouvindo, mas as opiniões de outras pessoas nunca o incomodaram. Talvez fosse fruto da educação severa de seus pais cientistas, mas ele nunca teve paciência para as opiniões de tolos ou rivais. Na verdade, a única coisa de que ele não gostava mais do que opiniões não solicitadas eram delírios de grandeza intelectual.

Isso explicava seu atual humor enquanto olhava para a fachada georgiana do prédio de granito que ocupava grande parte do quarteirão, na esquina das ruas School e Tremont. Certamente a King's Chapel, o local religioso mais antigo ainda em uso em Boston e uma das igrejas mais antigas dos Estados Unidos, era familiar para Adrian, um lugar que ele visitara muitas vezes. Como um estudioso que dedicou grande parte de sua vida adulta à história norte-americana do século XVIII, teria sido impossível para ele evitar um local tão importante, frequentado por uma infinidade de personagens ilustres da Guerra Revolucionária, muitos dos quais foram sepultados nas catacumbas do prédio ou enterrados no terreno adjacente; os heróis que não estavam no terreno da igreja foram enterrados do outro lado da rua, no cemitério, ainda mais popular entre turistas e fãs de história. Mas naquela tarde em particular, Adrian poderia pensar em uma dezena de lugares em que preferiria estar em vez de naquela igreja enorme e antiga.

Em duas horas ele deveria dar uma aula para um auditório cheio de calouros sobre o papel de Paul Revere no Boston Tea Party, um dos mais famosos — e incompreendidos — episódios do período Revolucionário. Adrian não gostava de dar aulas a calouros. Na verdade, não gostava de graduandos em geral e era muito mais feliz recolhido em seu escritório ou em uma das muitas bibliotecas da universidade, trabalhando em seus projetos de pesquisa. Mas mesmo estar diante de um salão lotado de adolescentes entediados e obcecados por cumprir créditos em disciplinas obrigatórias — que haviam escolhido um curso sobre a Revolução porque pensaram que ouviriam sobre batalhas de mosquete e balas de canhão, em vez de questões tributárias e direitos de atracação no porto — era preferível à sua atual aventura absurda, uma missão provocada pelas especulações fantasiosas de um rival acadêmico.

Adrian estremeceu de desgosto quando enfiou a mão na mochila e retirou o maldito maço de papéis em um envelope pardo, praticamente no mesmo estado em que o encontrara na caixa de correio em seu escritório naquela manhã. "Absurdo" era a palavra certa para aquilo. Quando ele abriu o envelope pela primeira vez e leu o título da capa, quase jogou a coisa toda na lixeira mais próxima:

A MAIS INCRÍVEL DESCOBERTA
SOBRE PAUL REVERE DA HISTÓRIA

Adrian balançou a cabeça com a audácia do título, mas, ainda assim, não era páreo para a audácia da tese de Charles Walker. Surpreendentemente, Charles não estava exagerando na taverna — seu artigo era incrível — e *absurdo* — e *insano*. A única coisa que impediu Adrian de ignorar tudo imediatamente foram as provas anexadas no final. Porque, depois de finalmente passar por todas aquelas páginas de fantasia, especulação, não, ficção científica, Adrian tinha finalmente chegado aos anexos. As descobertas de Charles, suas *provas*. E para ser justo, por mais absurdo que todo o projeto parecesse, as descobertas, bem, elas não eram apenas absurdas.

Eram insanas. E pior, talvez fossem verdade.

O olhar de Adrian se desviou do envelope para a King's Chapel. Primeiro observou as colunas, porque eram impossíveis de ignorar.

Então mais alto, para o retângulo de pedra com as janelas palladianas arqueadas elevando-se acima do tráfego congestionado do meio-dia. Não havia campanário — os construtores originais desejavam um, até elaboraram projetos, mas dificuldades financeiras os deixaram com apenas o suficiente para a "torre" de granito. Sonhos, como tantas vezes, esmagados pela realidade.

A atenção de Adrian se voltou para o envelope em suas mãos.

Insano. Porque parecia que os sonhos febris de Charles, neste caso, haviam de alguma forma *superado* a realidade.

Adrian balançou a cabeça, a vasta cabeleira cacheada brilhando ao sol. Ele e Charles nunca tiveram nada parecido com um bom relacionamento. Dadas as diferenças entre a personalidade de cada um, eles nunca conseguiram sequer concordar em discordar sobre os inescrutáveis detalhes de seu foco intelectual compartilhado. Mesmo antes dessa nova e insana tese, Charles sempre fora atraído pelo grandioso e pelo fantástico. Adrian muitas vezes sugeriu que aquele palhaço deveria estar em Hollywood, em vez de nos salões sagrados de Harvard. Deixe para as massas imaginar Paul Revere como um personagem quase mítico. Como acadêmico, Adrian sempre acreditou que seu dever era revelar Revere como o homem que realmente era — um soldado ligeiramente patético, mas um metalúrgico, gravurista e tecnólogo brilhante. Nas palavras do próprio Revere, um mecânico.

Charles Walker sempre acreditou que havia algum grande segredo a ser desvendado. E quando discutiam, a resposta de Charles sempre fora a mesma: Boston era grande o suficiente para dois eminentes especialistas em Paul Revere, não importava o quão díspares fossem suas linhas de estudo. Adrian poderia passar seus dias na busca diligente dos detalhes mundanos da vida de Revere, enquanto Charles se concentraria nos segredos dramáticos que ele acreditava estarem escondidos *sob* esses detalhes.

Em outras palavras, Adrian perseguiria o trabalho acadêmico real, enquanto Charles perseguiria seus delírios. E na visão de

Adrian, até as provas documentais anexadas ao final daquele artigo insano, era isso que Charles tinha feito: criar teorias delirantes e fantasiosas, e, ainda assim...

Sentindo-se enlouquecido de raiva — e, sim, de inveja também —, Adrian abriu o envelope e revirou os papéis até chegar à última página. Ao fazer isso, algo que ficara preso no interior do envelope caiu, pousando na calçada entre seus pés. Com um grunhido irritado, Adrian o recolheu, sem prestar muita atenção. Claro, ele reconheceu o objeto quando o viu pela primeira vez em sua caixa de correio: um dos porta-copos da Warren Tavern, com a imagem do Monumento Bunker Hill de um dos lados. Ele não tinha dado importância quando o viu pela primeira vez, e deu ainda menos agora — porque, assim que o enfiou no bolso, sua atenção foi novamente atraída pela última prova documental no artigo de Charles: uma imagem impressa, incrivelmente detalhada, que era, na verdade, uma fotografia de uma gravura original de Revere. Uma gravura que Adrian tinha certeza de que nunca tinha sido publicada, ou mesmo vista, em lugar algum.

Incrível! E ao lado da segunda prova documental, a foto que Charles incluíra no próprio artigo, do baú de Hancock, ainda mais incrível.

Impressionante!

O que Charles descobriu dentro da estrutura do baú de John Hancock, por si só, teria sido suficiente para deixar toda a classe profissional de Adrian em polvorosa. O próprio Adrian tinha achado tudo aquilo tão convincente que passara a maior parte da manhã tentando — sem sucesso — executar um exame radiológico do baú. Mas o doador que emprestara o baú ao museu Worcester inesperadamente o vendera naquela mesma manhã para um abastado colecionador particular. Embora o baú permanecesse emprestado ao museu, o novo proprietário insistiu em levá-lo por um período para avaliação e reparos. Assim, um novo exame radiológico teria que esperar.

Então Adrian foi forçado a fazer o que tentava evitar: ligou para o escritório de Charles na esperança de ver as provas radiológicas de Charles pessoalmente. E foi aí que lhe contaram a terrível notícia.

O legista ainda não havia determinado se o motivo de Charles ter sido encontrado morto no chão de seu escritório naquela manhã fora um AVC ou um infarto. A julgar pela aparência — e pelo hálito — do homem quando ele abordou Adrian na Warren Tavern na noite anterior, era óbvio que o pobre tolo havia exagerado. Agora ele se foi, sem publicar seu artigo, e Adrian ficou com um dilema. Ele nunca concordou com Charles na vida, mas na morte, por mais que tentasse, descobriu que não podia simplesmente ignorar a descoberta do colega.

Ele olhou para a foto em suas mãos. Assim como a imagem do baú de Hancock que Charles incluíra em seu artigo, esta segunda foto era de uma gravura, supostamente de Revere. Adrian tinha certeza de que essa gravura era inédita, e ele também tinha certeza de sua origem.

A cápsula do tempo do Revere. Claro, a cápsula do tempo era bem conhecida, mesmo fora dos círculos acadêmicos. Em 1795, foi enterrada por Paul Revere e Samuel Adams na pedra fundamental do Capitólio Estadual de Massachusetts. Em 1855, pela primeira vez, a cápsula foi aberta e limpa, e seu conteúdo, documentado, e depois ela foi enterrada novamente. Mas, em 2015, ocorreu uma "abertura" muito mais pública, na Ala de Arte das Américas do Museu de Belas Artes de Boston. Na presença do governador e de várias câmeras de televisão, o curador do museu revelou o conteúdo da cápsula e o enviou para estudo, designando um grupo de especialistas para examinar cada item. A maior parte do conteúdo da cápsula era de itens esperados: jornais da época, em boas condições. Vinte e três moedas de diferentes denominações. Uma das medalhas de George Washington, um Selo da Commonwealth, uma página de rosto dos registros da Colônia. E então um último item — uma placa de prata, gravada à mão por Paul Revere.

Embora a placa, por si só, fosse banal — as palavras gravadas nela simplesmente indicavam que a pedra fundamental havia sido lançada por Samuel Adams, então governador da república —, o museu convocara especialistas locais em Revere, e o pedigree de Harvard de Charles Walker o colocou no topo da lista.

Nos primeiros meses após a abertura da cápsula, Charles só falava daquela placa de prata. E então, curiosa e repentinamente, se calou e não mencionou mais o assunto, nunca mais. Agora Adrian entendia, pois tinha certeza de que a imagem em suas mãos era da mesma placa — só que havia sido dividida em duas, longitudinalmente, separadas como páginas coladas de um livro. Adrian não tinha ideia de como Charles poderia ter obtido permissão para tal; sem dúvida, havia feito isso em segredo. Mas isso não importava agora, não só porque Charles estava morto, mas porque dentro da placa de prata ele encontrou uma *segunda* gravura. E a importância desta gravura ofuscava completamente a primeira.

Dessa vez, não eram palavras, mas uma imagem. Adrian identificou facilmente o homem retratado na gravura: Paul Revere, como estaria perto do fim da vida. Na frente de Revere, do outro lado do que parecia ser o chão de uma oficina ou metalúrgica, havia uma dúzia de taças de vinho perfeitamente alinhadas. Cada uma das taças de vinho parecia estar cheia até a metade com algum líquido. E na borda da gravura, ao lado da última taça, havia um grande sino. Sinais de vibração foram esculpidos ao redor do sino — claramente simbolizando que o sino estava tocando. E Revere, do outro lado da fileira de taças de vinho, fazia anotações. Olhando mais de perto, Adrian podia ver que, abaixo de cada taça, Revere havia gravado um número. E abaixo de tudo — Revere, as taças, o sino — havia uma data.

Uma data que não fazia o menor sentido.

1814

Adrian sabia que a cápsula do tempo tinha sido originalmente enterrada na pedra fundamental do Capitólio Estadual em 1795. Não tinha sido reaberta até 1855 e permanecera enterrada até recentemente. A data daquela gravura sugeria que em algum momento depois de 1795, mas antes da morte de Revere em 1818, ele havia sorrateiramente substituído a placa de prata original por outra, contendo aquele autorretrato bizarro. Na verdade, não era impossível; Revere, o melhor metalúrgico e mecânico de seu tempo — e a única pessoa nas Américas que dominara a arte de trabalhar com chapas de cobre —, tinha sido comissionado para substituir a cúpula do Capitólio Estadual em 1803 e teria fácil acesso fácil à pedra fundamental. Mas a pergunta permanecia — por quê? O que essa gravura significa? E o que havia de tão importante naquela imagem — as taças de vinho, aquele sino, os números — para Revere desejar escondê-la e preservá-la de forma tão engenhosa?

Adrian balançou a cabeça novamente, enfiou a foto de volta no envelope pardo e o guardou na mochila. Jogou a mochila por cima do ombro, depois voltou seu foco para a igreja. Mesmo que Charles não tivesse sido encontrado morto no chão do próprio escritório, esse era um mistério que Adrian se sentiria obrigado a desvendar. Havia um significado, um segredo por trás dessa gravura, e Adrian era uma das poucas pessoas com conhecimento suficiente para descobri-lo. E foi seguindo essa pista que chegou até ali, à King's Chapel. Esse conhecimento e aquela data: 1814.

Depois de um último murmúrio — desta vez, algo mais parecido com um xingamento —, Adrian se juntou ao fluxo de turistas em direção à porta da frente da igreja.

CAPÍTULO 14

drian foi transportado 250 anos no tempo assim que atravessou a porta da King's Chapel. Ele caminhou apressado pelos compartimentos fechados — cabines de madeira contendo bancos e divisórias estofadas de vermelho, separadas do corredor por portas articuladas — e foi direto até a frente do salão de oração, bem iluminado por janelas arqueadas e um magnífico lustre central. Os turistas ao redor de Adrian pareciam mais animados com os bancos. Na era revolucionária, as famílias ricas compravam esses cubículos aveludados, que eram passados de geração em geração. Mas o foco de Adrian continuava em outro lugar. Não no púlpito do sacerdote no alto do altar nem no monumental órgão C. B. Fisk que ocupava a galeria dos fundos — o sexto instrumento de King's Chapel, instalado em meados dos anos 1960. Adrian não foi à igreja pela religião ou pela música; ele estava em busca de respostas.

Passar pelos turistas e pelas famílias que se amontoavam nos corredores demorou mais do que ele gostaria, mas por fim Adrian chegou ao seu destino, a entrada isolada por cordões para a escada de pedra que levava à sala do sino da igreja. O homem parado do outro lado do cordão de veludo reconheceu Adrian com pouco mais do que um aceno de cabeça. O primeiro nome do homem era Bevil, e essa era uma das duas informações importantes que Adrian sabia sobre ele, além de que ele era um dos zeladores da igreja. Eles se encontraram duas vezes antes em visitas anteriores; foi na segunda delas, quando Adrian queria um tour particular pelas amplas catacumbas nos subterrâneos da igreja, que ele descobriu o segundo fato: Bevil recebia por hora e não era muito bem pago. Cinquenta dólares eram o suficiente para ele fazer o que você quisesse.

Hoje Adrian não estava interessado em examinar catacumbas. Assim que mostrou a Bevil a nota de cinquenta, escondida no bolso de suas calças de ciclismo, o zelador soltou o cordão de veludo e o conduziu para a escada.

— Apresse-se, professor. Haverá um tour guiado em vinte minutos, então temos que ser rápidos.

A escada era estreita e escura e parecia um século mais antiga do que o restante do interior da igreja. As paredes eram de pedra, os degraus, de madeira. Adrian teve que se mover com cuidado para não tropeçar nos próprios pés enquanto corria para acompanhar Bevil. Algumas voltas depois, eles chegaram ao topo onde a escada desembocava em uma pequena sala com janelas de ripas e mais paredes de pedra.

No centro da sala estava o maior sino que Adrian já vira pessoalmente, pendurado em uma moldura de ferro enferrujada presa a um mecanismo circular de madeira com uma corda pesada que pendia, atravessando o piso, até a igreja propriamente dita. Mesmo quase envolto em escuridão, o sino era impressionante, ainda mais porque Adrian sabia de todos seus detalhes. Tinha cerca de 1,20m de diâmetro, mais de uma tonelada e, quando tocado, podia ser ouvido em toda a cidade. Gravado no topo, em letras claras, o nome do homem que o fabricara: *Revere*.

— Ele o chamou de "o sino mais melodioso que ele já fez" — disse Bevil, enquanto ambos admiravam o sino. — Ele morreu dois anos depois do sino ser instalado.

Adrian não respondeu. Ele sabia mais sobre Revere, e por extensão, sobre aquele sino, do que o zelador da igreja poderia aprender em uma vida. O sino diante deles foi de fato forjado por Paul Revere e pendurado na King´s Chapel dois anos antes de sua morte, aos 83 anos. Embora a data gravada no sino, perto do nome de Revere, fosse a data em que ele foi entregue e pendurado, 1816, Revere começou a forjá-lo e moldá-lo dois anos antes, quando recebeu a encomenda da igreja, cujo sino original havia rachado.

Em 1814.

— Foi seu último sino — continuou Bevil. — Ele fez trezentos. Alguns dizem que ele ficou obcecado em fazer sinos tarde na vida. Tinha um grande negócio lidando com cobre, canhões, armamentos, prata, gravuras. Mas tudo com que ele parecia se importar quando envelheceu eram os sinos. E continuou fazendo, até este último.

Adrian mal estava ouvindo o homem. Ele sabia o que os livros diziam sobre o sino na King´s Chapel, o último e o mais impressionante de Revere. O que estava escrito em livros didáticos — e na maioria dos livros de história — não importava para Adrian. Grande parte deles eram falhos, apenas tão valiosos quanto as reputações daqueles que os escreveram. E a maioria das pessoas que escreveram história também eram falhas, dedicando suas carreiras em busca da ilusória aclamação.

Homens como Charles.

Adrian enfiou a mão na mochila, desta vez debaixo do envelope pardo, e retirou um dispositivo eletrônico pequeno, mas pesado, do tamanho de um livro. Tinha uma tela ao lado de um painel cheio de botões. Ele tinha sido cuidadoso durante a viagem de dez quilômetros desde Medford para não passar por buracos ou lombadas que pudessem danificar a engenhoca; o professor Vladimir Gregor, um dos chefes do departamento de engenharia elétrica da Tufts, lhe garantiu que era muito mais caro do que parecia.

Para sua surpresa, Gregor foi muito solícito quando Adrian o visitou em seu laboratório de engenharia no início daquele dia, embora Adrian tivesse feito o possível para reter o máximo de informações que pudesse. Não porque ele não confiava em Gregor, que era um dos poucos membros do corpo docente que Adrian considerava sério o suficiente para chamar de amigo. Mas porque Gregor compartilhava de sua perspicácia e poderia muito bem ter uma crise de riso e expulsá-lo do laboratório de engenharia se soubesse a absurda verdade.

Adrian *havia* mostrado a gravura a Gregor, o que era inevitável — e Gregor só precisou olhar a foto por um momento para ficar realmente animado. *"As taças de vinho"*, ele exclamou, *"alinhadas assim na frente do sino, percebe o que são, não?"* E então ele explicou — as taças de vinho eram uma versão engenhosa e primitiva do dispositivo que Adrian agora segurava em suas mãos.

— Que diabos é isso? — Bevil perguntou. — Você não vai danificar o sino, vai? Porque isso vai te custar muito mais do que cinquenta dólares.

— Eu não vou danificá-lo. Só vou medi-lo. Isso é um analisador de espectro. Mede sons, frequência tonal e comprimentos de ondas acústicas. Cria um padrão que pode ser entendido matematicamente.

Adrian estava dizendo palavras que mal entendia. Mas Gregor tinha certeza. Na gravura, Paul Revere arranjou as taças de vinho para medir as ondas de som que vinham do sino. Embora o ouvido humano traduza as frequências variáveis emitidas pela curvatura do metal em um único tom, a matemática por trás do som do sino era muito mais complexa. Curvas senoidais ascendentes e descendentes que representam a frequência das ondas sonoras.

Segundo Gregor, na gravura, a superfície do vinho nas taças teria ondulado por causa dessas ondas. A posição das taças, combinada com a quantidade de líquido e o formato de cada uma, capturaria essas ondas de formas diferentes, fornecendo uma medida surpreendentemente precisa do comprimento das ondas. A distância entre cada ondulação poderia ser calculada, e com essa informação você poderia reconstruir o som matematicamente. Se fosse alguém brilhante nessa área, como Gregor — ou Paul Revere.

Os números abaixo das taças representavam os cálculos de Revere com base nas leituras das ondulações no vinho. Esses números, nessa sequência específica, forneceram a assinatura matemática de um "tom" específico — o som que emana do sino. De acordo com o artigo de Charles, Revere estava buscando um tom específico: *um tom com, por mais insano que pareça, ramificações que mudariam o mundo.* De acordo com o artigo, Revere precisou de trezentos sinos para acertar, mas no último, ele conseguiu. Alcançou o impossível, fez um sino cujo tom poderia... Era tão insano, inacreditável, que Adrian nem conseguia expressar a ideia em palavras.

Gregor conseguiu calibrar o dispositivo que Adrian estava segurando agora com os dados de Revere. O que significava que, mais de duzentos anos depois de Revere ter instalado seu sino mais melodioso, Adrian estava prestes a conduzir o mesmo experimento retratado na gravura.

— Toque — disse Adrian. Bevil olhou para ele.

— Está de brincadeira, não é? Esse sino toca três vezes por semana. Domingos, quartas e sábados. E não é tocado daqui de cima, mas, sim, lá de baixo. É para isso que serve a corda.

— Mas você poderia tocar daqui. Agora mesmo.

Adrian segurou o analisador de espectro em uma mão, tirou uma segunda nota de cinquenta dólares do bolso e a entregou junto com a primeira. Bevil olhou para as duas notas por um momento, depois deu de ombros.

— Às vezes confundo os dias. É tanto remédio para alergia que tomo! Como dizem, não opere máquinas pesadas quando tomar anti-histamínicos.

Ele sorriu, pegou as duas notas e seguiu para a corda pesada que alcançava até a nave da igreja. Bevil pegou a corda com as duas mãos e olhou para Adrian.

— É melhor tapar os ouvidos.

Adrian o ignorou. Em vez disso, acionou um botão no analisador de espectro, para ligá-lo. A tela ficou verde, com uma linha brilhante correndo pelo meio. Abaixo da linha havia uma fileira de números.

— Toque o maldito sino, Bevil.

Bevil dependurou seu corpo na corda, puxando-a para baixo. O sino gigante se mexeu, lentamente no início, depois balançou para a frente na estrutura. Adrian podia sentir o vento da grande besta contra seu rosto, e então o sino atingiu o ponto mais alto do arco, balançou para baixo, e dele emergiu um estrondo tão alto e poderoso que quase derrubou Adrian. A parede de pedra atrás dele tremeu; na verdade, a igreja inteira parecia vibrar com o barulho. Adrian poderia imaginar os turistas nos bancos abaixo e na rua — e do outro lado da cidade — olhando para cima. Mas seu foco estava inteiramente no dispositivo em suas mãos.

A linha verde na tela não era mais reta, de repente estava oscilando para cima e para baixo serpenteando como uma cobra, ondulando como um oceano, movendo-se de um lado do dispositivo para o outro. Sob as curvas, uma sequência de números começou a aparecer, um após o outro. Um para cada uma das calibrações que Gregor inseriu no dispositivo com base na gravura. *Um código matemático para o som vindo do sino.* O rosto de Adrian corou quando ele olhou da curva para os números, mal acreditando que estava funcionando, que Gregor estava certo, que Revere, na gravura, usara as taças para medir o som do sino — quando de repente ele notou algo.

Os números não batiam. Não correspondiam aos números na gravura de Revere.

Ou Gregor havia errado nos cálculos, o que parecia improvável, dado o histórico e a capacidade do homem, ou os números estavam errados porque aquele não era o som que Revere medira na gravura. Aquele não era o som — o tom que Revere buscava, o poderoso tom que mudaria o mundo — porque aquele não era o sino.

Mas isso não parecia possível. A data na gravura era 1814. Revere tinha feito este sino por volta de 1814, apenas alguns anos antes de morrer. Ele fez trezentos sinos, forjando-os obsessivamente até sua morte. O sino da King's Chapel não seria apenas o sino mais melodioso criado por Revere. Era para ser o último.

— Mas não foi — disse Adrian de repente. — Este não foi o último sino dele.

O sino desacelerou em seu quadro, o som se dissipando apenas o suficiente para que ele pudesse ser ouvido.

— Os livros didáticos estão errados.

Bevil olhou para ele, as mãos ainda agarradas à pesada corda.

— Isso não é verdade. O sino da King's Chapel foi o último de Revere. Está nos folhetos que distribuímos lá embaixo.

Adrian balançou a cabeça. Com a morte de Charles, ele agora era o único estudioso proeminente de Revere nos Estados Unidos. Ele não tinha percebido isso antes — mas se a tese de Charles estivesse certa e as gravuras que ele encontrou fossem autênticas — *tinha que haver outro sino.*

Adrian teve uma ideia repentina. Equilibrando o analisador de espectro em uma mão, enfiou a outra mão no bolso até seus dedos sentirem um papelão rígido. Lentamente, ele puxou o porta-copos da Warren Tavern e então olhou para a imagem estampada em sua superfície.

— O que é isso, professor? — perguntou Bevil. — O que você estava tentando medir com esse dispositivo?

Gregor havia perguntado algo semelhante em seu laboratório. *"O que Revere pretendia com aquelas taças? O que era tão importante naquele sino na foto e no som que deveria emitir?"*

Adrian não tinha sido capaz de responder a Gregor na ocasião, e certamente não responderia ao zelador agora. Não porque não soubesse a resposta, que, em suma, era toda a tese do artigo de Charles. O último artigo que escrevera antes de morrer.

Uma tese insana, absurda e fantasiosa sobre quem Paul Revere realmente era e o que tentara realizar. E, se a gravura significava o que Charles pensava que significava, o que Revere tinha *de fato* realizado.

Adrian deu uma última olhada no porta-copos, depois o enfiou, junto com o analisador de espectro, em sua mochila e se dirigiu para as escadas que levavam à igreja.

— Aonde está indo, professor?

Adrian não respondeu. Sua mente já estava em outro lugar. Do outro lado da cidade, em um lugar onde poderia encontrar mais respostas.

CAPÍTULO 15

E starei aí em vinte minutos. Preserve os corpos direitinho para mim, detetive.

O agente Zack Lindwell encerrou a ligação e guardou o celular de volta no bolso do paletó, bem ao lado do distintivo. O aparelho emanava calor através do paletó e da camisa, o que fazia sentido, porque não tinha sido um telefonema breve. Tirar informações de Danny Marsh por telefone era como tentar remover uma obra-prima renascentista de sua moldura dourada; em algum momento seria preciso meter o canivete para extrair alguma coisa.

Foram necessários apenas dez minutos para que o detetive lhe desse os detalhes mais básicos da nova cena do crime no armazém em South Boston, e isso foi antes de ele sequer mencionar o peculiar estado das duas vítimas. Desta vez, o legista já estava no local, mas pelo que Marsh havia dito a Zack, ele não seria de grande ajuda até que obtivesse os resultados dos laudos toxicológicos. Do jeito que os corpos estavam se acumulando, até lá eles já estariam cercados por um mar de equipes móveis de noticiários nacionais e repórteres das principais redes de TV.

Zack esfregou os olhos cansados. Ele sabia que precisava ir para South Boston, ver a cena por si mesmo, mas queria um pouco mais de tempo para contemplar o que já havia descoberto. Então, por um breve momento, permaneceu inerte: sentado à beira de uma cama de solteiro em um espartano quarto no terceiro andar de um prédio a dois quarteirões da avenida Massachusetts, em Central Square. A mobília do quarto era em sua maioria funcional, em suaves tons pastéis. Oposta à cama havia uma pequena mesa de jogo servindo como escrivaninha, com um notebook barato e alguns blocos de notas em branco. Ao lado do computador havia uma estante de madeira que parecia saída de uma venda de garagem. Entre a prateleira e a única janela, com vista para um estacionamento, havia outra mesa de jogo e depois uma cômoda. Zack já havia vasculhado as gavetas. Continha principalmente vestidos baratos e calças jeans, algumas camisetas, nada de especial. Não haviam encontrado dinheiro nem fichas de cassino, mas Zack ainda não havia trazido a equipe estadual de perícia, os especialistas em fibras e cabelo. Em algum lugar neste quarto, ele presumiu, havia uma tábua solta no piso, uma placa de forro desencaixada ou um fundo de prateleira falso. Talvez maços de dinheiro, talvez mais fichas amarelas, talvez até um cartão de memória de computador cheio de registros. Bons contadores de cartas sempre mantinham registros meticulosos, seja por ego ou por eficiência; nisso eram muito semelhantes aos ladrões especializados em obras de arte.

Zack finalmente se levantou da cama, lançando um rápido olhar pela janela para estimar as horas. Já era o meio da tarde, mas o estacionamento estava apenas parcialmente ocupado. Essa parte de Central Square conseguira, até então, evitar a gentrificação total, mas ainda assim o aluguel provavelmente era muito alto, devido à proximidade com o campus do MIT. A maioria dos apartamentos do prédio era ocupada por estudantes, muitos deles, presumivelmente, ases da matemática e das ciências, como Hailey Gordon. A colega de quarto — Jackie alguma coisa — que ainda estava na cozinha do apartamento, duas portas adiante, conversando com um dos investigadores enviados por Marsh, estudava física quântica. Uma garota bonita, simpática e muito inteligente. Zack já havia passado por seu quarto, repleto de fotos de família, bichos de pelúcia, parafernália do ensino médio e da faculdade. Sobre a escrivaninha, ele notou uma foto emoldurada do namorado, aluno da Emerson College. Na prateleira, ao lado dos livros de física, uma fileira de canecas estampadas com os logotipos de várias equipes esportivas locais.

Mas aquele quarto, o quarto de *Hailey Gordon*, era totalmente diferente. Além das poucas peças de mobília, quase não havia evidências de que alguém morasse ali. Sem fotos de família. Sem lembranças do colégio, da faculdade ou de suas afiliações esportivas. Nada de fotos de um namorado, nada de ursinhos de pelúcia. A maioria dos livros na estante era sobre matemática, física, alguns de química. O notebook estava protegido por uma senha que os técnicos do escritório local acabariam conseguindo decifrar, mas Zack não esperava que encontrassem algo de interessante naqueles bits e bytes.

A única coisa no quarto que oferecia ao menos uma pista de que alguém havia estado ali na última semana estava espalhada sobre a segunda mesa de jogos: um quebra-cabeça pela metade. Pelo menos mil peças, o que por si só era normal. Mas as peças eram todas brancas — sem imagens, sem cores, nem mesmo uma ligeira variação de tom. Quando entrou pela primeira vez no quarto, Zack virou algumas dessas peças, supondo que estivessem de cabeça para baixo.

Hailey Gordon era certamente um enigma. Até porque o nome dela não era Hailey Gordon. Embora o software de reconhecimento facial no cassino tivesse levado Zack àquele apartamento, ela era uma identidade cuidadosamente criada que remontava a muitos anos. Ela havia conseguido viver todos aqueles anos como alguém que realmente não existia.

A garota que ocupava aquele quarto e estivera no cassino Encore, doze horas antes, no quarto do receptador assassinado, era Katie Allenbeck, nascida em uma pequena cidade perto de Fitchburg, próxima à fronteira entre os estados de New Hampshire e Massachusetts. A polícia estadual conseguiu uma impressão digital na ficha de cassino amarela encontrada debaixo da cama do quarto onde Jimmy, o Boca, foi morto, e essa impressão digital havia sido a primeira página de uma biografia quase inteiramente dominada pela tragédia. Os analistas de Zack, no escritório local, conseguiram preencher a maioria das páginas.

Katie ficou órfã aos 4 anos, quando seus pais morreram em um acidente de carro. Sem parentes conhecidos, ela acabou sob a guarda do Estado, saltando de lar adotivo em lar adotivo, sem nunca encontrar um lar ideal. Mas aos 10 anos, sua vida tomou um novo rumo; ela foi acolhida por um casal mais velho que criara dezenas de crianças adotivas. Dr. Lawrence Pinter, um engenheiro e cientista aposentado que passava seu tempo colecionando e reparando rádios de cristal antigos no porão de sua casa rural, auxiliado por sua esposa, Martha Pinter, uma ex-professora de jardim de infância da escola pública local. Boas pessoas, que nunca conseguiram ter filhos.

Mas não houve um "felizes para sempre". Seis meses depois de acolher Katie, Martha Pinter morreu de um ataque cardíaco, e as coisas degringolaram rapidamente. Dr. Pinter começou a ter episódios do que mais tarde seria descrito como demência. A polícia local foi chamada algumas vezes, encontrando-o vagando pelos quintais dos vizinhos ou cambaleando ao longo de uma rodovia próxima. O serviço de proteção à criança passou a acompanhar o caso. Então, certa manhã de um dia gelado de inverno, Dr. Pinter foi resgatado em um campo a mais de três quilômetros de sua casa, quase morto por hipotermia. Um juiz decretou que ele precisava se tornar um tutelado do Estado. Katie teria que ser transferida de novo, alocada a uma nova família.

E foi então que a tragédia seguinte aconteceu. Quando o serviço de proteção à criança chegou à casa dos Pinter para buscar Katie, encontraram a casa envolta em chamas.

Zack lera o relatório do Corpo de Bombeiros de Fitchburg, que fora chamado quando o incêndio assumiu proporções grandes demais para a brigada local. De acordo com a perícia, o incêndio havia começado na oficina do velho médico; aparentemente, uma pedra cristalizada chamada pirita, usada no funcionamento dos rádios antigos, havia iniciado o fogo. A pirita pode ser altamente inflamável sob as circunstâncias certas.

Na época, não ficou claro o que havia acontecido com a garota, se Katie havia morrido no incêndio ou fugido quando as chamas engoliram a casa. De início, ela foi listada como pessoa desaparecida, mas com o passar do tempo e sem qualquer pista, a garota foi esquecida, como as centenas de outras crianças de sua idade desaparecidas todos os anos. Tecnicamente, seu caso ainda estava aberto, mas ninguém de fato procurava por Katie havia muito, muito tempo.

O registro sobre Hailey Gordon, pelo menos o mantido na secretaria de admissões do MIT, onde se graduou e agora era estudante de pós-graduação, era uma leitura muito mais agradável. Ela havia escrito sua própria história lá, uma muito mais feliz. Zack sempre preferira ficção a não ficção. Na ficção, a história sempre caminhava para onde quer que o autor desejasse.

Era uma vigarista de um tipo familiar, sim, mas Hailey Gordon também era claramente genial. Forjar outra identidade, que dirá um histórico de ensino médio, boa o suficiente para levá-la ao MIT, era uma façanha por si só; ter sucesso em uma universidade de elite e sobreviver todo esse tempo sozinha era ainda mais impressionante. De acordo com a colega de quarto, Hailey costumava pagar o aluguel e as contas em dinheiro e, embora com frequência atrasasse os pagamentos, nunca por dois meses consecutivos.

Embora ganhasse a vida com contagem de cartas, bicos e esquemas duvidosos, Hailey se saíra muito bem. Ela se concentrou em seus estudos, permaneceu fora do radar — até agora.

Se Zack tivesse que adivinhar, ela tinha tropeçado nessa confusão de assassinatos por acidente; mas como ela não tinha voltado para casa ou comparecido às aulas naquela manhã, parecia que acabara entrando no jogo, fosse sob coação ou como participante ativa. Os detetives de Marsh estavam vasculhando a cidade em busca de Nick Patterson, o suspeito mais provável pelo assassinato, mas, de acordo com as evidências colhidas até o momento, Hailey poderia muito bem ser uma participante voluntária no que quer que estivessem tramando.

Testemunhas identificaram Hailey junto com Patterson no táxi que os levou do cassino para o armazém em South Boston — que agora era uma segunda cena de crime brutal. Depois de uma boa dose de tortura verbal pelo telefone, Zack conseguiu arrancar de Marsh a informação sobre os caixotes abertos e vazios; caixotes suficientes, do tamanho e forma certos, para guardar as pinturas de Gardner. Mas os caixotes em si não tinham nada de especial; já os corpos eram bizarros.

De acordo com o legista no local, certamente havia sido um duplo homicídio, mas não estava claro exatamente como os dois jovens morreram. Um laudo toxicológico levaria tempo, e mesmo assim, poderia não ser conclusivo. Zack sabia que havia muitas toxinas que não aparecem em um laudo toxicológico; a química é um território ardiloso. Um pedaço de cristal poderia alimentar um rádio, mas também poderia iniciar um incêndio grande o suficiente para queimar uma casa.

Zack atravessou o pequeno quarto, tirando um par de luvas do bolso do paletó e o deslizando sobre as mãos. Ele desconectou o notebook de Hailey para enviá-lo aos técnicos no escritório local, que não teriam dificuldades em contornar a senha de proteção. Desde que chegara ao apartamento, ele já havia os acionado por telefone, colocando em ação uma arma técnica do arsenal do FBI ainda mais sofisticada. Agora que a colega de quarto forneceu o número do celular de Hailey, eles poderiam usá-lo para localizá-la e para dar início ao processo de obtenção de um mandado judicial para uma escuta remota. Eles não só seriam capazes de ouvir quaisquer chamadas que ela fizesse, mas também poderiam tentar uma técnica conhecida como *phishing*: ligar para o telefone, desativar remotamente o som do toque e qualquer indicação na tela de que uma chamada está sendo recebida e forçar uma conexão. O celular de Hailey se tornaria um dispositivo de escuta, um grampo remoto. Zack já havia usado a tecnologia antes com vários graus de sucesso. Se o telefone estivesse em um casaco, uma bolsa ou um bolso profundo, não seria possível ouvir muito. Mas com um pouco de sorte, se o telefone estivesse em um local aberto, seria como se você estivesse bem ali, participando da conversa.

Nick Patterson podia ser a chave para os assassinatos, mas Zack tinha um pressentimento de que Hailey — Katie — era a chave para desvendar o caso. Quando se virou para sair do quarto, deu uma última olhada naquele quebra-cabeça inacabado, as peças imaculadas, sem imagens.

Hailey podia ser a chave, mas eles teriam que ser rápidos. Pelo que Zack sabia, Hailey Gordon poderia ser boa em montar quebra-cabeças, mas ela era ainda melhor em fugir, deixando pequenas peças de um novo quebra-cabeças em seu rastro.

A duzentos metros de distância, do outro lado do estacionamento parcamente ocupado, Patricia estava sentada atrás do volante de um Escalade preto. Mesmo a essa distância, ela podia ver o agente do FBI examinando o quarto de Hailey Gordon. Patricia sabia que só tinha alguns minutos antes de o agente descer os três andares até a entrada dos fundos do prédio e chegar ao estacionamento, onde o sedan com placas do governo o aguardava. Mas Patricia não estava com pressa.

Ela se virou para olhar o pequeno dispositivo retangular no assento vazio ao seu lado. O dispositivo tinha o tamanho e a forma de uma pequena torradeira e estava conectado por uma torção de fios a um alto-falante côncavo acoplado com ventosas debaixo do painel do Escalade. No momento, os sons vindos do alto-falante eram principalmente o farfalhar de objetos e o barulho rítmico dos sapatos contra o carpete. Sem dúvida, o agente do FBI havia guardado o celular de volta no bolso do paletó, o que abafaria qualquer coisa que ele dissesse. Não importava — Patricia já tinha ouvido tudo do que precisava.

O IMSI-catcher — ou StingRay, como era mais comumente conhecido — era muito mais impressionante do que parecia; o dispositivo era capaz de simular uma torre de telefonia celular, forçando os aparelhos dentro de uma determinada distância a se conectar a ele, captando áudio, mensagens de texto e até vídeo. De posse da assinatura específica do celular de Zack Lindwell, Patricia conseguiu usar o dispositivo da mesma forma que o agente do FBI esperava usar o telefone de Hailey Gordon — como uma escuta remota. Patricia não apenas conseguiu ouvir as conversas do agente com o escritório do FBI e com o detetive da polícia estadual, mas também conseguiu acessar a câmera do aparelho celular dele, obtendo uma visão clara do quarto de Hailey.

Não era fácil conseguir um StingRay, mas a família para a qual ela trabalhava tinha recursos inimagináveis à sua disposição. Ainda mais difícil era conseguir acesso ao escritório do FBI para que pudesse vigiar o agente responsável pela investigação; mas isso era parte de um projeto de longo prazo, em que Patricia e a Família estavam envolvidas havia algum tempo. O FBI assumira a investigação do roubo do Museu Gardner poucos dias após o crime em 1990, então a Família foi forçada a estender seus tentáculos nessa direção desde o início. Claro, se Bobby Donati tivesse seguido as ordens da Família e só roubasse o que foi pago para roubar, nunca teria havido uma grande investigação, e o FBI nunca teria se envolvido. A Família teria conseguido o que queria — o que Paul Revere havia criado e escondido séculos antes —, e muitos infortúnios poderiam ter sido evitados, tantas mortes desnecessárias ao longo dos anos. Corpos em porta-malas de carros, pretensos ataques cardíacos e AVCs, cadáveres em quartos de hotel e armazéns. Havia mais corpos ligados ao roubo do Gardner do que Zack Lindwell jamais saberia.

Não dava para culpar o agente do FBI por sua ignorância, pensou Patricia; na verdade, ele parecia bastante competente. O fato de ele ter seguido a trilha até o apartamento das jovens era um sinal de pensamento não convencional, o que, sem dúvida, traria melhores resultados do que uma investigação padrão. Nick Patterson era um ladrão profissional e o principal elo até o que Patricia estava procurando; mas Nick Patterson era uma mera engrenagem. Sozinho, ele não seria uma ameaça. Deixado à sua própria sorte, em algum momento ele cometeria um deslize.

Já a garota era diferente. Ela era brilhante, imprevisível, uma incógnita. Com tempo e informações suficientes, ela poderia descobrir o que realmente estava acontecendo ao seu redor — e isso a tornava perigosa.

Mas com as escutas remotas, Zack Lindwell e os técnicos do FBI facilitaram as coisas para Patricia. Eles a levariam direto até Hailey Gordon.

Os passos do agente continuaram reverberando pelo alto-falante acoplado ao painel, quando Patricia pressionou o botão de ignição e o motor do carro ganhou vida. Ela não tinha mais tempo a perder.

Havia aspectos do passado de Hailey Gordon que lembravam Patricia de si mesma. Alguém moldado por uma infância difícil, um brinquedo quebrado obrigado a se consertar sozinho. A garota era talentosa e sabia como desaparecer nas sombras. Ainda mais enervante, dada a situação atual: Hailey Gordon era o tipo de gênio que amava quebra-cabeças apenas pelo prazer de desvendar suas formas e padrões.

CAPÍTULO 16

Quando as coisas saem dos trilhos, siga em frente...
Nick Patterson movia-se rapidamente pelo trecho arborizado da avenida Massachusetts, esforçando-se para acompanhar a jovem estranha vestindo uma saia de tenista. Ela estava dois passos à frente dele durante toda a jornada desde o beco em South Boston, suas pernas bronzeadas movendo-se em uma velocidade surpreendente. Desviando de parquímetros, bicicletários e pedestres ocasionais — sem dúvida, ela agora estava em uma missão, e Nick era mero coadjuvante nessa corrida.

Eles haviam percorrido quase dez quilômetros em silêncio, apesar dos breves esforços de Nick para iniciar uma conversa. Ao longo do caminho, ele descobrira o nome dela — Hailey — mas, fora isso, quase nada. Ela certamente estava desconfiada, e tinha todo o direito de estar. Mas Nick sabia que havia algo por trás da repentina mudança em seu comportamento. Antes do armazém — e do que encontraram no porta-malas do carro de Gail —, ela estava relutante, reticente e, apesar de sua aparente coragem, um pouco assustada. Agora ela parecia imbuída de uma missão.

Quando as coisas saem dos trilhos... Era algo que o pai de Nick costumava falar nas poucas ocasiões em que o homem estava em casa e lúcido; o tipo de lição filosófica que se esperava de um cara que passou a maior parte do tempo caindo de bêbado no pub local. Mas no momento, parecia apropriada.

Com certeza as coisas tinham saído dos trilhos. A esperança de Nick de uma jogada fácil que garantiria uma vida tranquila fora praticamente destruída nas últimas doze horas, substituída por três cadáveres e a ameaça de acusações criminais que fariam suas condenações passadas parecerem meras travessuras. E, no entanto, em vez de se abalar pelos últimos acontecimentos, eles estavam de fato seguindo em frente, em um ritmo que lhe tirava o fôlego.

Ajudou que a maior parte do trajeto tivesse ocorrido no subsolo e nos vagões de metrô; a Linha Azul de Southie para Government Center, uma breve viagem até a estação Park, depois a Linha Vermelha para Kendall. Nick conhecia todas as estações, porque o metrô fora a tábua de salvação para uma criança que cresceu com pouco dinheiro e menos ainda de uma vida familiar, mas ele nunca havia feito o trajeto nessa ordem. Mesmo que ficassem a apenas alguns quilômetros, havia uma distância abissal entre as varandas de madeira e os parques infantis de concreto de Dorchester e aquele local, a poucos metros da ponte da avenida Massachusetts.

Só de olhar para os transeuntes na calçada, algumas das antigas inseguranças de Nick vieram à tona. Jovens em idade universitária vestindo moletons com siglas. Professores em calças largas e blazers elegantes. Eram tantas pessoas de óculos! Quando Nick era criança, quase ninguém que ele conhecia usava óculos. Em Dorchester, se você não enxergasse bem, simplesmente forçava a vista.

Enquanto Hailey tomava uma ampla dianteira em uma faixa de pedestres, driblando o tráfego esparso, o desconforto de Nick se multiplicou. O imenso edifício de pedra calcária que se erguia da calçada do outro lado da rua parecia intimidante e um pouco esnobe, desde o peristilo de colunas jônicas até as enormes janelas que tomavam as paredes. E claro, havia uma cúpula no topo — e o edifício atrás dele tinha ainda mais colunas e uma cúpula ainda maior, imitando o Panteão grego. Boston e seus arredores gostavam de cúpulas; Nick sempre suspeitou de que era porque elas faziam pessoas como ele se sentirem particularmente pequenas.

Quando chegaram ilesos ao outro lado da faixa de pedestres, Nick lançou outro olhar para Hailey. Ela estava prestes a subir o primeiro degrau de pedra que levava à entrada do imponente prédio, mas parou e agora examinava o meio-fio atrás deles, procurando por algo.

Olhando para ela, Nick tinha que admitir que ela parecia cada vez mais atraente, embora ele se perguntasse por que ela ainda estava disposta a fazer parte daquele jogo perigoso. Então sua atenção se voltou para o objeto debaixo do braço direito de Hailey — o item do porta-malas de Gail, envolto em uma toalha xadrez.

A toalha também estava no porta-malas; só Deus sabia há quanto tempo aquela coisa estava empacotada daquele jeito. *Anos, talvez décadas*. Enquanto Hailey continuava a procurar algo no meio-fio, uma parte da toalha se moveu, revelando um vislumbre do que estava por baixo. Ao sol da manhã, brilhava como ouro.

Mas não era ouro, era bronze, dourado e forjado havia mais de duzentos anos.

— A águia! — exclamou Nick, quando Gail abriu o porta-malas. — O adorno do topo de uma das bandeiras de Napoleão. É isso? Donati só deveria roubar a águia de ouro?

— Não é de ouro — respondeu Gail. — E sim, ele foi pago, uma soma exorbitante de dinheiro, na verdade, para roubar essa maldita águia.

Hailey pegou o objeto do porta-malas. Tinha cerca de 25cm de altura, talvez 3 vezes maior de ponta a ponta das asas. Pesava cerca de 2kg. Era de bronze, não ouro, então não poderia valer muito além do valor histórico. Não era exatamente uma quantia pela qual se arrisca a vida ou a liberdade. *Ou ser assassinado.*

Foi então, enquanto Hailey passava os dedos pelas curvas sinuosas das asas da águia, que Nick notou o outro objeto no porta-malas de Gail, envolto em uma toalha menor e igualmente xadrez. Gail deu de ombros.

— E esse é o segundo item que Donati foi pago para roubar.

— Achei que Donati nunca chegou a fazer o segundo trabalho. Pensei que ele tivesse acabado no porta-malas do carro.

Gail assentiu novamente.

— Ele não fez o segundo trabalho. Foi meu pai. Depois que Bobby foi assassinado, meu pai não se conteve. Donati havia lhe contado os detalhes, e ele ficou curioso. Então, uma noite, ele decidiu agir. Não foi difícil. Não era um museu de arte. Mas era uma espécie de museu. Em uma casa. O mais antigo em Boston, em North End. No número 19 da North Square. A casa ainda está lá.

Hailey desviou os olhos da águia em suas mãos pela primeira vez.

— Seu pai roubou a casa de Paul Revere?

Nick achou que o endereço parecia familiar. Ao crescer em Boston, especialmente se você tivesse passado pelo ensino fundamental, alguns marcos históricos eram difíceis de evitar.

— Não a casa inteira. Apenas uma biblioteca no porão.

Gail enfiou a mão no porta-malas e entregou a Nick o segundo objeto. Quando Nick desembrulhou a toalha, ele se viu segurando um pequeno livro, do tamanho de um diário infantil, dentro de uma capa de couro.

Mais estranho ainda, ao abrir o livro, descobriu que as páginas não eram de papel. Ou pelo menos não só de papel — cada página era adornada com o que pareciam ser folhas de cobre. Conforme virava as páginas, ele também descobriu que todas estavam completamente em branco.

— Seu pai foi encarregado de roubar um livro em branco?

Mas Gail já havia fechado o porta-malas, caminhando em direção à porta do lado do motorista.

— Vocês dois estão por conta própria — disse ela, enquanto entrava no carro. — E não levem a mal, mas espero nunca mais ver nenhum de vocês.

Agora, quarenta minutos depois, quatro viagens de metrô e um rio distante daquele armazém em South Boston, a águia de bronze de duzentos anos estava sob o braço de Hailey, e o livro estranho com páginas de cobre em branco, escondido no bolso de Nick. E eles estavam na entrada principal de uma das melhores universidades especializadas em matemática e ciências do país, uma verdadeira meca para o tipo de pessoas que Nick evitara praticamente toda a sua vida — e Nick não tinha ideia do que os dois faziam ali. Mas a partir do momento em que Hailey pegou a águia de Gail e começou a inspecioná-la, das asas às garras, seu comportamento, de repente, mudou.

Ela viu algo naquela águia que fez seus olhos se arregalarem e sua respiração ficar estranha. Algo que deixara a mente dela agitada e os lançou nessa corrida de dez quilômetros até aquele lugar. E não importava o quanto Nick tenha tentado, ela ainda não contara o que era.

Nick encarou o prédio de pedra novamente.

— Você não se encaixa exatamente no perfil — provocou ele, por fim.

— Do que você *tá* falando?

— Sem ofensa, mas você não tem cara de MIT.

Hailey sorriu.

— É o cabelo?

— Talvez a maneira como você reage a cadáveres.

— Acredite em mim, estou chorando por dentro. Você não está exatamente abalado também. E conhecia essas pessoas.

— Eu não gosto disso mais do que você.

Ela não parecia convencida. Nick sentiu suas bochechas corarem. Ele não se importava de ser julgado — profissionais em jalecos fizeram isso com mais frequência do que ele gostaria de admitir. Mas, por alguma razão, ele não queria que Hailey tivesse a impressão errada.

— Eu roubo coisas. Mas não machuco pessoas.

— Roubar coisas machuca as pessoas.

Nick não tinha uma resposta para isso. Ele poderia ter argumentado que a encontrara escondida em um cassino, que ela não havia chamado a polícia depois de presenciar três cadáveres e que ela decidira segui-lo desde que viu a foto do Vermeer roubado. Mas a verdade era que as palavras dela o atingiram mais fundo do que ele gostaria de admitir. Ele sempre traçara um limite estrito entre ele e o tipo de criminoso com quem convivia na prisão de Shirley. Ele era um ladrão, com certeza — passara de um adolescente que invadia as casas dos vizinhos quando eles não estavam a um jovem adulto que arrombava caixas eletrônicos e parquímetros. E então, um pequeno salto para roubo e invasão de verdade — postos de gasolina, lojas de conveniência. Mas só quando passou aos roubos em bancos é que começou a perceber que, mais cedo ou mais tarde, as linhas se cruzam, não importa o quão bem você planeje as coisas ou o quão cuidadoso tente ser.

Um exemplo é o trabalho que o fez ser enviado a Shirley para uma estadia não muito breve. Ele atacou cinco bancos em seis semanas, todos sem problemas — porque trabalhou rápido e nunca ficou ganancioso. Todos eles, agências vazias após o expediente, com sistemas de segurança desatualizados e guardas de segurança mal pagos com mudanças de turno com horários tão previsíveis que dava para ajustar seu relógio por elas. Ele se atinha às gavetas do caixa e evitava a caixa-forte e os cofres de clientes — entrava e saía em menos de dez minutos, evitando com facilidade câmeras e acionadores de alarme silenciosos.

O trabalho de número seis deveria ter corrido tão bem quanto os outros. E, na verdade, estava indo bem; Nick entrou por uma garagem subterrânea, desativando dois sistemas de alarme separados, e esvaziou as gavetas dos caixas, evitando os pacotes de notas grandes com as cargas de tinta e as notas de vinte estranhamente rígidas empilhadas nos acionadores dos alarmes de pressão. Ele estava prestes a voltar pela garagem, quando quase trombou de cabeça com um robusto segurança saindo do banheiro privativo do gerente do banco. O cara ainda estava fechando o cinto quando viu Nick e percebeu o que estava acontecendo. Então os dois tentaram pegar a .45 no coldre do segurança.

Nick ainda não sabia de quem era o dedo que apertara o gatilho. Mas o guarda acabou na UTI com uma bala na coxa, a centímetros do tipo de artéria que colocaria Nick na prisão pelo resto de sua vida, em vez de encarar uma pena de cinco anos. E o barulho da arma de fogo pôs fim à sorte de Nick, alertando uma viatura que passava. Não que Nick teria deixado o segurança para sangrar até a morte no chão do banco — ou, pelo menos, ele gostava de pensar que não. Meia década na prisão era capaz de obscurecer quaisquer critérios de julgamento.

De qualquer forma, por mais que Nick gostaria de ser capaz de impressionar Hailey com um tom de superioridade moral, ele sabia que era uma causa perdida.

Em vez disso, ele apontou para o prédio à frente.

— Vamos entrar ou não? Presumo que estejamos aqui por alguma razão.

Hailey assentiu, mas não fez qualquer movimento para continuar subindo os degraus. Em vez disso, continuou examinando o meio-fio. Nick percebeu que ela estava olhando para os carros estacionados nos parquímetros. A maioria eram modelos novos, provavelmente caros. Então seus olhos se fixaram em uma marca mais antiga — um Ford Taurus dos anos 1990 coberto de adesivos e estacionado embaixo de um vidoeiro arqueado.

Hailey caminhou em direção ao carro, gesticulando para Nick segui-la. Quando eles se aproximaram, ela olhou em volta para se certificar de que não havia alguém por perto. Então ela abriu a bolsa e começou a vasculhar o conteúdo. Nick viu fichas de cassino — muitas delas. A maioria amarelas. *Meu Deus, devia ter mais de dez mil dólares ali!* Mas Hailey desviou das fichas e pegou um frasco.

Enquanto Nick observava, ela abriu o frasco e despejou o conteúdo na calçada. Nick sentiu um cheiro familiar se dissipar pela brisa.

— Isso é suco de maçã?

Hailey lhe entregou o frasco, depois apontou para o Taurus.

— Aposto que você é bom com carros.

— Meu pai gostava de consertar carros quando estava sem emprego, e costumava me levar com ele.

O pai dele estava sempre "entre empregos". O trabalho mais longo que teve foi quando Nick tinha 7 ou 8 anos. Construção de telhados em algum canteiro de obras em Fort Point Channel. Até ser despedido por beber no trabalho. O que foi ótimo — deu a ele mais tempo para beber em casa.

— Não consertar — disse Hailey. — Arrombar.

Nick olhou para ela.

— Você está precisando de um novo aparelho de som?

— Não o aparelho de som. A bateria. Preciso de cerca de 300ml de ácido de bateria.

Nick ergueu as sobrancelhas.

— É um frasco térmico — continuou Hailey. — Gosto do meu suco de maçã gelado. Então, é revestido de vidro. O ácido não será um problema. E suponho que esses carros mais antigos sejam mais fáceis de arrombar, mais fáceis de lidar.

— Você quer que eu arrombe aquele carro, pegue a bateria e encha esse frasco com ácido de bateria?

Hailey assentiu. Ele esperou por mais detalhes, mas ela voltou a ficar de vigia, certificando-se de que a calçada ainda estava livre. Nick olhou do frasco em suas mãos para o objeto embrulhado na toalha embaixo do braço de Hailey. Ele não tinha ideia de como as duas coisas estavam conectadas — mas ele já tinha chegado até aqui.

Quando as coisas saem dos trilhos...

Nick foi até o carro.

CAPÍTULO 17

Cinco minutos depois, Nick estava novamente dois passos atrás de Hailey, e o desconforto vago que sentira na rua se transformou em algo palpável enquanto atravessavam o átrio cavernoso do número 77 da avenida Massachusetts, um espaço amplo, quase todo vertical, com pilares elevando-se a trinta metros do piso de mármore polido até a cúpula oca e reluzente. Havia duas sacadas circundando o átrio e uma claraboia diretamente acima. Do lado de dentro, as janelas incrivelmente altas com vista para a avenida Massachusetts atrás de Nick evocavam uma atmosfera quase como a de uma igreja, e até mesmo o ar no vasto ambiente parecia palpável e solene.

— É chamado de Edifício Sete — disse Hailey, enquanto o conduzia mais à frente. — Na verdade, foi construído vinte anos depois da maior parte do resto do campus, porque eles queriam adicionar uma entrada na avenida Massachusetts. Não é tão imponente quanto o Edifício Dez, que fica atrás deste, com a cúpula maior. As pessoas costumam chamar aquele de "o centro do universo".

— Parece encantador.

Não era apenas a grandiosidade do lugar que fazia Nick querer dar meia-volta e fugir para os becos reconfortantes de South Boston; até o ar pesava sobre sua pele, e de certa forma ele esperava que alguém saísse correndo detrás de um dos pilares, apontando e gritando que lá não era seu lugar.

Hailey deve ter notado a maneira como ele relutava em segui-la, olhando rapidamente por cima do ombro, com uma expressão que ele não tinha visto nela. *Empatia.*

— Todos se sentem assim na primeira vez que entram aqui. Especialmente os novos alunos. Chamam de síndrome do impostor. A sensação de que você é uma farsa e que a qualquer minuto será descoberto e expulso.

Nick ficou surpreso pela leitura tão precisa. Ele geralmente era melhor em esconder os sentimentos que se agitavam dentro dele. Em Shirley, tinha sido um mecanismo de sobrevivência. Os detentos usavam qualquer coisa que pudessem uns contra os outros, e as inseguranças eram como pequenas falhas geológicas. Aplique a quantidade certa de pressão em uma insegurança, e o criminoso mais duro quebrará como vidro barato.

— Você estuda aqui?

— Mais ou menos. Estou na pós-graduação. Matemática aplicada.

Nick não tinha certeza do que isso significava, além de que provavelmente ela era muito boa com números. Mas os parâmetros dele eram muito baixos. Ele tinha abandonado a escola entre a primeira e a segunda semana do nono ano.

— Muitos estudantes de pós-graduação do MIT costumam passar as noites em cassinos?

E, em um piscar de olhos, lá se foi a empatia, e ela estava mais uma vez conduzindo-o através do saguão aberto, em direção ao outro lado, onde dois enormes pilares abraçavam a entrada de algum tipo de corredor interno.

— Você ficaria surpreso.

Eles passaram pelos pilares, e Nick se viu olhando para o que parecia ser um corredor infinito, com portas alinhadas de ambos os lados que davam acesso a todo tipo de salas de aula. O corredor era iluminado por tubos fluorescentes pendurados no teto, e parecia ser um lugar de constante movimento; havia pessoas, principalmente estudantes com mochilas, caminhando em ambas as direções, mantendo-se de um lado ou de outro do corredor, dependendo do sentido. Era como um tipo de experimento de tráfego humano ao longo de um trecho interminável de rodovia fechada.

— Este é o Corredor Infinito — anunciou Hailey. — Ele se estende por mais de duzentos metros e conecta uma grande parte do campus. Existem cinco andares, incluindo um subterrâneo. É uma espécie de espinha dorsal da universidade, e é assim a maior parte do tempo. Todo mundo indo a algum lugar, tudo de uma vez. Mas em alguns dias por ano, tudo para por causa de uma peculiaridade geográfica: o sol poente se alinha ao corredor, e os raios solares banham toda a extensão dele. É muito legal. Os estudantes chamam de *MIThenge*, em alusão a Stonehenge.

Hailey notou sua expressão.

— É mais legal do que parece. Ou talvez não. Mas alguns de nós gostam desse tipo de coisa. Uma feliz confluência de design e acaso.

Nick tentou pensar em algo inteligente para dizer, mas em vez disso, deu de ombros.

— Vocês têm muito tempo livre.

Hailey fez uma curva, mas não para o corredor — em vez disso, ela se dirigiu para um elevador bem adiante da entrada e apertou com a palma da mão o botão de chamada para descer.

— Vamos para o subsolo? — perguntou Nick.

— Um pouco mais fundo — disse ela, enquanto as portas do elevador se abriam.

Quinze minutos depois, Nick não sabia mais onde estava.

De início, ele estava correto. Eles pegaram o elevador para o subsolo do Corredor Infinito e seguiram o longo corredor com iluminação industrial até pelo menos cem metros abaixo do campus do MIT

— mas isso foi apenas o começo. De lá, Hailey o levou por uma porta sem identificação até uma escada que levava ainda mais para o subsolo. Quando aquela escada terminou em outra porta sem identificação, Nick ficou surpreso ao encontrá-la trancada. Hailey o empurrou para o lado, depois pegou uma chave em sua bolsa. Segundos depois, eles estavam em outro corredor, muito diferente dos movimentados corredores acima.

Esse corredor tinha paredes de cimento lisas e um piso inacabado. Havia dutos visíveis correndo ao longo do teto e tubos de vapor subindo pelas junções nas paredes. Ainda assim, havia mais portas ao longo de cada lateral, algumas identificadas por números, muitas sem.

— Laboratórios de pesquisa, salas de armazenamento, centros de dados, estações elétricas — explicou Hailey. — Mas eu não sei ao certo. Há tantos desses túneis, literalmente quilômetros deles. Eles correm sob todo o campus, e há vários andares. São intermináveis.

Nick olhou para trás e depois para a frente. Eles pareciam sozinhos; o único som vinha de seus próprios sapatos contra o chão de cimento.

— Outros alunos vêm aqui?

— Às vezes. Na verdade, é um rito de passagem *explorar* os túneis. Na verdade, uma turma de formandos estampou um mapa parcial da rede em seu anel de classe. Mas não acho que muitas pessoas tenham explorado tudo. Alguns desses túneis remontam a décadas, ou mais. E há muitos segredos aqui embaixo. Afinal, é o MIT.

Eles dobraram à direita e desceram uma rampa estreita, para outro trecho do túnel.

— Desde antes da Segunda Guerra Mundial — continuou Hailey —, o MIT cultivou uma relação muito próxima com o Departamento de Defesa. Muitas armas avançadas e tecnologia de guerra foram desenvolvidas aqui, em laboratórios secretos, muitas vezes usando pesquisa estudantil. O radar veio do MIT, e inúmeros trabalhos sobre radiação. Há até um reator nuclear em algum lugar do campus.

— Verdade?

— Muitas dessas portas não têm etiquetas ou placas de identificação por um motivo. As coisas mudaram ao longo dos anos, mas você não joga fora um histórico como esse da noite para o dia.

Eles ficaram em silêncio pelos dez minutos seguintes, Nick se perguntando o quão perto estavam daquele reator nuclear, enquanto Hailey seguia uma bússola interna para onde quer que estivessem indo.

Quando ela finalmente parou, Nick se viu diante de outra porta sem identificação. Hailey mexia na fechadura com uma segunda chave da bolsa — e então o conduziu para dentro.

Hailey acendeu as luzes, banhando o espaço retangular em um brilho fluorescente. Mesmo assim, os olhos de Nick levaram um momento para se ajustar, não por causa dos tubos cintilantes no teto ou pelo fato de que obviamente não havia janelas tão fundo abaixo do campus, mas porque havia muito para ver, de uma só vez, um bombardeio visual. As hastes e os cones de suas retinas jogavam twister.

A sala era comprida e dividida em níveis. A área mais próxima da porta parecia algum tipo de laboratório de engenharia, com mesas e prateleiras baixas de metal repletas de equipamentos de informática e eletrônicos. Nick reconheceu alguns dos itens, desde notebooks — alguns abertos e desmantelados, outros em forma mais apresentável — ao que parecia ser uma coleção de rádios amadores antigos que haviam sido desmontados e remontados. Mas mais fundo na sala, o lugar ficava mais caótico. A área central parecia algum tipo de biblioteca; circundada por prateleiras altas de metal corrugado repletas de livros. Os títulos que se anunciavam para Nick tinham algo a ver com matemática e física, mas não o tipo de matemática ou física que ele teria tido alguma chance de reconhecer, muito menos entender. Nada de álgebra ou geometria; era cálculo avançado, teoria quântica, cordas e quarks. Havia também prateleiras repletas de livros que pareciam muito mais antigos do que os demais — alguns com capas esfarrapadas e amareladas, outros sem capa. Eles pareciam antigos, ainda mais velhos do que os rádios amadores.

Além da biblioteca, havia o que parecia ser um pequeno quarto. Um colchonete no chão, uma cômoda e, no canto mais distante, uma pia na frente de um par de espelhos. E além dos espelhos é que as coisas ficaram realmente estranhas.

Hailey já estava passando pelo colchonete — onde gentilmente pousou a águia, ainda enrolada na toalha —, enquanto Nick ouvia a porta se fechar e trancar atrás deles. Foi só quando ela parou na frente dos espelhos, verificando seu rosto e cabelo, que Nick finalmente conseguiu falar.

— Que lugar é esse?

Hailey riu. Então ela ergueu as mãos e tirou o cabelo loiro, colocando-o suavemente em uma cabeça de manequim atrás da pia.

Nick ergueu as sobrancelhas. Com toda a loucura, ele nem havia percebido que Hailey estava usando uma peruca. Seu cabelo real era ondulado e castanho, abaixo do queixo. Ela estava removendo os cílios postiços, e sua aparência ficou mais suave.

— Eu acho que costumava ser um laboratório — respondeu ela. — Algo a ver com os primórdios do hardware de computação. Grandes consoles, do tipo que usavam cartões perfurados. Muito dessa parafernália eletrônica estava aqui quando encontrei o lugar. Os itens mais novos, eu trouxe ao longo dos anos. Um tipo de hobby. Bem, vários hobbies.

— Você mora aqui?

Ela terminou com os cílios, depois começou a remover a maquiagem, usando uma esponja para tirar um pouco da cor de seus lábios e bochechas. Nick aproveitou o momento para olhar além da pia até os confins da sala, em direção a uma alcova com uma parede cheia de cabides, com o que pareciam disfarces. Roupas para todos os tipos de ambientes e ocasiões, de vestidos cintilantes e reluzentes a roupas de couro e rendas. Havia mais perucas, enfileiradas em uma prateleira que chegava até a cintura e coberta com mais cabeças de manequim. E em frente a isso, uma mesa de blackjack de tamanho real, com uma máquina de embaralhar igual à dos cassinos. Espalhados sobre a mesa, havia dezenas de baralhos, alguns abertos, outros ainda intocados.

Nick se virou para Hailey. Sem a peruca e já quase sem maquiagem, ela parecia mais natural, vagamente, talvez parcialmente, não branca, embora Nick não pudesse adivinhar sua descendência sem mais detalhes. Suas maçãs do rosto ainda eram altas e pronunciadas, mas havia mais suavidade em sua expressão. Talvez fosse aquele lugar. Ela claramente se sentia em casa ali.

— Quem é você? — perguntou Nick.

Hailey sorriu de novo para o espelho.

— Faz diferença?

— Você é uma jogadora profissional? Era isso que estava fazendo no cassino? Jogando cartas?

— Eu jogo cartas, mas não sou uma jogadora. Eu conto cartas.

Nick conhecia muitos jogadores; todos na prisão jogavam, de uma forma ou de outra. Como os detentos e o garoto ruivo. A contagem de cartas, ele sabia, era um pouco diferente.

— Certo, você trapaceia. Mas ainda está jogando.

Hailey escovou o cabelo.

— A contagem de cartas não é trapaça, e não é jogar. É matemática. Você acompanha as cartas e aproveita os momentos em que tem uma vantagem matemática sobre a casa.

— No entanto, quando te conheci, você estava sendo perseguida pelo Encore por alguns capangas do cassino.

— Não é ilegal, mas isso não significa que os cassinos gostem. Eles podem te expulsar, e às vezes vão mais longe, pegam um pouco mais pesado.

Ela acenou com a cabeça em direção aos trajes pendurados na prateleira e toda a maquiagem ao seu redor.

— Você precisa disfarçar sua jogada e, às vezes, a si mesmo. Os cassinos têm uma ideia da aparência de um grande apostador, então você precisa criar esse personagem. A contagem de cartas é quase tanto atuação quanto matemática. Há muita estratégia, muito gato e rato. Você precisa manter o controle de tudo o que está acontecendo ao seu redor, não apenas das cartas. Para ter sucesso, ao longo do tempo, você precisa ser capaz de ver coisas que outras pessoas deixam passar.

Ela terminou com o espelho e pegou a águia embrulhada no colchonete. Então, ela passou por Nick, foi até a frente da sala e limpou uma das bancadas de metal. Ela desembrulhou cuidadosamente a águia, colocando-a sobre a toalha aberta. Então, apontou para as calças de Nick.

— O livro — disse ela, sem rodeios.

Nick o tirou do bolso de trás e o entregou a ela, que o segurou entre eles.

— O que você notou nele? — perguntou ela.

— As páginas estão em branco. E cobertas de metal.

— Cobre, sim. Mas o que mais?

Nick balançou a cabeça.

— É surpreendentemente pesado — disse ela, respondendo sua própria pergunta.

Ela o sacudiu para cima e para baixo. E Nick percebeu que ela tinha razão. Pesava mais de um quilo.

— Há algo mais sob o cobre — disse Hailey. — Um metal mais pesado. Talvez chumbo.

— É por isso que você ficou tão animada?

Ela pegou a águia e gentilmente a virou de costas. Gesticulou para Nick se aproximar, depois apontou a longa unha para um ponto perto da base de uma das asas da águia.

Nick olhou atentamente — e viu dois minúsculos símbolos gravados no bronze.

— O que é isso? — Nick perguntou. — Hieróglifos egípcios?

Hailey se dirigiu para uma das estantes de livros no centro do antigo laboratório. Demorou um minuto para encontrar o que procurava — um dos tomos de aparência antiga, com uma capa macia de couro. Quando ela o levou até a bancada, Nick viu que era mais um manuscrito encadernado do que um livro, com páginas amareladas, a maior parte unida por tiras de barbantes.

O título na capa era tão estranho quanto o próprio manuscrito:

Principia da Chimica

— Meu pai adotivo era cientista e colecionador — disse Hailey —, ele tinha uma extensa biblioteca desse tipo de coisa. Eu acho que peguei alguns de seus hábitos, e ao longo dos anos reuni uma coleção bastante considerável. Principalmente livros sobre matemática que remontam a Newton, mas também um bom número de livros sobre ciências relacionadas. Este eu encontrei em uma livraria de antiguidades em Harvard Square. Adquiri este exemplar mais por curiosidade do que qualquer outra coisa.

Havia muito o que entender no que Hailey estava dizendo, mas Nick tentou se manter focado.

— Eu acho que eles escreveram algumas dessas palavras erradas.

— "Chimica" foi um termo que surgiu entre a Idade Média e o final do século XVII, início do século XVIII; uma espécie de disciplina pré-científica que surgiu de esforços anteriores e mais místicos.

Basicamente, foi a antecessora da química moderna, a ciência dos elementos e compostos, e como eles se inter-relacionam.

— Isso vai chegar a algum lugar, certo?

Hailey começou a desamarrar os barbantes que fechavam o antigo manuscrito. Um momento depois, ela estava folheando as páginas amareladas e, em seguida, manteve o livro aberto em uma página cheia de tabelas. De um lado de cada tabela havia uma linha vertical de símbolos, e, ao lado de cada um, algumas linhas de texto. O texto não era inglês — o palpite de Nick era o de que era latim, mas, de novo, latim não era exatamente parte do currículo de quem estudou até a segunda semana do nono ano.

— Aqui — anunciou Hailey, apontando com uma das unhas.

O primeiro símbolo gravado na águia.

— Este é o símbolo pré-químico do enxofre.

— Enxofre — repetiu Nick.

— É um dos elementos básicos. Você se lembra da tabela periódica?

Quando Nick não respondeu, ela continuou.

— É um elemento muito comum, a quinta substância mais comum em massa na Terra, na verdade, encontrado em quase tudo na natureza. Historicamente, muito importante, porque tem muitas propriedades únicas. Por exemplo, é muito inflamável; ele é citado diversas vezes na Bíblia.

— E este símbolo, na águia, significa algo para você?

Hailey começou a folhear as páginas amareladas novamente.

— Não sozinho. Mas esse segundo símbolo...

Ela parou em outra página do manuscrito antigo. Outra tabela de imagens; no meio da página, Nick avistou o segundo símbolo curvo, que parecia mais familiar do que o primeiro.

— Libra — revelou Hailey. — É um signo astrológico. No Zodíaco, representa a balança em equilíbrio.

Nick esteve em muitos tribunais da região; ele já vira sua cota de estátuas destinadas a representar aquele sinal astrológico em particular.

— A balança da justiça — disse Nick.

— Mas aqui também significa outra coisa.

Ela estava com o dedo no texto ao lado da foto no livro.

SUBLIMAÇÃO.

— Você deve ter aprendido o termo em química. OK, talvez não. Mas é quando algo sólido se dissolve diretamente em um estado gasoso. A forma como o gelo seco passa diretamente de sólido para gás, sem passar pelo estado líquido. Era uma importante técnica de laboratório na era pré-química.

Nick desviou o olhar do livro para os dois símbolos na águia. Eram tão pequenos, tão aparentemente insignificantes, que ele ficou surpreso que Hailey os notara, que dirá adivinhar o que eles poderiam significar. Ainda assim, ele ainda estava completamente perdido. Mas algo aguçara o interesse de Hailey. Enquanto ele observava, ela vasculhou debaixo da bancada e surgiu com dois pares de óculos de segurança transparentes.

Ela entregou um par para Nick, enquanto vestia o outro. Nick olhou desconfiado para os óculos, mas Hailey não pararia para explicar.

Ela estendeu a mão, acenando para o bolso da calça da frente de Nick, onde ele guardara o frasco, agora cheio de ácido de bateria do Ford Taurus no estacionamento. Depois que ele o entregou, ela abriu cuidadosamente o diário saído do porta-malas de Gail na primeira página, revelando a fina folha de cobre, que brilhava na luz fluorescente.

— O problema de resolver quebra-cabeças realmente complexos — disse ela, ao abrir cuidadosamente a tampa do frasco — é que tudo se resume ao contexto. Esses dois símbolos por si só não significam muito. Mas quando você os junta e analisa o contexto, as coisas começam a se conectar.

Ela segurou o frasco acima da página de cobre, depois olhou para Nick, que finalmente havia colocado os óculos de segurança.

— Gail nos disse que o pai roubou este livro da casa de Paul Revere. Se pudermos supor que é da era de Revere, isso dataria do final do século XVIII ao início do século XIX. O que faria sentido, se estivesse de alguma forma ligado à águia, que sabemos que foi feita em 1814. Eu não era muito interessada em estudar história na escola e não sei muito sobre Paul Revere ou o período pós-guerra revolucionária. Mas conheço matemática e sei onde ela se cruza com a história. A era de Revere e os patriotas norte-americanos originais foi uma era de ouro da criptografia.

Hailey olhou para ele através dos óculos de uma maneira que o fez se sentir pequeno novamente. Ela obviamente presumiu que ele não tinha ideia do que ela estava falando. E estava quase inteiramente correta, mas ele não se daria por vencido. Ele aprendera muitas coisas ao longo dos anos — às vezes até se surpreendia. Invadir lugares nem sempre era tão fácil quanto arrombar uma porta de carro, conectar alguns fios para abrir um porta-malas eletrônico e desenroscar uma bateria de carro. Ele não era um especialista em arrombamento de cofres como alguns dos criminosos que conheceu em Shirley, mas sabia lidar com uma fechadura de combinação ou eletrônica.

— Códigos. Mensagens secretas.

— Isso mesmo. As pessoas imaginam que a Segunda Guerra Mundial foi o ponto alto da criptografia, com tantas histórias sobre métodos de criptografia alemães, o famoso projeto Enigma, especialmente aqui, no MIT, onde muitos métodos sofisticados de hackeamento de código foram desenvolvidos. Mas os alemães não eram páreo para os Pais Fundadores. A Guerra Revolucionária foi travada em um cenário de mensagens secretas, complexas redes de espionagem e sistemas bastante intricados de criptografia. George Washington, por exemplo, era famoso por usar uma tinta invisível desenvolvida por seus próprios "cientistas" para se comunicar com suas redes pessoais de espionagem. Thomas Jefferson criou algo chamado "discos de Jefferson", que era uma cifra para codificar mensagens que podiam ser passadas pelo correio. Portanto, há uma boa razão para acreditar que Paul Revere, que basicamente era um espião, se bem me lembro, usasse algo similar.

Nick ergueu as sobrancelhas sob os óculos.

— Você acha que esse livro era de Paul Revere?

— Além de cavalgar anunciando a chegada dos britânicos, ele era conhecido por ser exímio metalúrgico e gravurista. E ele definitivamente trabalhou com cobre. Mas realmente não importa quem fez este livro se não pudermos lê-lo.

Ela cuidadosamente desparafusou a parte superior do frasco. Nick sentiu o cheiro do ácido de bateria, e, mesmo com os óculos, seus olhos começaram a lacrimejar.

— É melhor se afastar — aconselhou Hailey.

Ela começou a inclinar o frasco em direção à página de cobre aberta.

— O líquido na bateria de um carro — explicou ela quando as primeiras gotas pingaram do frasco — contém cerca de 35 por cento de ácido sulfúrico.

As gotas de líquido atingiram o cobre — e de repente, um chiado alto ecoou pela sala. O líquido borbulhou contra o cobre, e um fedor mordaz e intenso tomou o ar. Os vapores saindo do cobre eram tão fortes que Nick quase podia senti-los empurrando-o para trás. Ele começou a tossir.

— Acho que devia ter dito para você prender a respiração — disse Hailey, entre engasgos. — O ácido sulfúrico é um agente oxidante. Em contato com o cobre, ocorre uma reação redox. O ácido é reduzido a dióxido sulfúrico, um gás desagradável e tóxico.

Nick cambaleou alguns centímetros para trás, ainda tossindo.

— Libra. Sublimação.

— Você aprende rápido — elogiou Hailey.

Ela derramou mais algumas gotas na página. Mais chiado, mais vapores nocivos sendo exalados, mas desta vez Nick permaneceu a uma distância prudente. Mesmo assim, ele pôde ver Hailey arregalar os olhos por trás dos óculos.

Ele olhou para a página de cobre novamente, e onde o ácido havia tocado o metal, ele agora podia ver claramente. A página não estava mais em branco. Estava coberta de letras, gravadas no cobre.

— Como... — começou Nick, mas Hailey se adiantou.

— É muito simples, na verdade. Você escreve as letras diretamente no cobre usando algo impermeável ao enxofre. Qualquer óleo funcionaria. Na época de Revere, provavelmente seria óleo de baleia, que também é muito estável. Quando o óleo seca, tudo fica invisível.

Enquanto ela falava, Nick examinava a página. Os vapores nocivos se dissiparam o suficiente para que ele visse claramente o que estava escrito no cobre. Pelo menos uma dezena de linhas de texto, do topo ao fim da página. Incrível, poucos minutos antes o livro estava em branco! E agora estava cheio de...

— Um monte de rabisco — disse Nick. — Parecem apenas letras aleatórias. Não tem palavras nem pontuação.

Hailey estudou a página por um momento. Em seguida, ela sinalizou para que Nick se afastasse novamente e trabalhou na página seguinte usando o ácido da bateria. Com cuidado, ela continuou por todo o livro. Quando terminou, o ar na sala estava repleto de vapor. Os pulmões de Nick pareciam comprimidos de tanto tossir, e seus olhos lacrimejavam.

— Felizmente para nós, os sistemas de filtragem nesses laboratórios antigos são feitos para esse tipo de coisa — explicou Hailey, enquanto fechava o frasco.

Quando Nick se recuperou o suficiente do dióxido sulfúrico, ele se aproximou de Hailey para examinar o livro, enquanto ela folheava o resto das páginas. Assim como a primeira, todas estavam repletas do que pareciam letras aleatórias, linha após linha. Não havia espaços para sinalizar palavras, pontos, vírgulas ou números.

— É um código alfabético — disse Hailey. — Todas essas letras parecem aleatórias, mas há uma ordem para elas, só não conseguimos saber sem uma chave. Thomas Jefferson e um colega matemático chamado Robert Patterson trabalharam em algo semelhante. Eles o batizaram de "cifra perfeita". Na verdade, é muito simples de fazer. Na versão de Jefferson, bastava escrever a mensagem na vertical, depois dividir o texto horizontalmente, mover as linhas e adicionar letras aleatórias a cada linha. E o que sobrava era... bem, isso. Mas tudo o que você precisava para decifrar era uma chave matemática simples que lhe dizia qual a posição das linhas horizontais e quantas letras aleatórias foram adicionadas em cada uma.

Nick nem tentaria fingir que compreendia a maior parte do que ela estava dizendo, mas entendeu o suficiente para saber que o truque com o ácido da bateria havia sido apenas um primeiro passo para descobrir se a águia e o livro de cobre roubados eram mais valiosos do que apenas curiosidades antigas.

— Você consegue decifrar isso, certo? Usar um pouco da sua mágica de contar cartas?

— Matemática não é mágica, embora às vezes pareça. E, sim, teoricamente esse tipo de código é decifrável. Um criptógrafo em Princeton conseguiu decifrar uma cifra perfeita de Jefferson e Patterson há alguns anos. Mas envolveria muita capacidade computacional e, mais importante, muito tempo.

Enquanto falava, ela continuou folheando o livro, até parar de repente com os dedos pairando sobre a última página de cobre. Ela olhou mais de perto, o que fez Nick se inclinar também. Havia uma imagem no meio da página, gravada pelo ácido sulfúrico direto no cobre:

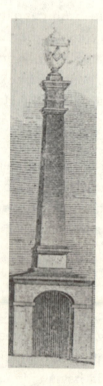

Nick examinou a foto por longos segundos. Acima da imagem havia mais linhas do que parecia ser texto aleatório, mas Hailey passava um dedo sobre uma linha específica diretamente acima da imagem:

leserreursnesontpasdanslartmaischezlartisan

— Mais rabisco — resmungou Nick.
Hailey balançou a cabeça.
— Isso não está codificado como o resto. É francês.
Sem dizer mais nada, ela voltou a examinar a imagem, aparentemente vasculhando a própria memória.
— Parece quase uma espécie de túmulo — arriscou Nick. — Talvez algo romano ou grego? Ou até egípcio? Aquele vaso estranho no topo...
Os olhos de Hailey se iluminaram. Ela largou o livro e foi até um dos notebooks na bancada de trabalho.
— Preciso fazer uma pesquisa rápida, mas acho que sei o que é isso.
Um segundo depois, ela estava com o notebook aberto.
— Se eu estiver certa, essa imagem não é do Egito, da Itália ou da Grécia. É um local bem aqui em Boston.

CAPÍTULO 18

Tem certeza disso? De onde estou, não parece nada com a imagem no livro.

Hailey sentiu um tremor de empolgação percorrer seus ombros quando parou ao lado de Nick em um canto de grama bem cuidada, de frente para uma clareira aberta e inclinada salpicada de turistas, grupos de alunos, carrinhos vendendo cachorros-quentes, pretzels e água engarrafada, e um ocasional segurança uniformizado. Mesmo com tantas pessoas por perto, Hailey não estava preocupada que alguém fosse notá-los; uma das habilidades mais importantes de um contador de cartas é a capacidade de tirar vantagem de distrações naturais — e não naturais. Não era difícil esconder sua jogada quando havia um bêbado no final da mesa fazendo uma cena. Seu disfarce não precisava ser perfeito se houvesse uma famosa estrela do rock sentada na segunda base.

E não era provável que alguém prestasse atenção a dois fugitivos passeando por um gramado ao redor de um maldito obelisco de granito de sessenta metros elevando-se sobre eles e com um cume piramidal de duas toneladas e meia apontando para o céu do meio da manhã.

— Mas *isso* definitivamente parece egípcio — continuou Nick. — Quero dizer, além do cara com o chapéu e a espada na frente.

Hailey não estava interessada na estátua sobre o pedestal alguns metros em frente ao enorme obelisco. William Prescott pode ter sido uma figura importante o suficiente durante a Revolução Norte-Americana para justificar uma efígie de bronze em uma área tão nobre ao longo da famosa Freedom Trail de Boston — o passeio histórico de quatro quilômetros que serpenteava por muitos dos bairros da cidade, visitando locais turísticos até com a mais tênue conexão com os eventos da Guerra da Independência —, mas Hailey sabia, por sua pesquisa, que a estátua era uma adição tardia a esta última parada ao longo da trilha. Feita na Itália em 1880 e enviada para Boston um ano depois, a escultura de Prescott era um detalhe irrelevante, como uma peça de quebra-cabeça inusitada jogada na caixa para distraí-la.

Mas Hailey estava muito além do ponto em que poderia ser influenciada a perder o foco. Desde o momento em que notou os dois símbolos gravados na águia de bronze, uma centelha faiscou dentro dela. Um impulso familiar — uma necessidade, na verdade — entrou em ação. Era a razão, ela supôs, de ela ter se enveredado pela matemática em primeiro lugar; um quebra-cabeça inacabado, uma equação não resolvida, uma resposta fora de alcance — essas coisas poderiam lhe causar sofrimento físico real.

— O design é egípcio. Chama-se obelisco. Os egípcios costumavam colocá-los na entrada de seus templos. Mas este não foi projetado no Cairo; foi feito aqui em Boston.

Tecnicamente, eles estavam em Charlestown, o bairro mais antigo de Boston, um trecho residencial de terra peninsular que costumava ser principalmente prédios de tijolos e bares irlandeses, mas que agora via brotar prédios de apartamentos de luxo com serviço completo e restaurantes sofisticados como se infectado por um fungo caro. Hailey já havia estado em Charlestown antes — naquele exato lugar, na verdade — durante alguns passeios autoguiados pela Freedom Trail; quando se é responsável pela própria educação e se tem aspirações que envolvem um diploma universitário, a cidade tem que ser sua sala de aula. Forjar registros de escolas públicas não era difícil, mas saber que um dia estaria competindo com alunos que tinham acesso a livros didáticos, professores e orientação dos pais deu a ela o incentivo para tentar aprender o máximo possível.

Mas ela não visitava o Monumento Bunker Hill desde o início da adolescência. Tão impressionante quanto o obelisco gigante de quase 200 anos — bem como o prédio maçônico adjacente que ficava do lado oposto do monumento, abrigando memorabilia da Era Revolucionária —, para Hailey, o local não continha o apelo que alguns dos outros destaques da Trilha ofereciam. Em Faneuil Hall havia restaurantes, lojas de souvenirs e até artistas de rua. Em Boston Common havia uma pista de patinação e um carrossel, e você podia passear nos barcos de cisne no Public Garden. Mas para Hailey, o Monumento Bunker Hill era um pedaço anacrônico de granito; mesmo como um local histórico, nunca fez muito sentido para ela.

Para alguém que gostava de que as peças se encaixassem, o Monumento Bunker Hill era intelectualmente desafiador. Talvez fosse por isso que o lugar ficara gravado em sua memória, o suficiente para que o símbolo no livro de folhas de cobre agitasse as engrenagens em sua mente. A pesquisa que Hailey fizera em seu notebook antes que ela e Nick fizessem o percurso de volta pelo Corredor Infinito e fossem até o outro lado da cidade só reafirmou os fatos contraditórios de que ela se lembrava de suas visitas anteriores.

— A ideia de construir algo grandioso e permanente para comemorar a Batalha de Bunker Hill surgiu depois de uma reunião matinal de ricos e proeminentes bostonianos em 1823 — continuou Hailey. Notou Nick examinando a multidão, provavelmente à procura de policiais, mas ela manteve sua atenção no monstro de granito logo à frente. — Eles então realizaram um concurso de design que resultou nisso. A pedra angular foi colocada em 17 de junho de 1825; cem mil pessoas lotaram este parque, Daniel Webster fez o discurso inaugural, e a cerimônia contou com a participação do marquês de Lafayette, o herói de guerra francês que cinquenta anos antes ajudara os norte-americanos a derrotar os britânicos.

— Francês — repetiu Nick. Ele olhou para a mochila preta dependurada sobre o ombro de Hailey, que continha o livro e a águia, assim como a bolsa e algumas ferramentas de seu ofício que ela sempre mantinha organizadas e prontas, caso tivesse o desejo de atacar um dos cassinos um pouco mais longe de casa. Como os dois cassinos em Connecticut, nos quais ela usara sua arte tantas vezes no passado que ambos deveriam ter monumentos dedicados a *ela*.

— Isso também chamou minha atenção — disse Hailey. — O envolvimento de Lafayette no lançamento da pedra angular sempre me pareceu um pouco estranho; ele não teve nada a ver com a batalha em si, só se juntou às forças revolucionárias dois anos depois, e, no entanto, ele não apenas participou da cerimônia de lançamento da pedra angular do Monumento Bunker Hill como, quando morreu, foi enterrado com a terra desse mesmo local, cumprindo seu desejo de ser enterrado com terra da França e dos Estados Unidos. Foi o tipo de endosso de celebridades que garantiu que o Monumento Bunker Hill se tornasse um dos santuários mais famosos da Revolução Norte-Americana, elevando esse local e a batalha a proporções históricas.

Quando Hailey finalmente começou a avançar pelo parque em direção à passarela de pedra e aos degraus que levavam à entrada do monumento do outro lado da estátua de Prescott, Nick acenou em direção ao cenário diante deles, o obelisco, o prédio maçônico adjacente, o museu do outro lado da rua.

— Parece bastante histórico para mim.

— Claro, mas é tudo baseado em besteira. Porque aqui nem é Bunker Hill. Aqui é Breed's Hill. Bunker Hill fica a cerca de oitocentos metros naquela direção.

Ela apontou para o museu do outro lado da rua, em direção a uma fileira de casas restauradas nas proximidades.

— E a Batalha de Bunker Hill não ocorreu em Bunker Hill. Uma pequena força revolucionária recebeu ordens para fortificar um ponto em Bunker Hill, mas em vez disso decidiram que o local seria muito difícil de defender, então montaram acampamento aqui. Os britânicos atacaram, e os norte-americanos foram derrotados, embora os britânicos tenham sofrido mais baixas. Pode-se argumentar que a batalha teve alguma importância porque afetou a estratégia britânica de tentar tomar as colinas ao redor de Boston ou porque resultou em tantas baixas para os britânicos que de alguma forma inspirou os norte-americanos a lutar com mais fervor, ainda que, lembre-se, tenha sido uma batalha na qual os rebeldes norte-americanos foram *derrotados*. Mas essas parecem explicações sem muita lógica.

Eles estavam perto o suficiente agora para que a sombra do grande obelisco obscurecesse as pedras sob seus pés. Hailey podia ver a entrada do monumento à frente, que estava conectado ao prédio maçônico. Havia um grande grupo turístico, uma mistura de famílias, casais idosos e crianças em idade escolar em grupos frenéticos, saindo do prédio adjacente em direção à despretensiosa porta do obelisco, que era pouco mais do que um retângulo recortado no granito. À distância, em contraste com o parque ao ar livre, o interior do obelisco era escuro e ameaçador, mais parecido com um *túmulo* do que com um monumento.

— Então por que você acha que eles construíram isso? — Nick perguntou, enquanto se aproximavam de uma rampa para deficientes que lhes permitia acessar a entrada sem passar pela loja maçônica, posicionando-os logo atrás do grupo de turistas enfileirados na entrada. — E por que aqui?

Hailey inalou o ar fresco pela última vez, enquanto seguia o último turista em direção à porta. Então ela ajustou a mochila no ombro, sentindo o peso da águia e do livro contra a lateral do corpo.

— Porque antes havia algo mais aqui.

CAPÍTULO 19

Demorou um momento para os olhos de Hailey se ajustarem quando ela adentrou mais fundo na base do monumento de granito. Era mais do que apenas a mudança da radiante luz solar do parque para o interior oco e escuro do obelisco de pedra; o contraste era de alguma forma temporal, como se ela tivesse acabado de passar por um portal de volta a uma época em que Paul Revere, Daniel Webster e Lafayette eram mais do que apenas nomes em um livro. Quando a Guerra Revolucionária ainda estava fresca o suficiente na memória das pessoas, ainda real, tridimensional, não plana como a história escrita.

O ar parecia frio e úmido contra suas bochechas quando ela olhou para a esquerda, para os pés da escada circular que acessava o topo da torre, 67 metros acima, mas havia algo de eletrizante no pensamento de que talvez as pessoas que lutaram naquela guerra tivessem respirado aquele mesmo ar; embora, por suas pesquisas, ela soubesse que isso era improvável. Embora Lafayette tenha lançado a pedra angular em 1825, levou mais quinze anos para o obelisco ser concluído — principalmente porque a fundação encarregada de construir o monumento rapidamente esgotou seus recursos. Eles foram obrigados a vender lotes de terra ao redor do obelisco, motivo pelo qual o monumento agora se assentava em pouco mais de 16 mil metros quadrados de gramado, em vez dos quase 73 mil metros quadrados originalmente reservados para o memorial.

Ficou claro para Hailey que o conselho político responsável pelo monumento estava determinado a seguir adiante com suas grandes ambições, o que novamente levantava a questão: por que eles estavam tão interessados em homenagear uma batalha bastante insignificante na qual os revolucionários foram derrotados?

O quebra-cabeça a atormentava, quando Nick se aproximou na penumbra. Ele observava enquanto o último par de turistas — um homem de meia-idade de shorts xadrez e seu filho adolescente com fones de ouvido e um olhar entediado — começava a subir a escada circular em direção ao topo. Quando Nick se moveu para segui-los, Hailey estendeu a mão para impedi-lo.

— Eu não sou um fã de alturas. Então ainda bem que o que estamos procurando está bem aqui, na base.

— Graças a Deus — disse Nick. — Parece uma longa caminhada escada acima. Quantos degraus até o topo?

Mas Hailey já estava o empurrando para a frente. Apenas alguns metros à frente deles havia uma porta recortada no cilindro interno que se erguia no centro do monumento. A passagem era estreita — mesmo que não houvesse uma grade de ferro bloqueando o caminho, um homem do tamanho de Nick teria que passar de lado.

Para a surpresa de Hailey, havia alguém parado em frente à porta bloqueada. Embora o homem estivesse de costas, ele parecia deslocado. Não era comum ver turistas — ou funcionários de parques estaduais — vestindo roupas de ciclismo coloridas e justas. Mais estranho ainda, quando Hailey se aproximou, ela viu que o homem usava o que parecia ser uma chave-mestra envelhecida com todo cuidado na fechadura um pouco acima das barras. Quando a fechadura se abriu, o homem pareceu satisfeito consigo mesmo, abrindo parcialmente a porta com um rangido de metal contra metal. E ao lançar um olhar furtivo por cima do ombro, notou a presença de Nick e Hailey pela primeira vez.

Houve uma pausa breve e constrangedora. O homem os olhou por baixo da vasta cabeleira de cachos dourado-avermelhados. Então os cantos de seus lábios se curvaram.

— Posso ajudar vocês?

Hailey estava sem palavras, então Nick preencheu o silêncio.

— Você não parece um guia turístico.

O óbvio desdém do homem cresceu enquanto ele continuava a examiná-los. E quando se concentrou em Nick, seus olhos se estreitaram.

— E vocês não parecem turistas. De qualquer forma, isso não faz parte do passeio. O mirante fica no topo dessa escada.

Hailey olhou para Nick, depois de volta para o homem. Ela não tinha ideia de quem era aquele sujeito vestido de forma bizarra, mas não o considerou imediatamente uma ameaça. Ela não conseguia sequer tentar adivinhar o que o homem fazia na base do Monumento Bunker Hill, mas sabia que ela e Nick não tinham tempo para esperar que ele saísse. Ele claramente não era um policial e parecia não saber e muito menos se importar com quem eram eles, o que significava que ele poderia estar no caminho, mas ele não era uma ameaça.

— Estamos mais interessados no que está aqui embaixo — respondeu Hailey, e então seguiu em frente.

O homem a encarou, mas isso não a deteve, então ele não teve escolha a não ser escancarar a porta — revelando o poço cilíndrico que subia pelo centro do monumento. Relutante, o homem então recuou para dar a ela e a Nick uma visão melhor.

— O que é isso? — perguntou Nick.

— Originalmente — disse o homem, em um tom que tornava óbvio que ele gostava de ouvir o som da própria voz, ainda que não parecesse animado por eles estarem interrompendo o que quer que ele estivesse fazendo —, este era o poço de um elevador que subia pela espinha dorsal do obelisco. Foi construído para mover as placas de granito para cima durante a construção; quando o monumento abriu pela primeira vez, foi mantido como um elevador de passageiros, o primeiro do país, por um curto período, antes de os curadores do monumento decidirem que estava danificando as paredes interiores e o removerem.

— E ainda vai até o topo? — perguntou Nick.

— O poço termina em uma grade no piso do mirante. Mas, como vocês podem ver, agora ele abriga algo muito mais interessante do que um elevador.

À medida que Hailey adentrava o poço, a iluminação aumentava ligeiramente; a seção inferior era iluminada por suaves luzes alaranjadas, mas a maior parte permanecia na penumbra. Ainda assim, era fácil ver o que havia dentro.

Nick assobiou baixo atrás dela. Então tocou seu ombro. Ela sabia o que ele estava pensando. *A imagem no livro de cobre*. No centro do poço havia o que poderia ser mais bem descrito como uma enorme coluna retangular muito velha e muito desgastada, apoiada no topo de uma base de pedra mais larga.

— Meu Deus — disse Nick. — Quantos anos tem essa coisa?

— Foi construída em 1794 — respondeu o homem, ainda segurando a porta atrás deles. Ele parecia saber muito sobre o Monumento Bunker Hill para um cara em uma roupa de ciclismo de lycra.

— Achei que tínhamos determinado que você não é um guia turístico — disse Hailey, sem tirar os olhos da coluna dentro do poço. — Mas você parece um especialista...

— Sou professor de história norte-americana do século XVIII na Tufts. Sei tudo sobre *tudo*. Então andem logo e tirem suas "selfies" ou seja lá o querem aqui e me deixem trabalhar.

Hailey encarou o homem. Sua expressão era de impaciência; mas havia algo mais, algo que ela reconheceu de anos frequentando cassinos. Um profissional sempre conseguia identificar outro contador de cartas circulando as mesas de blackjack, mesmo antes de se sentar à mesa de feltro. Eram os pequenos detalhes; a maneira como seus olhos se moviam ao olhar para eles, a maneira como a chave-mestra ainda pendia dos dedos da mão direita, a maneira como a outra mão se agitava, nervosamente, na lateral de seu corpo.

Pelo jeito que o homem falava, fazia sentido para Hailey que ele fosse algum tipo de acadêmico esnobe e excêntrico. Mas ele não passava a impressão de alguém que estava na base do Monumento Bunker Hill em algum tipo de atividade oficial.

— Eu não acho que essa porta deveria estar aberta — disse Hailey, por fim, tentando descobrir mais. — E não acho que você deveria estar aqui, tanto quanto nós.

O homem não respondeu.

— Por que está aqui, professor...

— Jensen. Adrian, se preferir. Chame de projeto de pesquisa.

Era óbvio que isso não era suficiente para Hailey ou Nick, então Adrian continuou, seu desdém se transformando em aborrecimento.

— Um colega meu estava muito obcecado por este monumento, algo que eu havia desprezado, já que ele era, para ser gentil, um tolo. Ele vinha aqui muitas vezes, escrevia muitos artigos sobre a origem do monumento e até pressionou a sociedade norte-americana de história a fazer sua conferência anual aos pés dessa besta de granito. Mas agora sou levado a acreditar que talvez houvesse algo, além de sua habitual inclinação a devaneios, por trás de seu interesse.

Era mais do que Hailey esperava. Ela não sabia como aquilo se relacionava ao motivo de ela e Nick estarem ali, mas duvidava que fosse apenas coincidência.

— Então, você roubou uma chave... — começou.

— Peguei emprestada — corrigiu Adrian. — O curador é um ex-aluno meu. Se ele estivesse em seu escritório, tenho certeza de que ele teria ficado feliz... Ora, não preciso me explicar para vocês! Eu tenho uma boa razão para estar aqui. Vocês dois...

Mas Nick obviamente já havia perdido o interesse em Adrian, pois se aproximara da estrutura cilíndrica no centro do poço. Estava focado na base de pedra abaixo da madeira — que parecia ter uma inscrição gravada. A coluna em si tinha uma placa com mais inscrições, mas, ao contrário de Nick, os olhos de Hailey foram imediatamente atraídos para o alto — para o estranho objeto que repousava no topo da coluna.

— Então, este é o "memorial" que havia aqui antes de construírem o obelisco — disse ela.

Adrian observava os dois — sem dúvida percebendo que eles não iriam embora, o que significava que ele não tinha escolha a não ser tolerar a companhia deles. E, finalmente, ele entrou na câmara atrás de Hailey.

— Essa coluna é feita principalmente de madeira e tem cerca de cinco metros de altura. Aquilo no topo é uma urna, feita de metal dourado.

— Você disse que isso foi construído em 1794 — disse Hailey.

— Correto. Cerca de trinta anos antes de Lafayette lançar a pedra angular do obelisco. Quando o obelisco foi construído, eles colocaram essa réplica da coluna aqui.

— Não é a original?

— A coluna, não. A madeira estava apodrecendo e não teria durado tanto tempo. A urna no topo é uma história diferente. Os pais da Revolução eram bastante adeptos da metalurgia.

Nick examinou a urna também.

— Então alguns cidadãos proeminentes e poderosos decidiram, durante um elegante café da manhã, que precisavam substituir um memorial estranho e deteriorado construído no campo de batalha com um nome equivocado de alguma luta insignificante, e criaram um enorme obelisco egípcio? — questionou Nick.

— É nesse ponto que fica ainda mais suspeito — disse Adrian. — O memorial original não era para a batalha em si, ou para algum herói de guerra famoso, como George Washington, ou mesmo Lafayette. Foi construído para homenagear o Dr. Joseph Warren.

— Quem? — perguntou Nick.

— Exatamente, um desconhecido. Warren era um médico de Boston que se tornou um espião no início da guerra. Pouco antes da

Batalha de Bunker Hill, ele foi nomeado major-general do incipiente exército revolucionário, e morreu em sua primeira incursão, bem aqui neste local. Nada muito heroico; na verdade, o motivo de sua fama não teve nada a ver com Bunker Hill. Ele é realmente conhecido por um feito, na noite de 18 de abril de 1775, apenas dois meses antes de sua morte. Foi ele quem enviou Paul Revere em sua famosa corrida à meia-noite.

— E por isso recebeu este monumento — disse Nick, olhando para o granito acima.

— E uma taverna aqui perto — acrescentou Adrian.

— E o que Revere ganhou? — perguntou Hailey. — Um poema?

Nick novamente se concentrou na coluna e na urna no topo.

— Quem construiu essa coisa, afinal? Vinte anos antes do obelisco?

— Além de ser um espião — disse Adrian —, Warren também era maçom. O memorial foi construído pelo capítulo maçônico local, a Loja do Rei Salomão. Se olhar atentamente para a urna, verá o símbolo maçônico, um esquadro e um compasso, ferramentas do ofício maçônico.

— Maçons — disse Hailey. — É como um culto, certo? Remonta a centenas de anos?

Adrian deu de ombros.

— Culto, guilda, sociedade secreta, o tipo de pessoas que esculpem símbolos estranhos em urnas e constroem obeliscos gigantes. Os maçons têm uma história estranha e intrincada que remonta a muito tempo, e muito do que você ouve sobre eles provavelmente é apenas ficção, mas não há dúvida de que muitas pessoas proeminentes imbuídas em unir nossa nação eram membros. Há uma pirâmide com um olho no meio no verso da nota de um dólar.

Hailey se aproximou da estrutura. Um leve tremor percorria todo seu corpo, seus pensamentos ganhando forma.

— Eu não acho que você possa relegar este monumento inteiro, um obelisco maciço que se eleva sobre a cidade de Boston, a um mero tributo maçônico a um membro que, embora interessante, tenha pouco valor histórico.

Nick olhou para ela. Talvez o professor também a observasse, mas ela não se virou para ver. Em vez disso, deu de ombros, prestes a lançar uma teoria insana.

— E se isso, tudo isso, tivesse um propósito?

Ela se virou para a coluna e se concentrou novamente na urna dourada. Estava a alguns metros de distância, mas ela podia ver que era grumosa e amassada, quase como se tivesse sido terminada às pressas. Ou talvez tivesse sido forjada assim, irregular — *intencionalmente*.

As palavras que surgiram na página de cobre acima da imagem da urna no livro que ela ainda carregava em sua mochila flutuaram em sua cabeça. Ela não precisava olhar para a página novamente para recitá-las.

— *Les erreurs ne sont pas dans l'art, mais chez l'artisan.*

— Você fala francês — constatou Nick.

— Muitos dos grandes matemáticos são estrangeiros. Quando estou traduzindo textos longos, geralmente preciso usar um aplicativo no meu telefone. Mas isso eu consigo traduzir.

— Não é de Lafayette, é? — perguntou Nick.

Hailey estava quieta. Adrian continuou olhando para os dois, obviamente se perguntando, mais uma vez, quem diabos eram eles. Então, limpou a garganta.

— Não é Lafayette. É Isaac Newton. *"Os erros não estão na arte, mas nos artífices."*

Nick olhou para ele.

— Gravidade. A maçã. Esse Newton?

— Sim — respondeu Hailey. — O pai da matemática e da física. Descobriu as leis do movimento, o cálculo, a gravidade. Mas ele também foi uma das principais forças motrizes dos primórdios da química precoce. E era seriamente envolvido com o ocultismo.

Nick parecia perplexo, olhando para a urna.

— E você acha que tudo isso está conectado. A foto no livro, a citação de Newton. Aquela urna...

— O que está acontecendo aqui? — gaguejou Adrian finalmente. — Quem são vocês?

Hailey o ignorou, ainda olhando para a urna, para as imperfeições no metal. E então observou a iluminação tênue do antigo poço do elevador em contraste ao ambiente mais escuro onde ela, Nick e Adrian estavam. Sua mente girava enquanto ela decifrava o enigma.

De repente, ela soltou a mochila e vasculhou o interior. Segundos depois, encontrou o que estava procurando: um pequeno espelho compacto, que ela costumava usar nos cassinos para checar o rosto durante uma agitada sessão de contagem de cartas.

Ela se virou para Nick.

— Preciso de uma garrafa de água. De plástico, do tipo que eles vendem lá fora nas barraquinhas.

— Hailey...

— Só faça o que estou pedindo.

O rosto de Nick estampava o olhar de alguém que não gostava que lhe dissessem o que fazer, mas ele passou pelo confuso professor e rapidamente tomou o caminho de volta ao parque. Assim que ele saiu, Adrian encarou Hailey, perplexo.

— Você está me ouvindo? O que é isso?

— Como você disse, professor. Um projeto de pesquisa.

Adrian continuou disparando perguntas, sua voz cada vez mais agitada, mas Hailey não estava ouvindo. Ela não se importava com o professor. Estava focada naquela urna, sua mente processando tudo que sabia. O livro de cobre e a águia estavam de alguma forma conectados. A águia havia sido forjada em 1814 e tinha dois símbolos pré-científicos gravados em suas garras. Esses símbolos permitiram que ela revelasse as letras escondidas no livro. As letras eram criptografadas — exceto por uma frase de Newton, traduzida para o francês acima de uma foto daquela urna, que havia sido colocada ali com um enorme obelisco construído em torno dela, no local onde a pedra angular fora lançada por um herói da Guerra Revolucionária Francesa.

Ela acreditava que tudo aquilo era de alguma forma significativo. Mas sua mente não parava de pensar em Newton. Ele não tinha sido escolhido por acidente.

Nick entrou pela porta, ofegante, e entregou uma garrafa plástica de água para Hailey, que a pegou, abriu a tampa e derramou apenas o suficiente para que a garrafa ficasse mais flexível em suas mãos. Então ela apertou o plástico com os dedos, criando rugas, ângulos e curvas.

Nick e Adrian a observaram segurar a garrafa com uma mão, abrir o espelho e dar um passo para trás. Estendendo o braço, ela moveu o espelho até encontrar um ponto onde a luz tênue vinda de fora atingisse o monumento.

O espelho reluziu sob o feixe de luz solar.

— O que você faria — perguntou Hailey, enquanto brincava com o ângulo do espelho, refletindo a luz do sol no poço do elevador — se quisesse preservar um segredo por muito tempo?

— Esconderia em um monumento? — arriscou Nick.

Hailey moveu o pulso mais alguns centímetros. A luz agora cintilava contra a réplica da coluna.

— Acho que se trata exatamente do oposto. Os símbolos na águia devem ter sido gravados na mesma época ou depois do livro. A águia foi fabricada em 1814. O memorial de Warren foi erguido pelos maçons em 1775, apenas alguns meses após a corrida de Paul Revere.

Mas só em 1825 o monumento foi movido para cá, e então o obelisco foi construído em cima dele.

Ela moveu o espelho mais um centímetro, deslizando a luz refletida pela coluna — até atingir a urna dourada. A urna reluziu. Ela podia ver as pequenas imperfeições com mais clareza agora. *Erros do artífice.*

— Se quiser que algo seja preservado por muito tempo, você o torna único e sagrado. Talvez construa um monumento sobre ele que ninguém jamais vai derrubar. Nick, venha aqui, preciso da sua ajuda.

Nick se aproximou, e ela lhe entregou a garrafa de água vincada e amassada.

— Além da gravidade e do movimento, as descobertas mais famosas de Newton tinham a ver com a luz. Uma dessas descobertas foi que um feixe aparentemente uniforme de luz é realmente composto de muitos comprimentos de onda diferentes.

— As cores de um arco-íris — disse Nick, surpreendendo-a.

— Exato. Fato é que os historiadores de Newton acreditam que ele chegou a essa conclusão não por pura experimentação científica, mas por causa de suas crenças em atividades ocultas e pré-científicas, que postulavam que tudo na natureza, dos metais à ciência e ao próprio universo, poderia ser dividido em um punhado de partes constituintes "básicas".

Ela podia ver que Nick estava perdido novamente, mas não importava. Ele estava prestes a ver aonde ela queria chegar.

— Segure a garrafa contra a luz refletida pelo espelho.

Mais uma vez, ele obedeceu, movendo cuidadosamente a garrafa em frente ao espelho. Quando a luz atingiu os ângulos da garrafa de plástico amassada e depois passou pela água, saiu do outro lado como uma cascata sutil de cores. *Como um arco-íris.*

— Os ângulos da garrafa e as propriedades de refração da água agem como um prisma improvisado, que separa os comprimentos de onda da luz — Hailey começou a explicar, mas a expressão de Nick a fez parar.

Ele estava olhando através das barras de ferro na direção do poço do elevador, seus olhos voltados para a urna dourada. Onde as cores do prisma a atingiram, a superfície da urna de repente parecia diferente.

Claramente visíveis no metal logo abaixo da borda, havia duas fileiras de números.

— Meu Deus — sussurrou Adrian, atrás deles.

— Não, Newton — disse Hailey. Mesmo assim, ela mal podia acreditar que estava certa. — Essa urna é dourada, talvez bronze, que é principalmente composto de cobre ou talvez ouro. Quando banhado por luz solar regular, parece refletir a luz de volta uniformemente, mas não é assim. Tanto o ouro quanto o cobre refletem bem os comprimentos de onda vermelhos na luz, mas os de onda azuis e verdes nem tanto. Mas se acrescentarmos outro metal com diferentes propriedades reflexivas, digamos, fragmentos de prata ou ródio, e usarmos um prisma para quebrar a luz em suas partes constituintes, obtemos um contraste muito maior no espectro verde, azul e violeta. Como vocês podem ver.

— Então esses números sempre estiveram ali — disse Nick. — Gravados em pequenas quantidades de prata ou ródio, mas só podemos vê-los se usarmos um prisma.

Nick olhava a urna como se estivesse testemunhando magia. Mas não era mágica, era ciência. E os números na urna...

— É a chave, certo? — perguntou Nick. — Para decifrar as letras do livro.

— A cifra perfeita de Jefferson — disse Hailey.

— A cifra de *Thomas* Jefferson? — sussurrou Adrian.

Hailey assentiu.

— Uma linha de números nos diz como reordenar as linhas de texto, e a outra diz quantas letras aleatórias foram adicionadas a cada linha. Tão simples, e ainda assim é quase impossível de decifrar o código sem essa chave.

Enquanto ainda segurava a garrafa com uma mão, Nick tirou o telefone do bolso e fez uma foto rápida da urna.

Depois de se certificar de que conseguia ler os números da foto, ele finalmente abaixou a garrafa — e, subitamente, o efeito desapareceu. A urna era novamente apenas uma urna.

— Eu preciso ir a algum lugar — disse Hailey, sua empolgação aumentando — onde possa começar a trabalhar no livro.

— Que livro? — Adrian gaguejou. — Você está me dizendo que esses números... uma chave da cifra de Jefferson...

Mas Hailey já havia guardado o espelho na mochila e caminhava em direção à porta. Nick estava logo atrás dela, e depois de segundos, o professor correu atrás dos dois, tentando alcançá-los. Hailey mal podia sentir seus pés enquanto se movia; ela não tinha ideia do que eles encontrariam naquele livro, mas sabia que era um segredo guardado por quase duzentos anos. E agora *ela* o desvendara — com uma pequena ajuda de Nick... e de Isaac Newton.

Hailey estava quase correndo quando alcançou a porta aberta que levava de volta ao parque — mas, de repente, Nick agarrou seu braço e a puxou com tanta força que ela quase perdeu o equilíbrio.

— Merda — sibilou.

Ele a puxou para o lado, empurrando-a contra a parede de granito na base da escada circular que levava até o topo. Adrian quase bateu neles e, então, recuou, ainda mais perplexo.

— O que foi?

Nick o ignorou, falando com Hailey.

— Os federais, eu acho. Ou policiais disfarçados. Dois carros, na calçada. Pelo menos três deles já estão a pé, vindo na nossa direção.

Hailey sentiu o peito se comprimir.

— Tem certeza?

— A maneira como eles estão vestidos. O jeito que eles estão se movendo. A marca dos carros. Definitivamente são agentes da lei. É melhor do que os caras que invadiram o armazém e que apagaram Jimmy, o Boca, mas não muito melhor.

Os olhos de Adrian se arregalaram.

— Vocês são criminosos?

Os dedos de Hailey se apertaram no granito frio contra suas costas. Se fossem pegos pela polícia ou pelo FBI, eles perderiam a águia, o livro e qualquer chance de entender no que haviam tropeçado.

Ela olhou além de Nick e do professor, na espiral de degraus que levava ao topo do obelisco. Ela não gostava de alturas, mas não havia muita escolha.

— Duzentos e noventa e quatro — disse ela.

Nick seguiu seus olhos e percebeu o que ela queria dizer.

— Ficaremos encurralados lá em cima. Só tem um caminho para subir e para descer.

— Vamos começar com o caminho para subir — disse ela.

Ela assumiu a liderança, e os dois passaram por Adrian, deixando o professor, atordoado e sozinho, aos pés da escada.

CAPÍTULO 20

Por um breve momento, o mundo de Adrian pareceu paralisado; o interior da base do monumento ao seu redor estava gravado em suas retinas como imagens pintadas em um vitral. Ele estava de costas para a parede de granito, ainda encarando os pés da escada, onde os dois fugitivos haviam acabado de subir, para longe, envoltos em uma nuvem rodopiante de mistérios — *Isaac Newton? Uma cifra de Jefferson? Um livro enigmático?* —, e parte de Adrian queria correr atrás deles, perseguir as respostas, enquanto um impulso de igual intensidade exigia que tomasse a direção oposta, procurasse os agentes da lei que o homem de jeans vira se aproximando e os indicasse a direção certa. Sem dúvida, os dois estranhos eram criminosos; Adrian não tinha ideia do que haviam feito, mas parecia ter algo a ver com o que haviam acabado de descobrir na urna no topo do santuário original de Warren...

Adrian sacudiu a cabeça, libertando-se da momentânea paralisia, quebrando o vidro imaginário.

Ridículo.

Insano.

Charles, em que diabos você me meteu?

E, no entanto, lá estava Adrian, no monumento, por razões tão ridículas quanto a ideia de uma inscrição invisível em uma urna de 250 anos.

Depois de chegar à conclusão de que o sino da King's Chapel não era o da gravura do artigo de Charles e se lembrar da pista que ele lhe dera, o porta-copos da Warren Tavern, Adrian não teve escolha a não ser voltar para Charlestown. Como ele havia dito aos fugitivos, Charles, aquele tolo, sempre foi obcecado pelo Monumento Bunker Hill, e muitas vezes promoveu a ideia, em artigos e palestras, de que ele acreditava que o monumento escondia algo. Ele havia insistido tanto no assunto, na verdade, que um revisor acadêmico chegou a se referir à teoria como a "Falácia de Walker"; mas nunca ocorrera a Adrian — até que ele estivesse naquela igreja ouvindo o sino vacilante — que talvez fosse mais do que uma simples fantasia.

Então ele foi ao monumento, sem saber o que estava procurando. Ainda assim, não era surpresa que fosse impelido a visitar o memorial Warren, na base; o antigo totem sempre foi uma curiosidade, mesmo nos círculos acadêmicos.

Mas Adrian nunca poderia ter imaginado o que a urna em cima daquele memorial escondia; uma mensagem, gravada no metal por uma figura da Era Revolucionária. Por si só, era uma descoberta que abalaria o mundo acadêmico. E a garota — como ela conseguiu desvendar tudo, presumivelmente a partir daquela citação de Newton, saída de algum tipo de livro? Talvez algo que os dois haviam roubado de um museu ou da coleção privada de uma biblioteca.

Uma cifra de Jefferson, um código escondido na urna de Warren. Adrian balançou a cabeça novamente.

Na verdade, ele deveria ter saído do monumento e procurado a polícia. Mas sabia que, se entregasse os dois fugitivos, eles poderiam nunca desvendar o que estavam buscando — ou quais segredos a inscrição na urna poderia revelar.

Ele tinha ido ao Monumento Bunker Hill à procura de respostas, assim como eles. Embora pudesse ser coincidência, a suposição mais razoável era a de que, de alguma forma, as buscas estavam relacionadas.

Ele respirou fundo e tomou uma decisão.

Os dois fugitivos correram para o andar de cima, em direção ao mirante no topo do monumento: literalmente um beco sem saída. Mas a mulher era inteligente. O homem parecia recém-saído da prisão, mas a mulher, pela maneira como ela descobriu a inscrição na urna — talvez ela tivesse uma chance.

Então Adrian concluiu que a melhor decisão, por enquanto, era decisão nenhuma. Ele esperaria, observaria e veria o que aconteceria a seguir.

CAPÍTULO 21

As panturrilhas de Hailey ardiam, e ela aspirava o ar úmido entredentes quando chegaram ao último lance da escada. Mas ela percebeu que ainda tinham uma boa vantagem sobre as pessoas que Nick vira no parque. Ela sabia que sentiria o peso de cada um daqueles 294 degraus quando seu ritmo cardíaco voltasse ao normal, mas no momento sua mente estava em modo de fuga.

Ela saltou sobre o último degrau e se viu no mirante lotado no topo do monumento de granito. O espaço não era grande; o grupo de turistas à sua frente se amontoava em torno das janelas de observação recortadas nas paredes, a maior parte das pessoas se reunia em grupos de dois e três, apreciando a vista de 360 graus de Charlestown, do rio e de Boston além.

Hailey não tinha tempo para a vista e planejava ficar o mais longe possível daquelas janelas e do panorama vertiginoso. Em vez disso, seus olhos escaneavam o pequeno espaço, à procura de alguma maneira de transformar o que obviamente era um beco sem saída em uma saída.

Mesmo uma avaliação rápida deixara claro que não havia muito que não estivesse lá desde 1843, quando a pedra angular foi selada no topo do grande obelisco. Além do que parecia ser algum tipo de dispositivo de alarme de incêndio, instalado na intersecção entre a parede e a o teto diretamente acima de sua cabeça, o lugar era um museu vivo. Além das janelas panorâmicas, não havia muito com o que trabalhar.

Anexada à parede mais distante, atrás de uma família de quatro pessoas tirando selfies, havia uma estrutura de metal vazia que, segundo Hailey se lembrava, costumava sustentar o canhão de Adams — uma arma da Era Revolucionária que havia sido roubada de um posto de armas britânico que vigiava o porto em 1774 —, um artefato que agora ficava exposto em uma vitrine no prédio maçônico adjacente. Ao que parece, estavam fazendo algum trabalho de restauração no granito onde o canhão havia sido afixado; no chão perto dos turistas posando para fotos, Hailey viu algumas garrafas de solução de limpeza ao lado de uma caixa de ferramentas repleta de cinzéis de tamanhos diferentes e parafernália de trabalho em pedra.

— Esse é o topo do poço do elevador, certo?

Nick havia caminhado um pouco mais adiante, até a borda de uma grade circular recortada no centro do chão de pedra. Olhando para além dele, Hailey podia ver a abertura do poço — uma vertiginosa queda até o chão 67 metros abaixo. Quando inclinou a cabeça, lutando contra seus medos, pôde ver um feixe da luz alaranjada que banhava a coluna e a urna na base da longa queda, mas além disso, não havia luz no poço. Mesmo assim, Nick se ajoelhou para dar uma olhada mais de perto.

— Acho que vejo uma escada de ferro, começando alguns metros abaixo. Talvez para manutenção, quando ainda estava em operação.

Hailey balançou a cabeça. Mesmo que pudessem de alguma forma soltar a grade, ela sabia que seria um esforço inútil. Quem quer que Nick tivesse visto lá fora estaria entrando na escada agora — o que significava que eles chegariam ao topo antes que Hailey e Nick tivessem descido um quarto do caminho pelo poço. Eles estariam ainda mais encurralados do que agora.

— Você tem razão — concluiu Nick, levantando-se da grade. — É impossível.

Mas Hailey já havia saído do poço, continuando a procurar por algo que pudesse ajudar.

Do outro lado da grade circular, perto de uma janela panorâmica na parede mais distante de onde estavam, ela avistou um dos seguranças uniformizados; um homem na casa dos 30 anos, com bigode e óculos, no meio de uma explicação sobre a vista para um casal de idosos em suéteres vermelhos combinando. A atenção de Hailey se moveu para o cinto do homem; ele tinha um walkie-talkie ao lado de uma lanterna — o que significava que eles tinham ainda menos tempo do que Hailey pensava. A qualquer minuto ele poderia receber uma chamada de baixo para detê-los.

Ao mesmo tempo, um pensamento brotou em sua mente. A verdade é que ela já estivera em posições semelhantes antes, como contadora de cartas. Encurralada por seguranças de cassino, desesperada para sair. As apostas eram maiores agora, mas ela havia treinado para isso. Acompanhar as cartas era apenas um componente de quebrar a banca.

Um plano estava se formando, peças de quebra-cabeça se encaixando. Não seria fácil, e eles precisariam ter sorte — mas havia uma saída. Ela fez o possível para acalmar os nervos, enquanto soltava a mochila do ombro.

— Não é impossível. Mas a única maneira de descermos é da mesma forma que subimos.

Ela abriu o zíper da mochila e ignorou a águia e o livro. O frasco também estava lá, ainda pela metade com o ácido de bateria, assim como sua bolsa, escondida em um bolso interno da mochila. Mas o resto eram ferramentas de seu ofício.

— Hailey, se é a polícia, eles provavelmente têm nossas fotos das câmeras no cassino. O que significa que eles sabem quem somos.

— Não quem somos — disse Hailey — quem *éramos*.

Ela começou a pegar itens. Primeiro, um boné de beisebol, que ela jogou para Nick. Ele olhou para o boné, deu de ombros e o enterrou na cabeça até quase os olhos.

— Tire a jaqueta.

Infelizmente, a camisa embaixo também era jeans, mas ela o fez arregaçar as mangas e abrir a gola.

Então ela voltou a escavar sua mochila. Seu cabelo já estava diferente das fotos, então não chamaria a atenção de ninguém. Mas vestiu um par de óculos com uma pesada armação de plástico e lentes falsas.

Então ela enfiou a mão mais fundo na mochila e retirou uma caixa de plástico, que abriu para revelar sua artilharia pesada: uma bola do tamanho de um punho de material macio que comprara na internet depois de ser descoberta pelos seguranças pela primeira vez em Foxwoods, depois de ganhar uma soma de cinco dígitos nas mesas de blackjack.

Ela rasgou o material de borracha ao meio e entregou parte a Nick.

— Coloque dentro da boca, contra as bochechas. Muda os contornos do seu rosto. Não parece grande coisa, mas às vezes é capaz de enganar até o software de reconhecimento facial.

Nick observou enquanto ela empurrava a metade da massa em sua boca, usando os dedos para moldá-la contra as bochechas. Ele olhou para o resultado e balançou a cabeça.

— Ok, talvez no escuro…

— Está muito escuro naquela escadaria…

— Talvez possa enganar uma câmera. Mas um policial, de perto? Sem chances.

Hailey sabia que ele tinha razão — as chances eram de que um bom policial conseguisse reconhecê-los mesmo com cabelos diferentes, um par de óculos falsos e enxertos nas bochechas. Mas se havia uma coisa que um contador de cartas entendia, era de saber reverter a sorte até que estivesse a seu favor.

— O disfarce é apenas uma parte do plano.

Antes que ele pudesse reagir, ela se virou para as escadas — examinando o alarme de incêndio preso logo abaixo do teto. Então, olhou para a esquerda, em direção ao local onde antes ficava o canhão. Depois, para o segurança e para a grade sobre o poço do elevador, logo atrás de Nick.

Pode funcionar.

Tem que funcionar.

— Eles só vão nos notar se estiverem olhando na direção certa — disse ela.

Ela começou a andar.

— O segredo é garantir que não estarão.

CAPÍTULO 22

ois patos encurralados — grunhiu o detetive Marsh, da polícia estadual, ao se aproximar de Zack Lindwell na entrada do monumento, enquanto o segundo policial, um detetive do departamento de homicídios que acompanhara o detetive com cara de pug desde a cena do crime no armazém, permanecia um passo atrás.
— Talvez seja melhor ficar de fora, Lindsy. Não gostaria que você estragasse seu elegante terno se tivermos que partir para a ação.

Zack não sabia o que mais o incomodava, o olhar ansioso no rosto de Marsh ou a maneira como a mão direita do homem repousava sobre a arma, felizmente ainda no coldre sob seu paletó. Zack duvidava que o policial truculento fosse capaz de se conter por muito mais tempo. Os olhos profundos do homem atarracado brilhavam com violenta expectativa — ou mais precisamente, com a expectativa de violência. Não importava que estivessem em um ambiente muito público — um maldito ponto turístico da Freedom Trail — cercado por civis inocentes, ou que entre os suspeitos houvesse uma jovem sem antecedentes criminais e um ex-presidiário cuja folha de antecedentes, embora longa, não trazia qualquer indicação de que ele portasse algo mais perigoso do que um canivete. Estava claro que Marsh pretendia levar aquele caso a uma conclusão rápida, e se, para isso, balas precisassem voar, tanto melhor.

Para ser justo, Marsh tinha acabado de sair de uma cena de crime que incluía dois jovens mortos, vítimas de algum terrível agente paralisante. E aquele receptador morto com as unhas arrancadas agora inchava lentamente na geladeira do necrotério. Marsh estava sob muita pressão para fazer uma prisão — e por algum golpe de sorte, a oportunidade acabara de ser entregue a ele em uma bandeja de prata.

Zack ainda não havia decidido se era fruto de uma sorte absurda ou se estavam superestimando sua presa. A equipe técnica no escritório do FBI de Boston, em Chelsea, mal teve tempo de iniciar sua operação de *phishing* no telefone de Hailey quando uma fonte na polícia de Boston ligou para ele com a notícia: embora Marsh não tivesse conseguido alertá-lo, os dois fugitivos foram flagrados por câmeras de vigilância saindo de um trem de metrô da Linha Laranja em uma parada em Charlestown e, em seguida, foram flagrados a pé passando por mais três câmeras a caminho de Bunker Hill. Como um prego final em seu proverbial caixão, uma câmera no museu do outro lado da rua os captou em tempo real entrando no monumento, e desde então não haviam saído.

Marsh não ficou satisfeito ao ver Zack chegar ao local um minuto depois que seu próprio carro sem identificação derrapou até parar no parque gramado em frente ao obelisco gigante; e ficou ainda menos satisfeito quando Zack tentou convencê-lo a esperar reforços antes de invadirem o monumento por conta própria. Embora Zack fosse do FBI e pudesse — com tempo suficiente para fazer os telefonemas apropriados — ter tentado assumir o controle da situação, tudo o que eles tinham até agora eram cadáveres, o que significava que Marsh, da delegacia de homicídios, ainda estava oficialmente no comando. A menos que eles encontrassem um par de Renoirs do outro lado daquela entrada encravada no monumento, Zack, da divisão de crimes contra arte, teria que continuar no banco de reserva.

Ainda assim, olhando para o topo da enorme torre de granito, não foram sobre Renoir os pensamentos que brotaram na mente de

Zack, mas, sim, sobre um dos contemporâneos do mestre impressionista francês: Vincent van Gogh. Claro, pela lógica, ele sabia que um obelisco gigante elevando-se em direção ao céu deveria tê-lo feito pensar em outro artista holandês — Govert Flinck, um dos alunos de Rembrandt, cuja pintura *Paisagem com Obelisco* tinha sido um dos objetos roubados do Museu Gardner naquela noite fatídica — mas de alguma forma Van Gogh lhe parecia mais apropriado. Não apenas porque Van Gogh muitas vezes descreveu as árvores de cipreste que dominavam muitas de suas pinturas como reminiscentes desses símbolos emblemáticos da arqueologia egípcia, mas porque o enorme monumento que dominava o céu parecia muito com algo saído de um sonho febril, do tipo que Van Gogh era famoso por capturar.

O cenário desafiava a lógica, o que era adequado, porque Zack não conseguia pensar em uma razão lógica pela qual Hailey e Nick, aparentemente fugindo de duas cenas de crime distintas, se dirigiram a um ponto turístico lotado na Freedom Trail e se encurralaram lá dentro.

— Um caminho para entrar — disse Marsh, acenando com a cabeça em direção ao oficial da polícia —, um caminho para sair. Detetive Karp, suba até o topo da escada. Se avistá-los ao longo do caminho, deixe-os em paz e emita um rádio. Se eles ainda estiverem lá em cima...

Antes que ele pudesse terminar a frase, um alarme repentino ecoou pelo ar. O barulho vinha de dentro do monumento, um lamurioso sinal eletrônico crescente e decrescente que reverberava do granito e ecoava pela entrada em ondas arrebatadoras.

— Mas o que diabos é isso? — resmungou Marsh.

— Alarme de incêndio — constatou Zack.

E então ele ouviu os passos — ecoando sob a sirene, de algum lugar acima. Uma debandada controlada de pessoas descendo as escadas circulares, ele presumiu.

— Então esse é o plano deles — grunhiu Marsh. — Devem ter nos visto chegar. Agora os idiotas acham que podem passar por nós em meio à multidão. Karp, o plano permanece o mesmo. Vai!

O policial correu para o monumento e virou à esquerda, em direção às escadas. Zack seguiu Marsh logo atrás de Karp.

Assim que passaram pela entrada, o ar ficou um pouco mais frio, muito mais escuro e muito mais barulhento. Preso no estrondo daquele alarme e nas paredes estreitas do obelisco, Zack teve um momento de súbita claustrofobia; nunca foi fã de espaços pequenos e fechados, mas já havia estado em cofres de arte secretos e câmaras de museu antigas e bem protegidas para saber como controlar o sentimento. Depois que o mal-estar passou, ele deixou Marsh guiá-lo até os pés da escadaria íngreme e sinuosa. O bater de pés descendo em direção a eles estava mais alto agora e aumentava a cada segundo.

— Você fica com o lado esquerdo; eu fico com o direito. É muito estreito, então, na maioria das vezes, será uma ou duas pessoas de cada vez. Nós vamos devagar e analisamos cada um que passar por nós. Entendeu?

Marsh estava com a presilha de seu coldre aberta, e seus dedos empunhavam a coronha de seu .38.

— Pode haver crianças aqui — disse Zack.

— Vou mirar alto.

Antes que Zack pudesse responder, o primeiro par de turistas desceu correndo em direção a eles pela curva da escada. Ambos pareciam estar na casa dos 50 e poucos anos e respiravam com dificuldade. Zack se afastou para deixá-los passar, mas Marsh os examinou atentamente. Ele podia até ser um troglodita, mas pelo menos era meticuloso.

Uma vez que passaram, outro grupo fez a curva — e Zack podia ver que a escada atrás deles estava lotada de pessoas, que se misturavam à medida que corriam escada abaixo. O estrondo do alarme de incêndio era tão alto no espaço confinado que era difícil não entrar em pânico, e o grupo de turistas estava praticamente amontoado enquanto descia em direção à entrada.

Marsh xingava baixinho, tentando escrutinar cada rosto, sem bloquear o caminho das pessoas; Zack, por sua vez, rapidamente analisava a multidão por altura, peso e idade. Alguns ele poderia descartar de imediato. Outros, precisava olhar um pouco mais de perto. O pequeno grupo bem na frente dele era de indivíduos mais velhos — dois deles com pelo menos 60 anos, vestindo suéteres vermelhos combinando —, mas atrás deles, mais acima nas escadas, ele teve um vislumbre de uma mulher que se encaixava no perfil de idade. Àquela distância e na escuridão, seus traços e cabelos não pareciam iguais, e ela estava usando óculos, mas talvez quando ela se aproximasse...

De repente, Marsh o agarrou, o celular colado na orelha.

— É o Karp, ele chegou ao topo. Adivinha só? Eles não estão descendo as escadas.

— Como assim?

— Me siga — rosnou Marsh, berrando escada acima e empurrando seu corpo compacto através da onda de turistas descendo.

Zack o seguiu, empurrando a multidão. O túnel ficava mais escuro à medida que subiam e, poucos degraus à frente, era difícil ver alguma coisa. Se qualquer uma das pessoas da qual desviava fossem Nick e Hailey, ele teria que ter ficado cara a cara com eles para notar — mas Marsh estava se movendo como um homem possuído, gritando para Zack o acompanhar. Em poucos minutos, eles passaram pelos turistas, e agora eram apenas os dois subindo a escada em espiral.

Quando chegaram ao topo, a respiração de Zack saía em pequenas explosões. Ele se arrastou para o mirante alguns centímetros atrás de Marsh, que agora caminhava com a arma em punho.

A cabeça quadrada do detetive girou em seu pescoço grosso, para um lado e para outro, mas era óbvio — os fugitivos não estavam em lugar algum. As únicas duas pessoas no local eram Karp e um segurança uniformizado. Karp estava de joelhos em frente ao que parecia ser uma abertura circular recortada no chão de granito. Uma grade que aparentemente cobria a abertura estava agora retorcida, com um tipo de cinzel ao lado. O policial estava debruçado na abertura, enquanto o segurança apontava uma lanterna por cima do ombro dele.

— Acho que vejo um deles — sibilou o policial, — cerca de dez metros abaixo. Usando jeans, pendurado em um dos degraus.

Marsh correu para a frente para dar uma olhada.

— Mas que merda é essa? — rosnou.

— O primeiro elevador de passageiros do país — respondeu o segurança, um pouco orgulhoso demais. — Bem, agora é apenas o poço. Mas em 1843...

— Cale a boca, guarda Smith, e desça até onde quer que esse poço vá dar. Agora!

O segurança passou apressado por Zack e desceu as escadas a toda velocidade. Marsh ainda estava ao lado de Karp na beirada do poço.

— Como isso aconteceu?

— O segurança disse que, depois que o alarme disparou, ele rapidamente conduziu os turistas até a escada. Ele desceu alguns metros quando ouviu ruídos lá de cima. E quando voltou, encontrou isso. Eles devem ter usado o cinzel para soltar a grade.

Marsh balançou a cabeça.

— Você ainda acha que estamos lidando com alguns gênios aqui, Lindsy? É muito alto. De patos encurralados a ratos em um buraco.

Zack se aproximou para dar uma olhada por si mesmo. O poço estava escuro — quanto mais fundo ele olhava, mais escuro ficava —, mas Karp estava certo, eram cerca de dez metros de profundidade, Zack mal conseguia distinguir o que parecia ser uma pessoa de jeans. Não estava se movendo — talvez Nick e Hailey não estivessem tentando escapar, talvez pretendessem se esconder. De qualquer forma, Marsh tinha razão. *Dos magníficos ciprestes de Van Gogh ao poço sem fundo de Botticelli.*

Ainda assim, Zack não conseguia se livrar da sensação de que algo não fazia sentido. Talvez alguém com o passado do Nick, recém-libertado da prisão, entraria em pânico e preferiria um poço de elevador a uma escadaria estreita. Mas pelo que Zack sabia sobre Hailey, ela era hábil em fugir e muito detalhista. Ela saberia que o poço era tão sem saída quanto a escada — e que levaria muito mais tempo para descer pelo poço. O segurança chegaria lá embaixo bem antes deles; e se eles estivessem simplesmente tentando se esconder — bem, isso também dificilmente funcionaria. Tudo parecia não se encaixar.

— Por que aqui...? — perguntou Zack, pensando em voz alta. — Por que acabaram nesta situação em primeiro lugar? Como esse lugar se conecta ao roubo do Gardner? O que eles estavam procurando?

Marsh revirou os olhos, depois olhou de Zack para o policial da cidade de Boston.

— Perguntas erradas, Lindsy. Só uma pergunta importa agora.

Marsh sorriu, quase salivando, enquanto se virava para o poço escuro.

— Qual de nós vai primeiro?

Zack respirava com dificuldade, o suor se espalhando por sua camisa sob medida, enquanto ele avançava cada vez mais fundo no poço. A sensação dos degraus de metal era fria e áspera contra suas mãos — algumas das barras estavam tão enferrujadas que ele pensou que poderiam rachar sob seu peso —, mas, minuto a minuto, ele continuou descendo, e a luz diminuía quanto mais ele se afastava da abertura acima.

O ar no poço parecia denso e espesso em sua garganta. Ele tentou não pensar no tipo de micróbios que poderia estar inalando, moléculas presas naquele buraco estreito e sem circulação de ar por mais de duzentos anos. Moléculas exaladas, talvez, por algum soldado da Era Revolucionária visitando o local para homenagear algum camarada morto, talvez um soldado famoso, tal como Lafayette, Washington, Revere...

O rádio no cinto de Zack chiou, e ele parou contra os degraus, pressionando o receptor contra uma orelha.

— O que diabos está acontecendo aí embaixo? — a voz de Marsh reverberou no poço, ecoando pelas paredes de pedra. — Daqui parece que você está bem em cima dele.

Zack olhou para baixo por entre os pés — e percebeu que Marsh estava certo; ele desceu mais rápido do que pensava e realmente estava agora apenas alguns metros acima da jaqueta jeans de Nick Patterson. Sem dúvida, àquela distância, Nick — e presumivelmente Hailey, abaixo dele — teriam ouvido o rádio. E, no entanto, o homem não se moveu mais fundo no poço. Será que perceberam que era inútil — que haveria policiais no fundo e no topo do poço e que eles não tinham saída?

Zack prendeu o rádio de volta ao cinto e desabotoou cuidadosamente as presilhas do coldre de seu .38, enquanto descia os últimos degraus...

A essa altura, estava tão escuro que ele mal podia ver mais do que a forma do ombro de Nick.

— Acabou — disse ele, na escuridão. — Sou o agente Lindwell do FBI. Ninguém precisa se machucar...

Ele fez uma pausa, porque, mesmo na escuridão, dava para ver que algo estava errado. O jeito que o ombro de Nick parecia dependurado no degrau — o ângulo não estava certo. Lentamente, Zack esticou a perna, alcançando com o sapato até que ele pudesse tocar o jeans — então deu um pequeno chute...

E o tecido cedeu, porque era só isso, tecido. A jaqueta se soltou do degrau e desabou no chão, girando e torcendo como uma espécie de gaivota jeans até se perder na escuridão do poço.

Zack prendeu as presilhas do coldre. Ele levou pelo menos dez minutos para descer até lá, o que deu a Nick e Hailey uma boa vantagem. Marsh ficaria furioso, sem dúvida, mas se Zack sentia alguma coisa, era uma leve admiração.

Então ele pegou seu rádio e começou a subir os degraus.

CAPÍTULO 23

cho que podemos desacelerar — arquejou Nick, sem fôlego, enquanto corria atrás de Hailey por um beco estreito e mal pavimentado.

Ele se considerava em muito boa forma, mas a ensandecida corrida até o topo do monumento seguida pelo exasperante caminho de volta, em meio ao fluxo de turistas que evacuavam o prédio, havia exigido mais do que ele esperava. E assim que atravessaram o parque e saíram da sombra do grande obelisco, Hailey partiu em um ritmo alucinante pelos bairros mais residenciais e caros de Charlestown e pelo labirinto de edifícios antigos e degradados que se alinhavam ao longo das docas comerciais atrás dos estaleiros mais conhecidos.

No meio do beco, Hailey finalmente desacelerou. Havia um alambrado à sua direita, separando-os de uma série de docas flutuantes na beira do porto. Do outro lado, uma confusão de lojas de iscas, lojas de conveniência, armazéns de distribuição, mas nenhum pedestre à vista.

Hailey parou em uma lata de lixo em frente a uma das lojas de conveniência. Com algum esforço, ela cuspiu a massa grossa da boca para dentro da lata, depois tirou os óculos falsos e abriu o zíper da mochila. Quando ela guardou os óculos de volta na mochila, Nick viu um flash de metal — algumas ranhuras da asa da águia visíveis na mochila aberta — e estremeceu, ainda respirando com dificuldade.

173

Sua cabeça girava, e não apenas pela corrida. Os acontecimentos das últimas doze horas emaranharam seus pensamentos, e por enquanto ele acreditava que sua melhor estratégia era se concentrar nas coisas que ele *entendia*.

A distração do poço do elevador foi simples e elegante; uma vez que Hailey disparou o alarme de incêndio, tudo o que precisavam fazer era esperar que o segurança conduzisse os turistas para a escada — dando a Nick a oportunidade de soltar a grade fazendo algum barulho. Jogar sua jaqueta para baixo em direção a um dos degraus inferiores embutidos na parede do poço foi ideia dele, para ajudar a vender a história que Hailey estava escrevendo. Quando o segurança subiu as escadas para investigar, eles estavam esperando em ambos os lados da entrada — e escaparam com facilidade enquanto ele estava ocupado com o poço do elevador aberto. Então, foi apenas uma questão de se misturar ao fluxo de turistas.

Hailey presumiu que o segurança se comunicaria com a base sobre o poço aberto, ou que os policiais enviariam alguém — mas de qualquer forma, a distração foi projetada para dar a Nick e Hailey a vantagem de que precisavam. Mesmo nas escadas escuras, um encontro cara a cara teria terminado mal para eles; mas, como Hailey havia previsto, uma vez que o poço aberto tivesse sido descoberto, eles ficariam praticamente invisíveis.

Ainda assim, Nick sofreu um momento de verdadeiro pânico quando os dois policiais passaram por ele na escada. O primeiro veio como um touro enlouquecido, e Nick quase levou um golpe de ombro no peito ao dar passagem ao policial. Mas o segundo homem se moveu com mais cuidado, e Nick não tinha dúvida de que, se não tivesse sido apressado pelo primeiro troglodita, este o teria capturado ali mesmo, encurralado na parede de granito.

— Funcionou melhor do que eu pensava — disse Hailey, quando Nick a alcançou. Ela ainda continuava caminhando, mas em busca de um lugar discreto o suficiente para lhe dar tempo de examinar o livro. — Se tivermos sorte, eles ainda estão no poço, tentando prender sua jaqueta...

Um som atrás deles interrompeu Hailey. Nick virou — e para sua surpresa, viu uma figura familiar alguns metros beco adentro. O professor do monumento — Adrian Jensen — descendo de uma bicicleta, que então encostou cuidadosamente no alambrado. Enquanto Nick e Hailey observavam, o homem colocou o capacete no guidão, pegou uma bolsa de couro e correu em direção a eles.

— Você *tá* de brincadeira? — vociferou Nick. — Está nos seguindo?

Adrian o ignorou, concentrando-se em Hailey.

— A urna no Monumento Bunker Hill, você insinuou que era a chave para uma cifra de Jefferson?

— Isso não lhe diz respeito — interrompeu Nick, empertigando-se diante do almofadinha. Ele não achava que o professor era uma ameaça; se o homem os seguira desde o monumento, poderia tê-los entregado à polícia a qualquer momento com um simples telefonema. Mas seu interesse era enervante, e eles não precisavam de mais um sócio — ainda que fosse um especialista no assunto.

— Tudo isso me diz respeito — respondeu Adrian. — Essa urna é um pedaço da história revolucionária, e você encontrou algo...

Ele parou, olhando para a mochila de Hailey. A asa da águia ainda estava visível pelo zíper aberto, e os olhos de Adrian se arregalaram quando ele pareceu reconhecer o que estava vendo.

— A águia.

Hailey olhou para Nick, depois deu de ombros.

— É o adorno roubado do Gardner... — ela começou a explicar.

Nick tentou silenciá-la com um olhar, mas Adrian já estava dando um passo à frente.

— Não. A águia *de Paul Revere*.

Ele enfiou a mão na bolsa transversal e retirou um envelope grosso. Com as mãos trêmulas, ele puxou um maço de papéis e folheou até o que parecia ser a última página. Ele a mostrou para Hailey, e Nick espiou por cima do ombro dela.

A imagem era estranha — em preto, branco e cinza, sombreada como o negativo de uma fotografia, ou algo tirado por uma máquina de raios X. Mas a forma no centro da imagem era inconfundível.

— O que é isso? — perguntou Hailey.

— É uma radiografia de uma gravura original, tirada através da madeira de um baú que outrora pertencera a John Hancock e que foi roubado e escondido por Paul Revere durante as batalhas de Concord e Lexington.

Nick queria cair na risada. Mas o olhar no rosto do professor estava sério demais. Paul Revere. John Hancock.

— Esta gravura é de um molde criado por Paul Revere.

— Paul Revere fez o adorno de águia da bandeira de Napoleão? — perguntou Nick.

— Essa é a questão. Não fez. Pelo meu conhecimento, que é, digamos, o mais completo sobre o assunto no país, não existem águias de Revere. Meu colega, Charles, acreditava que esse molde não foi feito para ser usado.

— Por que construir um molde de águia se não pretende forjar nada nele? — indagou Nick.

Adrian não respondeu. Não havia dúvida — Adrian estava escondendo algo. Mas a gravura e a águia estavam conectadas, o que significava que o professor estava conectado a ambas.

Nick não gostou da ideia de envolver outra pessoa que ele não conhecia. E certamente não confiaria nesse estranho. Mas o homem parecia estar seguindo a mesma trilha de pistas que eles; Adrian não estava no Monumento Bunker Hill por acaso. Era óbvio que ele tinha informações que eles não sabiam, e provavelmente poderia ser útil.

Hailey parecia ter chegado à mesma conclusão, porque de repente apontou para um conjunto de degraus escondidos atrás de uma mercearia coberta de tapumes, parcialmente iluminada pelo trevo de néon verde brilhante pendurado na fachada da loja de conveniência ao lado.

Momentos depois, Hailey estava sentada no primeiro degrau, o livro com páginas de cobre desembrulhado e aberto em seu colo. O celular de Nick estava ao lado dela no degrau, a tela aberta exibindo a foto que ele tirara dos números que surgiram na urna dourada. Enquanto Hailey trabalhava no enigma, Adrian pairava ao redor, observando, e Nick andava de um lado para o outro.

Enquanto ela se concentrava nas páginas, toda a sua personalidade pareceu mudar. Era como um interruptor sendo acionado, a maneira como os músculos em seu rosto relaxavam, seu corpo se tornava fluido — como se cada grama de sua energia estivesse sendo canalizado para a tarefa à sua frente.

Nick não se atreveu a dizer uma palavra, observando enquanto ela usava um lápis e um bloco de papel de sua mochila para começar a aplicar cuidadosamente os números da urna para reorganizar as letras das páginas de cobre em linhas verticais, retirando os fragmentos aleatórios ao longo do caminho. Ele perdeu a noção de quanto tempo passaram assim — em silêncio —, mas não parou de andar até que ela finalmente se inclinou para trás, os músculos sob sua pele se contraindo de volta à vida.

Ela estendeu o bloco de notas, e Nick examinou as frases, ainda verticais, mas agora com espaços e pontuação que ela obviamente havia adicionado por conta própria. Palavras, não rabiscos — exceto que, para Nick, elas ainda não faziam sentido.

Adrian se aproximou, a uma distância desconfortável, quase empurrando Nick do caminho enquanto olhava para o bloco.

— Mais francês — disse ele.

Hailey assentiu, depois tirou o próprio telefone da bolsa, guardada na mochila. Ela deslizou a tela inicial até encontrar seu aplicativo de tradução.

— Na maioria das vezes, traduzo artigos matemáticos russos com isso, mas ele pode lidar com dezenas de idiomas. Me deem um tempinho, vou decifrar isso.

— Sou proficiente em francês — começou Adrian, mas Hailey o dispensou com um aceno. O professor parecia prestes a protestar, mas então ele viu a maneira como Nick o encarava e apenas assentiu.

Cerca de dez minutos depois, Hailey ergueu os olhos do telefone e do livro com uma expressão que só poderia ser descrita como confusa.

— É um diário, não de Lafayette ou Paul Revere. Aparentemente foi escrito por um homem chamado Pierre-Philippe Thomire.

— O escultor — disse Adrian.

Quando nem Hailey nem Nick pareceram reconhecer o nome, Adrian lhes lançou um olhar que Nick supôs ser o mesmo destinado aos calouros que estavam prestes a ser reprovados em sua matéria.

— Um dos escultores franceses mais proeminentes, que trabalhou principalmente em Paris durante o início do século XIX. Um dos favoritos do imperador, Thomire também fez muitas peças para Maria Antonieta. Ele era perito em bronze, talvez o maior bronzista de sua época.

Hailey olhou para a mochila, onde a asa da águia ainda estava visível.

— Na verdade — continuou Adrian —, Thomire também era um notório colega de Lafayette. Ele viajou com o herói de guerra quando Lafayette veio para as Américas para lançar a pedra fundamental do Monumento Bunker Hill.

— Foi quando ele gravou a chave na urna? — perguntou Nick.

— Aparentemente, sim — disse Hailey. — Este diário também foi escrito aqui, mas antes, durante um curto período sabático que Thomire tirara após seu sexagésimo terceiro aniversário. Era o verão de 1814, o mesmo ano em que a águia foi forjada.

De acordo com o diário, explicou Hailey, Thomire fora a Boston para passar uma semana na oficina do metalúrgico mais famoso na incipiente república norte-americana.

— Revere? — arfou Adrian. — Mas não há nada na literatura histórica...

— Não posso afirmar isso — disse Hailey. — Mas se este diário é real, é aqui que as coisas ficam realmente estranhas.

De acordo com o diário de Thomire, ele não havia visitado Revere simplesmente porque ele era o principal metalúrgico do país — a única pessoa nas Américas que descobriu como trabalhar com folhas de cobre e o maior especialista em bronze e gravura —, mas porque Thomire e Revere compartilhavam outra paixão.

— *"Le monde secret de l'alchimie"* — leu Hailey no diário. — Se o software de tradução estiver correto, ele está falando de *alquimia*.

Adrian arfou novamente, balançando a cabeça. Nick olhou para o professor, depois para Hailey. Alquimia. Ele já tinha ouvido a palavra antes.

— Tipo, transformar chumbo em ouro.

— É uma prática obscura e cultuada que remonta a milhares de anos — explicou Hailey. — Quando comecei a me interessar por ciência, li muito sobre isso. Lembra o que conversamos no MIT sobre as disciplinas práticas pré-científicas? Bem, a alquimia é ainda mais antiga que a maioria delas, mais do que as origens da química, antes mesmo da *chimica*. Teve origem no antigo Egito, mas tem sido praticada ao longo do tempo. Alguns cientistas famosos na história eram secretamente alquimistas. Newton talvez fosse o mais conhecido. Quando eu disse que ele chegou a suas conclusões sobre a luz sendo dividida em elementos mais básicos — isso vem da alquimia. Mas Newton não era o único alquimista famoso da história, havia muitos outros.

Adrian ainda sacudia a cabeça. Nick não tinha certeza de como digerir o que Hailey estava dizendo, mas ela parecia estar apenas começando.

— E você tem razão, na sua forma mais básica, a alquimia é transformar chumbo em ouro. Mas é muito mais do que isso. Os alquimistas acreditavam que, uma vez que detivessem o poder de transformar um metal em outro, desvendariam o segredo para dominar o mundo material. Era considerada uma ciência tão poderosa que os alquimistas eram frequentemente presos e, em tempos medievais, até mortos. É por isso que eles se tornaram tão secretos. Começaram a usar símbolos para esconder seu trabalho. Símbolos como o do enxofre, entre outros que passaram a integrar as tradições maçônicas...

— E Paul Revere? — perguntou Nick.

— Estou chegando lá — disse Hailey. — Thomire veio a Boston porque, de acordo com o diário, Revere acreditava que havia descoberto algo significativo. Thomire não conseguiu que Revere lhe contasse o que era, mas uma noite, sozinho no laboratório de Revere, Thomire se deparou com um molde de escultura. Exceto que esse molde era diferente; era o resultado de muitas páginas, livros inteiros, de cálculos matemáticos. O molde tinha sido trabalhado com uma precisão matemática que Thomire jamais vira. Ele tinha certeza de que tinha algo a ver com a descoberta alquímica de Revere, então copiou o molde da melhor maneira possível e levou a reprodução com ele para a França.

Ela se esticou para alcançar a mochila e retirou a águia de bronze com todo cuidado. Os olhos de Adrian se arregalaram ao ver o objeto inteiro nas mãos de Hailey.

— Por que uma águia? — questionou Nick.

Os olhos de Adrian estavam vidrados no artefato.

— A águia é um símbolo que remonta a muito antes de Napoleão — explicou Adrian. — É ainda mais antigo do que as legiões romanas, que a carregavam em suas bandeiras como marca de seu império. Os alquimistas usavam uma águia de duas cabeças como um de seus símbolos ocultos principais desde antes dos tempos medievais. Essa é a verdadeira razão pela qual está presente como um dos símbolos da Maçonaria também. Muitos dos maçons originais eram alquimistas. Na Era Revolucionária, entre os alquimistas notáveis estavam figuras como Benjamin Franklin, John Hancock...

— Revere? — apressou-se Nick.

Adrian olhou para ele como se tivesse comido algo amargo, mas depois deu de ombros.

— Revere era metalúrgico por profissão. Um mecânico, como ele se chamava. Então não seria muito difícil que ele compartilhasse tal paixão com seus colegas.

— Então Thomire levou o molde com ele para a França — disse Nick, continuando a linha de raciocínio de Hailey. — E então forjou a peça, usando o design, como adorno do regimento de Napoleão.

— Sim — Hailey respondeu. — Mas, de acordo com o diário, e como o professor apontou, Revere nunca pretendeu forjar a águia, porque aquilo não era realmente um molde. Aparentemente, era uma maneira de esconder uma equação matemática específica, que deveria levar a uma *solução* matemática. Veja, a forma do molde era, na verdade, um exemplo de um ramo da matemática chamado "topologia algébrica". É como escrever uma equação, mas em vez de usar números, você usa formas. Sabe como usamos a matemática para descobrir a área dentro de um círculo? Ou para descobrir o volume de um cilindro? Isso se aplica a formas mais complexas.

Nick, compreensivelmente, estava com dificuldades para acompanhar o raciocínio. Hailey era muito inteligente. Decifrar com tanta rapidez todas as informações que ela obteve do diário... A mente de Nick fervilhava.

— Alquimia e agora matemática?

— Na essência, tudo é matemática. Física. Química. E sim, alquimia. Por exemplo, transformar chumbo em ouro. O chumbo é um elemento. Você se lembra da tabela periódica? O ouro também é um elemento. No nível atômico, eles são diferenciados por três prótons.

O chumbo tem três prótons a mais do que o ouro. Para transformar chumbo em ouro, tudo o que você precisa fazer é remover esses três prótons.

— O que é impossível — argumentou Nick.

— De forma alguma. Na verdade, já foi feito antes. Ou algo muito parecido com isso. Há trinta anos, cientistas do Laboratório Nacional Lawrence Berkeley usaram um acelerador de partículas para bombardear uma amostra de bismuto, que está ao lado do chumbo na tabela periódica. O acelerador removeu dois prótons, transformando o bismuto em ouro. É preciso uma imensa quantidade de energia, do nível da fissão nuclear, para transformar metais, mas é de fato possível. Proibitivamente caro, e apenas em uma escala limitada, mas sim, os cientistas podem, *sim*, transformar chumbo em ouro. Mas eu não chamaria um reator nuclear de pedra filosofal.

Nick ergueu as sobrancelhas, até que Adrian interveio, relutante.

— É o que os alquimistas chamavam de Santo Graal: algum tipo de dispositivo ou substância que pudesse transformar metais. Bobagem, é claro. A maioria dos alquimistas o descreveu como uma rocha ou pó...

— De acordo com este diário — interrompeu Hailey, antes que o professor se enveredasse em mais uma explicação infindável —, Revere acreditava que era uma equação matemática, não um pó. Thomire estava cético; como uma equação matemática poderia transformar chumbo em ouro? Mesmo que tenha usado o molde para forjar a águia em bronze, ele não conseguiu descobrir a resposta. No entanto, encontrou mais uma pista. De acordo com as últimas páginas do diário de Thomire, os experimentos de Revere na alquimia não terminaram com o molde da águia. Havia uma segunda parte, *"deuxième partie"*, informação sem a qual a águia era inútil. Contida nas curvas e fissuras das formas da águia estava a equação matemática, um plano esquemático, mas a solução estava em outro lugar.

CORRIDA À MEIA-NOITE ═══ 183

Ela foi até a última página do diário, depois olhou para os dois.

— Thomire acreditava que a pista para essa segunda parte poderia ser encontrada em um livro que Revere sempre carregava consigo. Quando Revere faleceu, apenas alguns anos depois, o livro também acabou na biblioteca de sua casa, mas Thomire nunca voltou às Américas para recuperá-lo.

— Então, é um beco sem saída — disse Nick.

Hailey não respondeu. Ele podia ver que ela chegara à mesma conclusão. Mas Adrian ainda fitava a águia, as mãos inquietas contra o tecido brilhante de sua calça de ciclismo.

— Que tipo de livro? — ele perguntou.

Hailey olhou para ele.

— Thomire só o chama de *"le livre avec la couverture rouge"*.

Adrian permaneceu calado. Hailey parecia estar decifrando o rosto do professor.

— Você sabe onde está.

Adrian passou a mão pelo cabelo de Medusa.

— Isso não passa de mais boatos. Baboseira.

— Mas você sabe onde está. — Nick podia sentir a empolgação de Hailey a distância. — Você pode nos levar até ele?

— Vocês são fugitivos — argumentou Adrian, de repente desviando o olhar da águia. — Criminosos.

Nick pressionou a mão no ombro de Adrian. Não muito forte, só o suficiente para chamar sua atenção. Nick não era um homem instruído, como Adrian, mas agora podia apostar que faria um palpite certeiro.

— Você quer saber a verdade sobre esta águia tanto quanto nós.

Adrian olhou para o ombro e removeu a mão ofensiva de Nick.

— Eu sei a verdade! Meu colega estava perseguindo contos de fadas, assim como vocês.

Ainda assim, ele não foi embora.

— Está certo. Sim, acho que sei onde podemos encontrar "o livro com a capa vermelha". Mas vamos precisar atravessar a cidade. Presumo que nenhum de vocês trouxe suas bicicletas.

Hailey se levantou de súbito. Nick a puxou de lado.

— E você tem certeza disso?

— Há algumas horas, estávamos prestes a colocar as mãos em meio bilhão de dólares em arte. Agora temos uma águia de bronze que pode nos conseguir o suficiente para pagar o advogado para nos livrar de uma acusação de homicídio. Mas se Thomire estiver certo, vai dar para pagar muitos advogados com uma pedra filosofal.

Nick assentiu. Ele não gostava da ideia de seguir Adrian — um total desconhecido —, mas o professor parecia ser um especialista nos fatos que cercavam a águia, Revere e tudo o mais. E, como Nick supôs antes, se o homem quisesse entregá-los, já o teria feito. Ele não tinha razão para ajudá-los além de sua própria busca egoísta para entender o que estava acontecendo — mas, nesse quesito, eles estavam no mesmo barco.

— O metrô está fora de questão — disse Nick. Depois do que aconteceu no monumento, a polícia não daria trégua. E Nick sabia, por experiência própria, que uma vez que um alerta geral fosse emitido, para os policiais, seria como brincar de detonar a piñata, mas sem as vendas, e todos estariam ávidos para acertar o alvo.

O que significava que o transporte público de qualquer tipo estava fora de questão. Um táxi ou Uber não eram escolhas muito melhores; os serviços de táxi seriam avisados para procurar pessoas que se encaixassem nas descrições deles, e um Uber deixaria um rastro online muito grande para seguir. Quem sabia de que tipo de truques técnicos o FBI era capaz?

O que significava que teriam que ir a pé.

— Você disse que é do outro lado da cidade — disse Nick. — Isso pode significar muitas coisas…

Mas Adrian estava olhando além dele, para algo além do alambrado diretamente do outro lado da rua. Nick viu uma das docas flutuantes que notara quando entraram no beco, com uma fileira de esquifes motorizados ondulando na água.

Hailey se aproximou de Nick.

— Você sabe como dirigir um desses?

— Pilotar — corrigiu Nick. — Não é tão complicado. Uma alavanca direciona, a outra acelera.

Ele refletiu por um momento. O alambrado não seria um problema, e a ignição do esquife seria ainda mais simples. Nick olhou para Adrian, que assentiu. A verdade é que não foi bem uma decisão. Agora eles já estavam envolvidos demais para desistir.

— Mas devemos esperar até escurecer — disse Nick.

— Segurem! Isso vai doer.

Nick se apoiou contra o banco baixo que ocupava a maior parte da seção traseira do esquife em forma de flecha, movendo o acelerador para a frente o mais forte que podia. Sua outra mão estava esbranquiçada contra os controles do leme, mantendo a proa do pequeno barco apontada diretamente para o pico da onda que surgiu de repente diante deles, provavelmente provocada por uma das grandes embarcações de carga mais distantes do porto.

O motor atrás dele gemeu quando a frente do barco atingiu a onda. Nick foi lançado no ar, com Hailey sentada ao seu lado segurando em seu braço — mas ele se agarrou com força aos controles. Então, o barco bateu de volta com um forte baque, e um jato de água salgada encharcou Adrian, na proa, com a bicicleta encaixada ao lado dele. O professor soltou uma torrente de palavrões, e Nick reprimiu um sorriso quando eles atingiam a onda seguinte, felizmente menor que a primeira. Ele empurrou o leme ligeiramente para a esquerda, guiado pela memória. Estava ficando mais escuro a cada minuto. A lua já estava alta no céu, nublado apenas o suficiente para envolver o porto em um espesso envelope em tons de cinza. Ainda assim,

Nick não precisava de muita luz para saber para onde deveria seguir quando Adrian lhe dissera o destino. Ele passou sua adolescência até seus 20 e poucos anos perambulando pelas docas e cais que se projetavam dos vários aterros e depósitos de carga que salpicavam as margens daquela parte do porto.

No momento, eles circum-navegavam a orla da cidade, ficando o mais perto possível da terra para evitar as embarcações maiores no porto e ao mesmo tempo ficar longe o suficiente das docas para se abrigarem sob a névoa cinzenta. Apesar das circunstâncias, Nick teve que admitir que estava se divertindo. A sensação da água borrifando sua pele e a centelha de esperança que agora se acendia dentro dele — não mais o incêndio abrasador que sentira quando chegou tão perto da maior jogada de sua vida —, mas já era *alguma coisa*.

Ele olhou para Hailey, sentada ao seu lado, mais para manter o equilíbrio do barco do que qualquer outra coisa. Ela notou a atenção dele e, *talvez*, pensou Nick, *tenha segurado em seu braço um pouco mais forte*.

— Você parece bem à vontade — disse ela.

Ele deu de ombros.

— Passei muito tempo na água quando era adolescente.

Ela não disse nada, e ele não tinha certeza do que o fez continuar falando.

— Talvez fosse uma maneira de lidar com as coisas quando não estavam dando certo.

— E pelo visto, isso era frequente — adivinhou Hailey.

Nick sentiu brotar um sorriso.

— A gente se acostuma com as coisas dando errado. Antes de morrer, meu pai costumava dizer: "*Quando as coisas saem dos trilhos, siga em frente.*"

— Seu pai parece um cara inteligente.

— Meu pai era um bêbado e um babaca. Mas entendia muito bem de coisas que dão errado.

Nick moveu o leme novamente, e o esquife fez uma curva para dentro, desviando da marola de um barulhento cruzeiro festivo um pouco mais ao longe.

— Acho que meu pai não conseguiria nem imaginar como isso tudo saiu dos trilhos. Paul Revere e uma maneira de transformar chumbo em ouro. Usando matemática.

— Não apenas chumbo em ouro — disse Hailey. — Se ele de fato descobriu como fazer isso, as coisas ficam muito mais complexas. Se alguém for capaz de transformar um metal em outro, estamos falando de reestruturação de materiais em um nível atômico. Partindo desse ponto, não há como precisar o que alguém é capaz de fazer. Claro, daria para transformar chumbo em ouro. Mas também poderia transformá-lo em plutônio. Seria possível usar tal tecnologia para projetar uma fonte de energia instantânea e infinita. Os alquimistas acreditavam que a pedra filosofal poderia desvendar o segredo da imortalidade. Chumbo em ouro é apenas o início. As aplicações seriam infinitas. Riqueza infinita, sim, mas também poder infinito.

Nick não entendia muito do que ela havia explicado — mas riqueza e poder eram conceitos que ele não tinha como ignorar.

Mas alquimia? Paul Revere? Nick não era um cara instruído; Hailey, por outro lado, dava um banho nele nesse departamento. Mas tudo parecia mais magia do que ciência. *E, no entanto, lá estavam eles...*

De repente, a mão de Nick paralisou no acelerador, e ele rapidamente o empurrou para baixo com todo seu peso, suspendendo o motor para fora da água agitada. O esquife avançou enquanto desacelerava, e Hailey quase caiu ao seu lado. Ela olhou para Nick, surpresa, mas ele apenas apontou para além dela, de Adrian e da bicicleta, para os tons de cinza adiante.

Algo estava surgindo da escuridão menos de cem metros à frente, algo alto e familiar, algo que parecia incrivelmente velho. Nick levou alguns segundos para entender o que estava vendo.

O mastro central de um veleiro da era revolucionária.

Nick sabia que o navio à sua frente era, na verdade, uma réplica, desde seu casco de noventa pés ornamentado a seus múltiplos mastros e cordames. Mas na escuridão, com apenas o som da água batendo contra o esquife, ele se sentiu instantaneamente transportado 250 anos de volta no tempo, até um dos momentos mais famosos e significativos da história norte-americana, algo do qual toda criança em idade escolar ouvira falar, até mesmo uma criança que mais tarde partiu para o crime.

Apropriado, pensou consigo mesmo, enquanto baixava o motor cuidadosamente de volta para a água, conduzindo-os pelo restante do caminho.

Eles já estavam flertando com a alquimia.

Podiam muito bem acrescentar viagens no tempo à mistura.

CAPÍTULO 24

As sapatilhas de ciclismo de Adrian estalaram contra as tábuas de madeira do cais do século XVIII enquanto ele conduzia Hailey e Nick apressadamente pela escuridão, passando por pilhas de barris de madeira de cortiça, montes de pesadas cordas de ancoragem e emaranhados de cordame desenrolado. À direita deles, esparramado ao longo do cais até onde a vista de Adrian alcançava, estava a paisagem ainda mais escura do Porto de Boston, como seria há 250 anos, marcada por uma sinfonia distinta e cacofônica: a água batendo contra enormes navios, o grasnido das gaivotas, o ocasional estrondo de trovões nas nuvens que se aglomeravam no alto.

Adrian franzia os lábios enquanto ele corria. Não havia tempo para essa tolice. Por melhor que fosse a réplica, era tudo fantasia. O cais fora construído por cenógrafos profissionais vindos de Hollywood. A paisagem do porto era uma projeção, elaborada por um cineasta com uma queda pela dramaticidade. Os sons estavam sendo reproduzidos por meio dos alto-falantes escondidos no teto. Podia até parecer que ele estava correndo sob o ar frio de 16 de dezembro de 1773, mas, na verdade, era a segunda semana de maio, e o ar estava gelado porque algum idiota havia ligado o ar-condicionado forte demais. A única coisa que remetia Adrian àquela noite fatídica — talvez um dos eventos mais descritos, ensinados e referenciados na história norte-americana — era a hora.

Adrian chegou ao fim do cais, desacelerando um pouco para esperar que os dois fugitivos o alcançassem. Só de pensar naqueles dois caminhando a apenas alguns passos dele fazia sua nuca formigar da maneira mais desagradável — mas a partir do momento em que ele decidiu segui-los quando saíram do Monumento Bunker Hill, em vez de contar para os policiais que os vira correndo pelas escadas, seu destino estava conectado ao deles, para o bem ou para o mal.

Afinal, era tudo culpa de Charles. Mas depois de saber o que Hailey descobriu na urna, e especialmente depois de ver o diário de Thomire — e a águia de Revere —, ele realmente não teve escolha. Era um acadêmico, e isso obviamente era um empreendimento acadêmico. Se seus dois "companheiros" fossem ladrões — e claramente pareciam ser —, haveria tempo para lidar com isso depois que o mistério fosse resolvido.

Assim que a dupla se aproximou, Adrian acelerou o passo. "Griffin's Wharf", anunciava a placa pendurada no alto de uma seção estranhamente vazia e escura do cenário, embora Adrian soubesse muito bem que o local histórico original ficava em um ponto, agora totalmente aterrado e pavimentado, na esquina das ruas Congress e Purchase, a poucos quarteirões de distância. Então os três passaram por uma porta aberta que os levaria museu adentro.

Se é que poderia se chamar aquilo de museu. Desde os dois navios atracados do lado de fora — réplicas especializadas das escunas de transporte *Eleanor* e *Beaver* — até as exposições situadas dentro do extenso complexo que se estendia ao longo da rua Congress, o Museu do Boston Tea Party parecia mais um passeio em um parque de diversões do que um lugar para estudar história.

Se dependesse de Adrian, aquela não teria sido uma visita clandestina. Se dependesse dele, bastaria uma simples ligação para os curadores do museu — algo que chegou a sugerir enquanto Nick estava dando partida no esquife antes de sua viagem encharcada ao redor do porto. Mas tanto Nick quanto Hailey recusaram a oferta — e, de certa forma, Adrian entendia as razões. Ele não teria sido capaz

CORRIDA À MEIA-NOITE ≡ 191

de dar muitos detalhes aos curadores, e eles não estariam entusiasmados em permitir que ele vasculhasse uma de suas exposições rotativas. Não importava que o *próprio* Adrian tivesse sido curador daquela coleção em particular, dois anos antes, quando os curadores finalmente se dignaram a reconhecer a participação de Paul Revere no Tea Party, aquele ato histórico de selvageria.

E para ser justo, mesmo que Adrian tivesse sido capaz de inventar uma história sobre um projeto especial que precisava de atenção imediata, ele suspeitava que poderiam recusar. Ele sabia que muitos dos curadores simplesmente não gostavam dele, pois Adrian costumava dizer a eles o que pensava daquela *instituição*. Ela exalava futilidade. E Adrian odiava *futilidade* quase tanto quanto *delírios fantasiosos*.

Do outro lado da porta, Adrian chegou à seção principal do museu, uma ampla galeria cheia de exposições. Havia documentos emoldurados nas paredes registrando a onerosa Lei do Selo de 1765, que cobrava impostos sobre praticamente tudo que era feito de papel, de papel de cartas a baralhos, e a Lei Townshend de 1767, que tributava praticamente todo o resto. O item seguinte era uma impressão da gravura de Revere do Massacre de Boston, ocorrido logo depois. E, então, a declaração da Lei do Chá de 1773, que, como a maioria dos historiadores ensinava, foi a indignação parlamentar que levou, em uma breve sucessão de eventos, ao Tea Party, à reação britânica exagerada, à corrida de Paul Revere e ao início da Revolução Norte-Americana em Lexington e Concord.

Nada disso era verdade, é claro, como qualquer um dos calouros que permaneceram acordados durante a aula inaugural, que Adrian ministrava para cada nova turma, poderia ter explicado. Adrian acreditava que o Tea Party tinha muito pouco a ver com a tributação sem representação. A Lei do Chá não era um novo imposto; era uma *revogação* da pesada tributação infligida às colônias até aquele ponto. Era chamada de Lei do Chá porque o único item excluído da revogação foi o chá. Mas a verdadeira indignação provocada pela Lei do

Chá não era a continuidade dos impostos, mas que em uma só cartada, os britânicos concederam à Companhia das Índias Orientais o monopólio total sobre o comércio de chá, indenizando-os pelos custos de transporte. O chá em si se tornou *mais barato* para as colônias, não mais caro. Mas se o povo de Massachusetts não tinha nenhuma razão real para ficar chateado com o movimento protecionista, uma classe de cidadãos de Boston ficou instantaneamente irritada: os *contrabandistas*. Os mais proeminentes da época — John Hancock e seu amigo Sam Adams — perceberam que seus negócios de chá não podiam competir com tal monopólio e decidiram que precisavam fazer algo. Então, recorreram ao colega Paul Revere.

Não foi simplesmente por fervor patriótico que os cidadãos se reuniram na Old South Meeting House naquela noite para fomentar um ato de rebelião contra a coroa. Eles foram incitados pelos Filhos da Liberdade de Revere, ou mais precisamente, seu grupo mais profissional de agentes clandestinos: os Mecânicos. Foram os Mecânicos que forneceram aos agitadores os trajes nativos norte-americanos, adornando-os com a pintura de guerra e as penas da tribo indígena Mohawk. Foram os Mecânicos que forneceram as machadinhas indígenas usadas para quebrar as tampas das caixas de chá. E foi John Hancock, o principal contrabandista de chá nas colônias e futuro herói da Revolução, que, segundo relatos, liderou os manifestantes a partir da igreja congregacional, com o grito: "Que cada homem faça o que é certo aos seus próprios olhos!"

Na verdade, pode-se argumentar — como Adrian costumava fazer — que toda a Guerra Revolucionária foi o resultado da tentativa de um contrabandista de sabotar sua concorrência. Mas o papel de Adrian no museu decididamente fora limitado. Ele não tinha nada a ver com as principais exposições, com os quadros de Hancock e outros que lotavam as paredes ou com o que estava na vitrine que dominava o centro do espaço da exposição — um autêntico caixote de chá do Tea Party, girando sob holofotes elegantes. O caixote, um dos dois únicos que restaram, foi retirado da água na manhã seguinte ao evento por um garoto de 15 anos chamado John Robinson, e foi passado de geração em geração até ser oferecido aos curadores do museu em 2004. Adrian não estava interessado em caixotes jogados na água em um ato de competição corporativa. Não, sua única contribuição para o museu foi uma segunda vitrine, muito menor e muitas vezes ignorada, na parede oposta.

Adrian percorreu a curta distância, seguido de perto por seus dois fardos. A vitrine era da altura de sua cintura, tinha cerca de um metro de diâmetro e terminava perto de uma porta de acesso de funcionários, que Adrian sabia que levava ao centro de controle do museu — o que por si só dizia tudo o que você precisava saber sobre o lugar. *Que tipo de local histórico precisa de um centro de controle? Que tipo de instituição acadêmica precisa de efeitos especiais?*

Ao chegar à vitrine, Adrian sacou um molho de chaves de sua bolsa, ainda pendurada em seu ombro. Ele não tinha certeza do que o fez fazer cópias das chaves quando foi convidado pelos curadores para organizar essa adição à sala de exibição. Provavelmente, fora apenas rancor. Ele não foi a primeira escolha dos curadores. Mas *Charles* estava muito ocupado para ajudar — com o que Adrian agora sabia ser seu projeto secreto e insano.

Quando os curadores informaram Adrian que pretendiam adicionar uma vitrine de artefatos de Revere à sua coleção, ele já estava envolvido no processo de ajudar a restaurar um lote de itens retirados do porão da Casa de Revere em North End. Claro, o Museu do Tea Party queria que Adrian trouxesse memorabilias dramáticas, talvez algo relacionado à famosa corrida à meia-noite, um mosquete de propriedade de Revere ou uma bala de canhão fabricada por ele.

Adrian sorriu, mais para si mesmo do que para Nick e Hailey, enquanto abria cuidadosamente a parte superior da vitrine. Eles não conseguiram mosquetes ou balas de canhão. Em vez disso, ele trouxe alguns exemplos do delicado trabalho de metalurgia de Revere: parafusos de cobre, placas de prata e joias primorosas, incluindo um pequeno colar feito principalmente de prata, com um ornamento preso aos elos e que brilhava como ouro. E uma pilha de livros, a maioria de autoria do próprio Revere, um obsessivo escriturário que anotava quase tudo. Era uma das razões pelas quais ele ainda era tão conhecido. Muitas vezes, as figuras mais famosas da história não eram as mais importantes. Eram simplesmente aquelas narcisistas o suficiente para escrever sobre si mesmos mais do que seus colegas, e inteligentes o suficiente para deixar esses livros em lugares que provavelmente ainda existiriam algumas centenas de anos depois.

Adrian ignorou o cobre, a prata e as joias e foi direto para a pilha de livros. Demorou apenas um minuto para encontrar o que procurava: um pequeno livro vermelho brilhante, escondido entre um almanaque que Revere recebera de presente de Ben Franklin e um calhamaço de registros de uma de suas fundições.

O livro encadernado em couro não era particularmente impressionante, mas Adrian o reconheceu. E embora ele tivesse se esquecido desse detalhe antes de Hailey ler a descrição de Thomire naquele diário banhado a cobre, a cor da capa sempre chamou sua atenção — ainda que o título nunca tivesse significado nada para ele antes de hoje.

Ele virou o livro para mostrar o título para Hailey.

— *O Livro dos Sinos* — disse ela, confusa. — O que sinos têm a ver com isso?

Em vez de responder, Adrian abriu o livro e começou a escrutinar as páginas. Dois anos antes, Adrian dera apenas uma espiada rápida. Não lera de fato — se tivesse lido, como fez agora, teria percebido o que era: o registro meticuloso de Revere de cada sino que fez.

Agora, munido com as descobertas de Charles e com o que havia no livro de Hailey, Adrian se perguntou se haveria mais no livro do que a personalidade pedante de Revere. Talvez aquele registro dos sinos de Revere fosse, na verdade, um registro de experimentos conduzidos ao longo da vida, todos visando um objetivo: seu último sino.

Adrian nunca havia pensado nisso antes, aceitara o senso comum de que o último sino feito por Revere era aquele pendurado em King's Chapel. Mas agora — folheou rapidamente o livro até a última página.

Seus olhos se arregalaram quando ele chegou ao último registro. *Meu Deus!*

CAPÍTULO 25

rofessor, o que sinos têm a ver com isso? — perguntou Hailey de novo, em um tom mais insistente.

Adrian ergueu os olhos do livro, sua mente rodopiava com o que acabara de ler. Hailey o encarava, com a mochila ainda pendurada no ombro; Nick parecia mais interessado nos itens mais chamativos da vitrine do que no livro de capa vermelha.

O professor ainda tentava processar tudo sozinho, mas ele podia ver, pela expressão furiosa no rosto de Hailey, que ela não esperaria até que ele decifrasse tudo por conta própria. Segundos depois, ele apontou para a mochila dela e fez um gesto com a mão.

Ela olhou para Nick, mas ele ainda estava ocupado com a vitrine. Então abriu o zíper da mochila e removeu a águia, desembrulhando o corpo na toalha xadrez. Com cuidado, ela a entregou a Adrian, que a segurou com cautela, sentindo a superfície fria do bronze contra seus dedos.

— Isso nunca deveria ter existido. Não era nem mesmo um molde…

— Mas ela existe. A águia…

— Não a *águia* — disse Adrian, balançando a cabeça. — As *asas*.

Adrian virou a águia com as mãos, mostrando a asa aberta. Ele deslizou um dedo sobre as curvas.

Hailey pareceu entender.

— A equação matemática — disse ela — escondida nas formas dessa asa.

Adrian assentiu.

— Alquímica, oculta, nem ouso criar hipóteses, mas obviamente uma equação que Revere considerou valiosa e poderosa, tão importante que se esforçou muito para escondê-la.

Hailey observava os dedos de Adrian deslizarem pelas curvas da asa.

— Poderosa e incrivelmente complexa. Levaria anos para resolvê-la a partir da superfície deste objeto. Talvez seja preciso um supercomputador. E, mesmo assim, pode não ser possível. Certamente Thomire não sabia como resolvê-la, mas, ao forjar a águia, ele conseguiu preservá-la. Mas aquele livro...

Adrian balançou a cabeça.

— A solução não está escrita em um livro. Essa asa esconde uma equação para um padrão de ondas sonoras. Um som, produzido pelo toque de um sino.

Hailey arregalou os olhos. Mas então assentiu, impressionada.

— Ondas sonoras. As curvas da asa da águia representam ondas sonoras precisas. É teoricamente possível. As ondas sonoras podem afetar os materiais em um nível molecular. Todos sabem que a frequência correta do som pode quebrar o vidro. Mas usar o som para algo assim, para gerar o tom perfeitamente preciso para *transformar* moléculas, seria um sino *pra* lá de poderoso.

As palavras finalmente chamaram a atenção de Nick, que apontou para o colar no estojo na frente de Adrian.

— Como aquele sino?

Adrian olhou para baixo, percebendo que o ornamento dourado na extremidade do colar era de fato um pequeno sino, com cerca de duas vezes o tamanho de uma noz. Ele balançou a cabeça, irritado.

— Não seja tolo. Esse sino é uma bugiganga. Revere originalmente o fez para a casa de bonecas de uma criança, depois o colocou em um colar.

— Bem, então qual sino? — grunhiu o homem.

Adrian o ignorou, falando com Hailey, que pelo menos mostrou um nível apreciável de compreensão.

— No início, pensei que fosse o sino da King's Chapel. Um erro fácil de cometer. O conhecimento popular era o de que o sino da King's Chapel, entregue dois anos antes da morte de Revere, era o seu último. Mas eu deveria ter desconfiado. Conhecimento popular é um oximoro. Enquanto grupo, as pessoas costumam estar erradas sobre a maioria das coisas.

Nick e Hailey olharam para Adrian com uma expressão idêntica, a mesma que ele vira antes nos rostos de muitos de seus colegas e alunos, mas ele não deu a mínima. Porque, agora que havia visto a última página do *Livro dos Sinos* de Revere, ele sabia que estava *certo*. Os livros didáticos, os panfletos turísticos e o conhecimento popular estavam todos *errados*.

— Nos últimos anos da vida de Revere — continuou Adrian, agora mais professoral do que nunca —, ele se tornou obcecado por fazer sinos. Ao longo de uma década, forjou mais de trezentos deles. Agora sabemos o porquê.

Adrian notou que Nick se esgueirou para o seu lado para alcançar algo dentro da vitrine, onde habilmente surrupiou o colar com o sino dourado. Mas Hailey deu um tapa na mão dele e tomou o colar com a intenção de devolvê-lo à vitrine. Sem dúvida, ela era o cérebro da dupla.

— Alquimia — repetiu Adrian. — Feitiçaria, magia, chamem do que quiser, ele estava perseguindo uma fantasia...

— E a chave para isso era um tom preciso emitido por um sino forjado à perfeição — concluiu Hailey.

— Meu colega encontrou evidências que sugerem que Revere acreditava que havia conseguido — disse Adrian. — Ele seguiu o plano esquemático que havia escondido na asa da águia e criou a solução, seu último sino.

Adrian devolveu a águia a Hailey, depois abriu o *Livro dos Sinos* na última página.

— Depois do sino da King´s Chapel, ele fez mais um. Na verdade, foi uma substituição. Em 1798, Revere forjou um sino de 109 quilos para o maior navio de guerra da incipiente república. Mas o artefato foi destruído no convés do barco durante uma batalha naval no auge da Guerra de 1812. Enquanto o navio estava sendo reformado em Boston, alguns anos depois, na calada da noite, Revere entregou um segundo sino. Seu último, forjado pouco antes de sua morte.

Hailey processou as palavras do professor, os olhos arregalados.

— Você está falando sobre o *USS Constitution*. O grande navio atracado em Charlestown. Apelidado de Old Ironsides.

— O nome é uma alusão a Paul Revere. Foram as fábricas de Revere que chapearam as laterais e o casco da embarcação com folhas de cobre. Quando o navio foi atingido por canhões durante a guerra e sobreviveu, recebeu o apelido de Old Ironsides, o velho encouraçado.

— Então o último sino é o que está no *Constitution*? — perguntou Nick. — Por que Revere o colocaria lá?

Adrian escolheu seu tom mais desdenhoso.

— O *Constitution* é basicamente um museu flutuante hoje, mas na época era um dos navios mais poderosos do mundo, certamente o mais formidável das Américas. Tinha acabado de retornar de inúmeras vitórias no mar. Foi considerado insubmergível. Na época, os oceanos eram perigosos. Havia piratas, nações inimigas, tempestades. Se Revere quisesse transportar algo que ele imaginava ser tão valioso, algo que, se as teorias de meu colega estiverem corretas, era tão valioso que levou os britânicos basicamente a começar a Guerra Revolucionária por causa disso, como acha que ele faria isso? Ele o colocaria no navio mais poderoso de sua época. Mas não à vista de todos, onde poderia ser destruído novamente. Ele o teria escondido.

— Então ele colocou esse sino no *Constitution* — disse Hailey.

— E então morreu. Acha que ainda pode estar lá? Hoje?

Adrian olhou para o livro, sua mente girando. Era ridículo, pura fantasia. Nada daquilo parecia verdadeiro ou possível. Mas, por fim, ele deu de ombros.

— Se o sino de Revere ainda estiver no *Constitution*, eu sei onde encontrá-lo.

Ele ergueu o livro na direção deles, mostrando-lhes a última página.

— O nome já diz tudo.

A caligrafia de Revere era luxuosa e rebuscada, mas legível:

La Cloche Sous L'aigle

— Mais francês? — perguntou Nick.

— O pai de Revere era um huguenote. Ele cresceu falando as duas línguas.

— O que significa?

Adrian não sentiu necessidade de responder. Dava para ver que Hailey entendera. E ela estava prestes a responder por ele quando, de repente, houve um silvo alto e algo chicoteou no ar, atingindo o ombro direito de Nick, fazendo-o girar. Um jato de sangue vermelho brilhante borrifou o ar e, em seguida, outro silvo — e a vitrine atrás de Adrian explodiu em uma chuva de vidro.

CAPÍTULO 26

Tudo aconteceu tão rápido que parecia que o tempo havia se despedaçado junto com a vitrine. Em um minuto, Hailey estava lendo a última página do livro nas mãos do professor almofadinha, e no outro, tudo explodiu ao seu redor. Ela viu Nick girando para longe, empurrado pela força da bala que o atingiu no ombro. E viu o professor mergulhando no chão e depois engatinhando em direção à porta de acesso de funcionários. E então ela mesma se lançou ao chão, largando a mochila, agarrou Nick e o puxou para trás da proteção mais próxima que encontrou — o caixote de Robinson que girava lentamente, envolto em uma redoma de vidro.

Ela olhou para Nick, deitado no chão com a mão na ferida. O sangue escorria por seus dedos e seu rosto estava pálido, mas ele estava respirando. Hailey arriscou espiar pela borda do caixote giratório — mas não conseguia ver a mulher que disparara contra eles. Só a vira de relance antes de cair no chão: cabelos pretos como um corvo presos em um rabo de cavalo, algum tipo de colete escuro sobre um macacão colado e saltos altos. Mas não havia sinal da mulher, que poderia estar em qualquer lugar agora e se aproximando a cada segundo.

Ela se virou para Nick. Os olhos dele estavam abertos, mas ele não tentava se mover.

— Vou ficar bem — disse ele. — Você tem que ir embora. Não pode ficar aqui.

— Não posso simplesmente te deixar!

Enquanto dizia as palavras, Hailey percebeu que realmente as sentia. As emoções a surpreenderam; ela não se afeiçoava a pessoas com facilidade. Eles estavam naquilo juntos.

— Ela não está atrás de mim — tossiu Nick. — Ela está atrás disso.

Ele moveu a cabeça em direção à águia, que Hailey percebeu ainda estar segurando. Estava sem a toalha, e o bronze reluziu sob o holofote da caixa giratória acima.

— Então eu vou jogar para ela.

Nick sacudiu a cabeça.

— Se ela puser as mãos na águia, estamos mortos. Você viu o armazém e o quarto do hotel. Ela não deixa pontas soltas.

Hailey percebeu que Nick tinha razão. Ela pensou rapidamente, fez as contas e chegou à única conclusão que podia. Não era o ideal, mas não havia escolha.

— Vou distraí-la. Se conseguir, me encontre no esquife.

Ela apertou a mão dele, depois começou a escrutinar a sala, procurando a melhor saída. Eles haviam entrado por uma porta lateral, que Nick arrombara com muita facilidade, mas para chegar até lá precisaria passar pelo local onde tinha visto a mulher pela última vez. Mas enquanto olhava ao redor, Hailey viu outro caminho; uma porta aberta que levava a um corredor escuro com piso de madeira.

Hailey respirou fundo, manteve-se abaixada — e disparou.

Seu movimento repentino lhe deu uma ligeira vantagem; a bala que zuniu em sua direção errou por alguns centímetros, quebrando uma imagem emoldurada na parede atrás dela. Então ela passou pela porta e entrou em um espaço muito mais escuro. Não era uma sala, mas um cais com vista para o que parecia ser o porto, exceto que não era, porque havia navios altos da era da Guerra Revolucionária ondulando para cima e para baixo na água. Hailey viu uma pilha de barris de cortiça em um canto e rapidamente se encolheu atrás deles, escondendo-se o melhor que pôde. Bem a tempo, porque, enquanto segurava a águia contra o peito, ouviu o som distinto de saltos contra o chão de madeira rangendo.

A mulher de cabelos escuros estava na porta, a pistola pairando habilmente em sua mão direita. Ela parou por um momento, ouvindo. Então falou.

— Você não precisa morrer, Katie. Sabe disso, não sabe?

Hailey sentiu o sangue fluindo para suas bochechas. Ela não ouvia esse nome havia muito, muito tempo.

— Eu só quero a águia — continuou a mulher. — As pessoas para quem trabalho perseguem essa águia há muito tempo. Entregue-a para mim e você pode voltar para a vida que criou para si mesma.

De alguma forma, a mulher sabia sua verdadeira identidade. Mas se a intenção era assustar Hailey, bem, teve o efeito oposto. Ela sentiu a raiva fervendo dentro dela. Aquela mulher não tinha ideia do que tinha passado para que Katie se tornasse Hailey.

— A águia é inútil — sibilou Hailey, detrás dos barris.

— Você sabe que isso não é verdade. Algo está escondido na forma de suas asas, algo que é mais valioso do que qualquer um de nós pode imaginar.

— Você estava ouvindo.

— E eu não era a única. É por isso que não tenho tempo para joguinhos.

Hailey sentiu sua raiva aumentar.

— Eu sei por que seus chefes querem a águia. Mas ela só contém a equação, não a solução. Eu sou matemática. Acredite em mim, uma equação como essa pode levar anos, vidas para ser resolvida.

Hailey não estava simplesmente enrolando. Dizia a verdade à mulher. A águia era um plano esquemático, mas, por si só, tão complexo que talvez nem fosse possível decifrar. O resultado dele — o sino, o tom preciso que poderia transformar um metal em outro, era outra coisa. *E estava em outro lugar.*

Mas a mulher não parecia se importar. Ela começou a avançar, em direção aos barris, um clique do salto alto de cada vez.

— Para as pessoas que me pagam, as vidas são baratas. Não seja tola, Katie. Me entregue logo a águia e deixo você ir.

O som dos saltos da mulher contra o cais de madeira falsa parou. Hailey prendeu a respiração. Mas ao olhar para cima, percebeu pela primeira vez que a escuridão à sua direita era realmente composta de um plano de vidro preto incrivelmente liso. Ela teve um vislumbre de seu próprio reflexo no vidro estranho — e percebeu que a mulher também podia ver o reflexo.

— Acabou, Katie.

Hailey se levantou, de frente para a mulher. Ela segurou a águia em frente ao corpo, como um escudo patético.

— Meu nome não é Katie — começou a dizer, enquanto a mulher levantava a arma...

E de repente, duas figuras surgiram diretamente atrás do vidro preto. Mulheres, vestidas de revolucionárias, uma delas grávida. Quando começaram a falar, a assassina com cabelos de corvo girou na direção delas e disparou. A bala atingiu o vidro, estilhaçando-o, e as duas mulheres revolucionárias desapareceram em um flash luminoso — porque não estavam lá de verdade. Hologramas, percebeu Hailey, enquanto corria a toda velocidade em direção a uma porta que se abria automaticamente à sua frente. O professor devia estar na sala de controle. Quando ele correu pela porta de acesso de funcionários, ela presumiu que ele estava correndo para se salvar. Mas o julgara mal.

Outra bala zuniu, mas Hailey já havia atravessado a porta. Ela se viu em outra sala escura, esta com um piso inclinado dividido em fileiras, como uma arquibancada. Um telão cobria toda a frente da sala, do chão ao teto. Havia uma saída de emergência ao lado, mas antes que percorresse a metade da distância, Hailey ouviu aqueles saltos novamente e mergulhou no chão.

Assim que pisou no carpete, a sala toda se iluminou. O telão tornou-se um vasto campo verde, e até mesmo o chão pareceu integrar o cenário do parque temático, tão realista que Hailey quase podia sentir o cheiro da grama de Lexington Common. Fumaça subia dos painéis nas paredes, obscurecendo o ar ao seu redor. Então, saindo da névoa, do outro lado do salão, uma falange de casacas-vermelhas britânicos rugiu em sua direção. Pareciam sair da tela, mosquetes e baionetas em punho. Explosões atordoantes atingiram a sala, e todo o piso começou a tremer.

A mulher de cabelos negros parecia momentaneamente atordoada ou confusa, e Hailey aproveitou a oportunidade. Ela se jogou em direção à saída de emergência, golpeando-a bem no meio com o ombro.

O ar fresco e noturno chicoteou sua pele enquanto ela descia o que parecia ser uma prancha de embarque semicoberta. À sua frente, ela viu o navio: uma recriação quase perfeita de um dos três barcos saqueados em 1773, agora flutuando nas mesmas águas em que um dia foram lançados os caixotes de chá. Com um salto, ela estava no convés e movia-se ainda mais rápido.

Diante dela havia uma fileira de imitações de caixotes cúbicos presos a cordas, prontos para serem lançados na água durante o horário regular do museu, supostamente por turistas animados vestidos como os Mohawks. Hailey encolheu os ombros, colocou a águia debaixo do braço e se dirigiu para os caixotes a toda velocidade.

— Katie — disse a voz na prancha atrás dela. — Pare!

Mas ela já estava em cima dos caixotes e, depois, sobre a balaustrada do navio, despencando em direção à água escura e fria abaixo.

CAPÍTULO 27

Patricia empunhava a arma em frente ao corpo enquanto caminhava de um lado para o outro ao longo da balaustrada da réplica da escuna, seus olhos examinando a água escura e oleosa do porto onde Katie — Hailey — havia mergulhado momentos antes. Enquanto vasculhava a superfície agitada, ela usou todo seu treinamento para filtrar qualquer ruído que pudesse interferir em seu foco; o bater da água contra o casco da embarcação, o barulho do leve tráfego noturno na rua Congress, o ocasional grito de uma gaivota no céu. Mas não adiantou, Hailey — Katie — era inteligente e obviamente uma boa nadadora. Ela ainda não havia emergido na água, e não havia como saber para que direção ela tinha ido.

Quando a jovem saltou na água, Patricia considerou mergulhar atrás dela. Fisicamente, ela sabia que a garota não seria páreo para ela, mesmo submersa, mas perseguir um alvo motivado a fugir oceano afora — na escuridão quase total — era um esforço inútil. Se Patricia tivesse se lançado do cais, não teria apenas deixado a mulher, e a águia, escaparem. Ela também teria perdido um tempo precioso, e talvez a capacidade de recuperar o rastro da garota.

Na atual circunstância, o mergulho da garota na água só atrasou o inevitável.

Patricia fez uma última varredura, depois desviou o foco da água, abaixou a arma e voltou para a entrada do museu. Ela sabia que não tinha muito tempo antes que a polícia de Boston e o FBI chegassem. Não apenas por causa dos tiros, que certamente atrairiam uma resposta policial; Patricia estava apenas um passo à frente da caçada do FBI a seus alvos, os fios soltos surpreendentemente difíceis de cortar.

Embora as conversas telefônicas que Patricia havia interceptado com seu dispositivo StingRay entre Zack Lindwell, o agente do FBI encarregado do caso, e sua equipe de vigilância de TI só tivessem fornecido pequenas pistas sobre o destino dos fugitivos (o Museu do Tea Party), Patricia fora capaz de preencher as lacunas, pois sabia o que eles deviam estar procurando. No entanto, Lindwell acabaria fazendo conexões suficientes para guiá-lo na direção certa. Ainda que levasse mais tempo para entender o que ele havia ouvido por meio de sua operação de *phishing* no celular de Hailey — trechos em que ela, Nick e o professor decifravam o diário de Thomire —, em algum momento ele identificaria o "livro com a capa vermelha" que levou Patricia ao destino certo. O que significava que, mesmo sem os tiros, ela só tinha alguns minutos. Hailey estava na água, mas não ficaria lá; a única coisa que importava era para onde iria a seguir.

Patricia não tinha dúvidas de que os outros dois alvos já estavam desaparecidos. O ladrão — Nick — não interessava; ele era um bandido insignificante que apareceria mais cedo ou mais tarde, se não encontrasse uma maneira de se reencontrar logo com Hailey. A outra ameaça, e fio solto — o professor —, era um problema ligeiramente maior e uma vergonha pessoal. Uma conexão com Charles Walker que havia passado despercebida, com resultados obviamente prejudiciais. Mas ele não seria difícil de localizar.

Ainda assim, nenhum dos dois homens era mais do que um mero inconveniente; foi Hailey quem chamou a atenção de Patricia. Não só porque ela tinha a águia, mas porque ela era inteligente — e determinada — o suficiente para representar uma ameaça real.

Quando Patricia chegou ao final da prancha de embarque, olhou para a câmera de segurança afixada acima da entrada do museu. Haveria câmeras semelhantes em todo o prédio; ela não sabia se captavam som, mas mesmo que não o fizessem, ela tinha acesso a um sofisticado software de leitura labial. O que significava que não demoraria muito para Patricia juntar as peças de para onde Hailey estava indo agora, antes de apagar o que quer que as câmeras tivessem gravado.

Patricia não subestimaria a garota novamente. A próxima vez que se encontrassem seria a última.

CAPÍTULO 28

A duzentos metros, o luar refletia sobre as ondas serpenteantes da baía, longe o suficiente do museu para que só restassem os contornos do veleiro do século XVIII em meio às sombras. Houve um breve momento de silêncio, quebrado apenas pelo suave sibilar do vento contra a água — e então Hailey emergiu na superfície, empunhando a águia e ofegando.

Quando finalmente recuperou o fôlego, girou a cabeça freneticamente de um lado para o outro, batendo os pés para não afundar. Seus sapatos estavam encharcados, envolvendo seus pés como luvas, e sua saia e blusa estavam agarradas ao corpo, como dedos puxando seu corpo para as profundezas. Mas a adrenalina ativara seus músculos, estimulando-a a nadar para cada vez mais longe do cais, daquela mulher e da arma que quase acabara com sua vida.

Hailey nunca prendera a respiração por tanto tempo ou nadou tão longe antes; ela sempre foi uma boa nadadora, mesmo quando criança. Seu pai adotivo — antes que ele se perdesse de si mesmo e dela — lhe ensinara em um lago perto de casa, em New Hampshire, quase na divisa com o estado de Massachusetts, e ela sempre amou o silêncio e a liberdade de estar cercada pela água. Mas um lago em New Hampshire no meio do dia não era nada comparado à baía de

Boston na calada da noite, nadando para salvar sua vida sob a mira de uma assassina...

— Hailey? Aqui.

Hailey girou em direção à voz de Nick — e finalmente viu o esquife motorizado batendo contra as ondas a apenas alguns metros. Com outra explosão de adrenalina, ela nadou em direção a ele, cruzando a distância em segundos. Ele se levantou no pequeno barco para ajudá-la a subir pela lateral, e então ela desabou ao lado dele, seu peito arfante pelo esforço.

De relance, ela podia ver que ele estava em condição semelhante; respirando com dificuldade, a mochila dela ao seu lado, os ombros envoltos na toalha xadrez. Havia sangue encharcando a toalha, mas ele quase conseguia se manter de pé, e um pouco de cor havia retornado às suas bochechas.

— Você precisa ir para um hospital — disse Hailey, tentando falar entre arfadas.

Mas Nick sacudiu a cabeça, olhando para o museu.

— Ela não vai parar. Precisamos acabar com isso.

— Concordo — disse Hailey. — Mas primeiro precisamos cuidar de você...

— Não — disse Nick. — Quero dizer, precisamos parar. Vamos chamar a polícia.

Hailey fez uma pausa. Claro, ele tinha razão. A mulher atirou nela, atirou nele. A decisão inteligente seria chamar a polícia, provavelmente o FBI. Havia algo grande acontecendo que mal haviam começado a entender, algo que envolvia uma assassina profissional, obras de arte roubadas e uma conspiração histórica que remontava a centenas de anos. E os dois eram tão insignificantes — uma contadora de cartas e um ex-presidiário — que claramente isso estava muito além de sua capacidade.

— Eles vão te prender — argumentou. — Você estará conectado às obras de arte roubadas, eles vão te mandar de volta para a prisão. E vão pegar o livro, e a águia.

Eles vão levar tudo. O que quer que isso seja, aonde quer que leve, eles vão tirar de nós.

— Mas estaremos vivos.

Hailey fez uma pausa novamente. Ele estava certo, eles estariam vivos. Mas até quando? A mulher desistiria deles uma vez que a polícia estivesse envolvida? E o que aconteceria com Hailey? Ela estava pronta para fugir de novo? Para continuar fugindo?

— Não é o suficiente — disse ela.

— Hailey...

— Não. E não se trata de um grande golpe, não mais. É como da primeira vez que aprendi a contar cartas. Um portal se abriu para um mundo secreto que eu nunca soube que existia. Eu não conseguia me afastar.

Ao dizer isso, Hailey percebeu — não importava o quão estúpido e perigoso fosse, ela iria até o fim. Não era mais por causa do dinheiro. Agora era a matemática — aquele poder mágico que ela tinha sobre cartas, equações e qualquer coisa que envolvesse números. E agora a habilidade nas cartas que a levaram até aquele cassino havia aberto uma porta para que fizesse parte da recuperação de algo que não deveria ter existido, algo de incrível poder. O sino de Paul Revere, sua pedra filosofal alquímica — um sino que emitia um tom que poderia transformar chumbo em ouro. Hailey tinha que ver isso.

Ela olhou diretamente para Nick.

— Eu não posso desistir. Ainda não.

— Nem sabemos se o que estamos procurando existe ou se foi perdido na história. Vamos arriscar nossas vidas por algo que nem parece possível!

Mas ela podia ver em seus olhos que pelo menos uma parte dele a entendia.

Ela passou por ele, em direção à mochila — e ao telefone.

— Mas você está certo. Se vamos fazer algo estúpido e perigoso, precisamos pelo menos tentar fazer de maneira inteligente.

CAPÍTULO 29

Zack afundou no banco da frente de seu carro sem identificação, ainda segurando o celular contra a orelha. Ele já havia ouvido a mensagem encaminhada pela central do escritório do FBI três vezes, mas ainda não havia conseguido processar o que acabara de ouvir.

Por fim, deslizou o telefone de volta no bolso do paletó e olhou através do para-brisa para a cena à sua frente.

Parecia as comemorações de Natal, do 4 de Julho e do Boston Pops Fireworks Spectacular combinadas em uma só; eram tantas viaturas piscando luzes, que toda a seção da rua Congress adjacente ao Museu do Tea Party se iluminou como a Times Square, e ele podia ouvir mais sirenes chegando, tantas malditas sirenes, que o painel do carro tremia.

Marsh deve ter chamado todas as unidades para a orla — se não todos os policiais uniformizados disponíveis em toda a cidade — assim que Zack repassou as informações da inteligência que havia coletado em sua operação de *phishing*. Infelizmente, Zack levou bastante tempo para decifrar as conversas fragmentadas que interceptou, entre Hailey e Nick e o terceiro, um professor de história ainda não identificado. O que conseguiu compreender — que eles estavam à procura de um livro com uma capa vermelha, de alguma forma ligado a Paul Revere e às obras roubadas do Museu Gardner — não foi suficiente para levá-lo aos fugitivos; foi preciso um apurado trabalho de triangulação, usando pings de torres de celular pelas quais o telefone de Hailey havia passado — combinados com uma rápida pesquisa sobre o paradeiro de coleções de artefatos de Revere em toda a grande área de Boston — a fim de obter informações suficientes para adivinhar para onde ela e Nick estavam indo.

Mesmo assim, até que relatos de tiros começaram a pipocar no rádio pouco menos de uma hora antes, Zack não tinha certeza se estava no caminho certo. Mas ao ouvir os chamados, Zack sabia que enfrentariam uma quarta cena de crime conectada ao assassinato da noite anterior; e Marsh, ainda enfurecido pelo ocorrido no Monumento Bunker Hill, organizou um pequeno exército para recepcionar o que estavam prestes a encontrar.

O que, ao que parece, era quase nada. Vitrines de exibição quebradas e obras de arte arruinadas, cartuchos de bala vindos de uma arma sem número serial e sem registro e sangue no carpete, que seria colhido para análise de DNA. Qualquer vídeo de segurança que pudesse ter existido havia sido profissionalmente apagado, e como era um museu, quaisquer impressões digitais, fibras, cabelos etc. encontrados no local seriam como palha em um palheiro — que dirá algo que se assemelhasse a uma agulha.

E ainda assim, as viaturas não paravam de chegar. Através do para-brisa, Zack podia ver Marsh, agora zanzando de um lado para o outro em frente à entrada do museu, cercado por policiais uniformizados com muito pouco a fazer além de ficar fora do caminho do homem com cara de pug. Zack quase sentiu pena dele; ele sabia o quão frustrante era estar sempre um passo atrás de um criminoso, o quão horrível era ver um caso esvair por entre os dedos, o golpe que seu ego sofreu, especialmente quando tudo aconteceu de forma tão pública. Mas Marsh era um ser humano desagradável e um policial tão bruto e implacável, que Zack teve dificuldade em sentir verdadeira empatia pelo homem.

Por isso, depois de uma vistoria superficial na cena do crime, Zack voltou para o conforto de seu carro. Quando notou o alerta de mensagem em seu celular informando-o de que a central havia encaminhado uma chamada gravada recebida no número de seu escritório, ele não esperava nada além de uma distração.

Então ele ouviu a voz da jovem, e todo o seu mundo virou de cabeça para baixo. E mesmo depois de ouvir a mensagem três vezes seguidas, ele ainda estava tendo dificuldades para processar as informações — e ainda mais dificuldade para decidir o que fazer com elas.

A mensagem era curta e direta. A garota explicou que conseguira o número dele com a colega de quarto, com quem ele havia deixado o cartão. Ela contou que estava envolvida em algo, que ela e seu parceiro não haviam machucado ninguém e que estavam em perigo. E então ela chegou à parte mais importante: contou para onde iriam a seguir.

Com o celular de volta ao bolso, Zack continuou observando Marsh pela janela, gritando com os policiais ao seu redor. Ele conhecia o protocolo em uma situação como aquela; embora fosse um agente do FBI com autoridade para seguir pistas durante uma investigação em andamento, agora que sabia a localização potencial dos principais suspeitos em um caso envolvendo múltiplos homicídios, ele tinha o dever de informar à polícia local para que pudessem fazer as prisões.

Zack não se importava com as prisões — ele não se importava com quem receberia o crédito por capturar Hailey e Nick ou quem apareceria nos jornais por ter resolvido o caso. Mas tinha certeza de que Hailey e Nick eram apenas parte da história; e uma prisão precipitada provavelmente eliminaria qualquer possibilidade de descobrir o que realmente estava acontecendo.

Ele também sabia que no instante que contasse a Marsh o que acabara de ouvir, o homem dispararia feito um raio. Ele chegaria ao local com dezenas de policiais — talvez uma centena —, além de veículos táticos da SWAT e atiradores treinados. Se Hailey estava em perigo agora, sozinha, o quão melhor ela estaria enfrentando Marsh e algumas dezenas de policiais armados?

A verdade era que Zack não se importava com protocolo, crédito ou com o ego de Marsh. Ele se importava em tomar a decisão certa. E tudo lhe dizia que a decisão certa era oferecer a Hailey o benefício da dúvida — pelo menos por enquanto.

Ele respirou fundo e deu partida no carro.

CAPÍTULO 30

a margem oposta da baía interna de Boston, foi preciso toda a força de Hailey e uma boa alavancagem para puxar Nick pelo último metro do gigantesco casco de uma embarcação muito maior e completamente diferente que ondulava suavemente no cais. Mesmo com a ajuda das cordas e cordames que pendiam como hera pela lateral do enorme pedaço flutuante de história, havia sido uma provação escalar desde o esquife, estacionado na água cerca de doze metros abaixo. Ela só podia imaginar o quão difícil tinha sido para Nick, com apenas um braço são, o sangue ainda encharcando a camisa e o curativo improvisado que fizeram com a toalha xadrez que antes envolvia o diário do bronzista francês Thomire.

Com um último suspiro de energia, Hailey inclinou o corpo e içou o homem bem maior que ela sobre a balaustrada. Então desabou contra o convés polido, respirando com dificuldade ao lado da mochila, que já pousara no convés antes de ajudar Nick. Estava escuro, entre 2h e 3h da madrugada, mas com o luar e as luzes do cais do outro lado do navio, dava para ver os detalhes. E mesmo de onde estava, deitada de costas no convés, os detalhes eram deslumbrantes.

O *USS Constitution* não era nada como o navio comercial reconstruído de onde Hailey havia saltado uma hora antes. Da popa à proa, o gigantesco navio de guerra revolucionário era mais de três

217

vezes maior, e embora o *Constitution* tivesse sido reconfigurado e restaurado dezenas de vezes ao longo dos séculos, ainda era um navio funcional, o navio em atividade mais antigo da Marinha dos EUA. Normalmente, ainda contava com uma tripulação de mais de sessenta pessoas. Nos tempos revolucionários, ele carregava até quinhentos tripulantes.

Felizmente, no momento, pareciam ser apenas Hailey e Nick a bordo. Pesquisas pelo celular deram a Hailey a boa notícia de que o *Constitution* estava em meio a uma reconfiguração que duraria cerca de um mês, e nesse período ele ficaria ancorado em sua doca no Prédio 22 do Estaleiro da Marinha de Charlestown até que fosse considerado navegável novamente. Ao se aproximarem pela água, eles conseguiram evitar a guarita no píer e chegaram à linha d'água do navio sem muito problema.

Antes que começassem a escalada, Nick tentara mais uma vez convencer Hailey a desistir. Ele concordou com a decisão dela de entrar em contato com a polícia — primeiro, por meio de sua colega de quarto, que lhe contou sobre os agentes e detetives que estiveram em seu apartamento, e depois deixando uma mensagem para o agente do FBI, no número que constava no cartão que ele dera para sua colega —, mas agora que estavam realmente lá, diante do enorme navio em toda sua glória, ele voltou a se questionar se valia a pena arriscarem suas vidas tentando encontrar algo que provavelmente nem sequer existia.

Mas a determinação de Hailey só ficou mais forte. Ela tinha ido longe demais para recuar, e deixara claro — ela seguiria adiante, com ou sem ele.

E então ali estava ela, deitada de costas no convés do *USS Constitution*, prestes a fazer uma descoberta que mudaria a história, um feito que fazia a contagem de cartas parecer travessura de criança.

Ela se levantou, levando a mochila com ela. Hailey já havia estado no *Constitution* antes, durante seu primeiro ano no MIT, em uma daquelas reuniões sociais que ela não conseguira evitar. Naquela época, bem no início da farsa e da nova identidade cuidadosamente criada, ela ainda se preocupava com as aparências.

Ao olhar adiante, percebeu que a pilotagem de Nick foi certeira; eles estavam muito perto da popa do navio. Os três mastros se erguiam atrás dela até alturas vertiginosas — o mastro principal tinha 53 metros —, mas à frente o convés se inclinava ligeiramente acima, terminando em uma balaustrada que parecia fazer parte da reforma. As tábuas da balaustrada haviam sido removidas, e, além delas, Hailey podia ver a água, uma queda de pelo menos doze metros.

Ela começou a avançar em direção ao vão na balaustrada. Nick a seguiu, com a cabeça girando para contemplar a madeira ornamentada, a elegância e a precisão do navio ao seu redor. Normalmente, os visitantes do *Constitution* começavam o tour pelo museu dedicado ao navio no cais, aprendendo como fora construído em 1794, em um estaleiro em North End — a poucos quarteirões da casa de Paul Revere —, e lançado ao mar em 1797. E como derrotou inúmeros piratas na costa de Barbary antes de ganhar fama nas grandes batalhas da Guerra de 1812.

Ao se aproximar da popa e do vão na balaustrada, Hailey notou que uma fileira de três canhões do navio havia sido movida da sala de canhões abaixo para o convés, provavelmente como parte da reconfiguração — pareciam enormes e pesadas bestas agachadas na escuridão. Todos os três estavam em estruturas com rodas, os canos apontados para o oceano. E Nick agora também admirava os canhões.

— Falsos, eu presumo — disse ele. — Ninguém vai usá-los para afundar nosso esquife quando partirmos, se encontrarmos o sino, não é?

— O navio inteiro foi reconfigurado e restaurado inúmeras vezes ao longo dos anos. Os canhões também. A maioria foi refundido, são só modelos de ferro, não foram feitos para serem usados. Mas alguns funcionam. Eles não disparam balas de canhão. Foram remontados como armas de salva com projéteis de .40 milímetros. São municiadas com pólvora e cartuchos de festim. Causam uma explosão e tanto. Os disparos são feitos duas vezes por dia quando o navio está aberto à visitação.

Nick ergueu uma sobrancelha, mais pela memória enciclopédica de Hailey do que para os imponentes canhões. Mas ela o ignorou porque já estava no vão da balaustrada. Ela fez uma pausa, examinando o convés ao seu redor, procurando algo que pudesse usar. Felizmente, sempre há uma corda à mão no convés de um navio.

Ela contornou até um rolo de corda apoiado na base do que parecia ser um pesado poste de amarração de cobre. Agarrou uma ponta grossa da corda e usou seu peso para arrastá-la até o vão da balaustrada.

— Hailey, acha mesmo que isso é uma boa ideia?

Hailey entregou a mochila para Nick. Então, olhou em volta novamente.

— Vou precisar de algum tipo de ferramenta para chegar até o sino.

Ela olhou para a esquerda e para a direita, mas não havia nada útil em seu raio de visão. Então notou que Nick havia tirado algo da cintura de seu jeans e estendido em sua direção.

Era uma machadinha indígena.

Hailey o julgou com um olhar.

— Não pude me conter — explicou. — Ei, você não viu problema em vender os quadros roubados de Gardner. Qual é a diferença?

— Há uma grande diferença entre ganhar dinheiro com alguma coisa que já foi roubada e roubá-la você mesmo. É o que separa um contador de cartas de um trapaceiro.

Nick revirou os olhos, enquanto Hailey pegava a machadinha da mão dele. Ela prendeu o objeto no cós da saia e depois pegou a ponta da corda com as duas mãos. Nick percorreu a extensão da corda, ajoelhou-se no convés e a agarrou firme.

— Você vai conseguir aguentar o meu peso? — perguntou Hailey.

— Apenas segure firme na sua ponta. É uma longa queda.

Hailey se virou e olhou pela beirada do navio. Ele estava certo, a água pareceria concreto se ela despencasse daquela altura. Mas ela não pretendia cair na água. Fixou o olhar em uma reentrância na metade da popa, onde algo de madeira, branco e ornamentado, havia sido afixado ao casco.

Ela agarrou a corda com as duas mãos, depois passou pelo vão da balaustrada e começou a descer.

CAPÍTULO 31

Lentamente, pé ante pé, Hailey desceu pela popa do navio, usando o bico de seus tênis para encontrar apoio nas pequenas frestas entre as tábuas do casco. Ela podia ouvir a água batendo abaixo e o grunhido de Nick sustentando a corda — mas estava focada na estrutura ornamentada agora a poucos metros abaixo.

— Tenha cuidado — sibilou Nick. — E ande logo. Este barco é grande *pra cacete*, logo teremos companhia.

Hailey ativou os músculos dos braços e das pernas, as juntas das mãos esbranquiçadas contra a corda, descendo, cada vez mais perto.

— Podemos não estar sozinhos agora — ela sussurrou, enquanto descia. — Existe uma história de que um fantasma vive a bordo. Um marinheiro do século XIX, chamado Neil Harvey. Segundo relatos, ele adormeceu durante seu turno. O capitão o esfaqueou na barriga e o amarrou sobre um desses canhões. Ele explodiu em pedacinhos e agora assombra o navio.

— Muito animador — resmungou Nick. — Você deveria fazer bicos como animadora de festas infantis.

Hailey sorriu enquanto descia o último metro, e então seu foco estava inteiramente no objeto branco e ornamentado afixado à popa. De perto, a coisa era enorme, muito maior do que parecia vista da água. Pintado de branco cintilante, com um olho vermelho brilhante e um escudo no peito, com listras vermelhas e brancas embaixo de treze estrelas. Uma bandeira norte-americana da era revolucionária em um símbolo da era revolucionária — uma grande águia de asas abertas, afixada na popa do maior navio de guerra da época.

Hailey passou os olhos pelas asas da águia. Ela sabia que não fazia parte da construção original do navio; assim como o resto do *USS Constitution*, aquela parte do casco havia sido modificada muitas vezes. Aquele ornamento de madeira em particular datava de 1907. Mas a relação da embarcação com o poderoso símbolo era muito mais antiga. Na verdade, o primeiro apelido do *USS Constitution* não foi Old Ironsides. Antes disso, ele era conhecido por outro nome.

— *The Eagle of the Seas*, a águia dos mares — sussurrou Hailey para si mesma.

Hailey tinha certeza de que, antes que aquela águia fosse afixada ao navio, deve ter havido outras versões. Talvez datadas da época de Revere. Afinal, ele havia feito as chapas de cobre que revestiam parte do fundo e das laterais do navio, bem como muitos parafusos e cunhas por toda parte. Ele também fez o sino gigante que ficava em seu convés, antes que o original fosse despedaçado por uma fragata britânica.

E talvez ele tenha criado um último item, instalado a bordo em algum lugar que apenas ele — e a pessoa para quem pretendia enviá-lo — encontraria.

Hailey puxou a machadinha da cintura e enfiou a borda da lâmina entre uma das asas da águia e as tábuas da popa.

— *La cloche sous l'aigle* — sussurrou. *O sino sob a águia*. Ela não era fluente em francês, mas reconheceu palavras suficientes para entender. Se a teoria de Adrian estivesse certa, aquele era o lugar para procurar.

Ela agarrou firme na corda com uma das mãos e usou todo seu peso para pressionar a machadinha. A madeira da águia ornamentada rangeu — e uma borda começou a se soltar. Hailey inclinou-se mais para trás — Nick gemeu com a tensão na corda —, e a borda se moveu um pouco mais. Mais um leve som crepitante, e a asa se soltou da popa. O restante da águia ainda estava fixo, mas Hailey conseguiu alcançar atrás da asa, até as tábuas no fundo.

Essas tábuas eram inteiriças e resistentes — mas Hailey estava determinada. Ergueu a machadinha acima da cabeça, respirou fundo e golpeou a madeira com a ponta afiada da lâmina. Estilhaços de madeira se lançaram ao seu redor, mas ela continuou batendo. Em questão de minutos, passou pela primeira tábua, e depois por outra, mais fundo na estrutura atrás da popa ornamentada. Mais dois golpes — e ela ouviu o tilintar distinto de metal contra metal.

Colocou a machadinha de volta no cós da saia, inclinou-se para a frente, segurando a corda apenas com as pernas, e estendeu as duas mãos. Ela não sabia o que esperava sentir — talvez a curva suave de um sino enorme, escondido na estrutura de madeira? —, mas ficou surpresa ao encontrar algo muito menor. Parecia haver um esconderijo encravado na madeira e, naquele espaço, uma caixa de metal. Muito pequena para um sino, Hailey percebeu, mas ela agarrou e puxou a caixa.

A caixa brilhou ao luar, e Hailey percebeu com certo espanto que era feita do que parecia ser ouro maciço.

— O que foi? — sibilou Nick lá de cima. Ela podia vê-lo inclinado sobre a borda, segurando a corda e olhando para ela.

Ela balançou a cabeça. Não sabia ao certo. Mas precisava descobrir.

— Me puxa de volta — pediu.

Minutos depois, ela estava no convés ao lado de Nick. Ele ainda segurava a mochila, e ambos estavam ofegantes, mas a mente de Hailey estava inteiramente focada na caixa de ouro pousada no convés entre eles. Antes que qualquer um deles pudesse falar, Hailey se ajoelhou. A caixa tinha um fecho, mas não estava trancada; ela não precisaria da machadinha desta vez.

Com os dedos trêmulos, ela destravou o fecho e abriu a caixa.

Dentro havia um pequeno pedaço de papel amarelado, muito antigo. No papel havia palavras em letra cursiva, escritas por alguém que certamente já havia morrido há muito tempo.

— O que está escrito? — perguntou Nick.

Hailey leu as palavras com dificuldade.

— "Daquela que fez a caixa."

Seu coração batia forte no peito. *Daquela que fez a caixa*. A caixa dourada. Hailey estava prestes a ler as palavras em voz alta novamente, quando percebeu que havia algo mais na caixa, embaixo do papel. Moveu o papel cuidadosamente — e viu um pedaço de metal estreito, entalhado e polido, um pouco maior que o comprimento da ponta de seus dedos até o pulso. A forma parecia vagamente familiar.

— Eu acho que é um badalo — murmurou Hailey. — Ou parte de um badalo. De um sino. Um sino muito grande.

— Há algo escrito nele — constatou Nick.

Hailey percebeu que ele tinha razão. Havia palavras inscritas ao longo da borda do badalo, e ela teve que estreitar os olhos para entendê-las.

Proclamareis a liberdade

Hailey fitou as palavras. Demorou um momento, mas então ela as reconheceu.

— O que significa? — perguntou Nick.

— Faz parte de uma inscrição mais longa. *"Proclamareis liberdade em toda a terra a todos os seus habitantes."*

Ela balançou a cabeça, sua mente girava. *Isso era possível?*

— Nick, esse badalo, eu não sei como, mas acho que é do Sino...

Ela nunca teve a chance de concluir a frase. Houve um lampejo de movimento atrás dela, e então algo atingiu Nick lateralmente, arrancando a mochila de suas mãos e o arremessando pelo convés.

Ele pousou, estatelado, ao lado do rolo de corda, e sua cabeça atingiu o pesado poste de amarração de cobre com um baque aterrorizante.

Hailey se levantou, tentando sacar a machadinha da cintura, mas a mulher de cabelo de corvo foi mais rápida. Com um movimento do pé, ainda de saltos altos, ela chutou a machadinha para longe, inútil. Hailey recuou assustada e sentiu o ferro frio contra sua lombar. Ela olhou para trás e viu a base curva de um dos pesados canhões pretos, o cano apontado para o oceano. Então, se virou novamente, encarando a mulher à sua frente, a cerca de um metro de distância. A mulher largou a mochila de Hailey — mas agora a águia, que retirou de lá, estava em sua mão esquerda. A mão direita, ainda ao lado do corpo, empunhava a arma.

A mulher olhou para Hailey, depois para a caixa dourada no convés entre elas.

— Você já tem o que quer — argumentou Hailey. — Deixe a gente em paz.

A expressão da mulher mudou sutilmente, e Hailey viu a centelha de algo mais. Ela nunca tinha visto tanta frieza, tanto controle, tanta perícia em um rosto. Havia compaixão agora, mas logo foi obliterada por algo mais premente: *os deveres de sua missão.*

— Infelizmente — disse a mulher — não é assim que funciona. — Ela levantou a arma. Hailey recuou pressionado o corpo contra o ferro do canhão, sentiu as rodas sob sua estrutura cederem um pouco, mas ela sabia que não havia tempo para nada, não havia para onde correr.

Hailey pensou em fechar os olhos, mas decidiu que precisava mantê-los abertos.

De repente, pelo canto do olho, viu um lampejo de movimento, então algo brilhou na escuridão.

Uma bala atingiu a mulher de cabelo preto logo abaixo das costelas. A arma voou de sua mão, e ela se inclinou para a frente, com a mão no ferimento. Um homem correu em sua direção vindo da proa do navio. Ele empunhava a arma em uma das mãos e mostrava um distintivo na outra.

— Zack Lindwell — gritou ele. — FBI.

O agente manteve a arma apontada para a mulher, que mal se aguentava de pé, curvada para a frente, quase até o chão. Então Zack se virou para Hailey.

— Você está bem? — ele começou, mas nunca terminou a pergunta.

Em um flash de movimento, tão rápido que Hailey só conseguiu processar o que estava vendo depois que aconteceu, a mulher de cabelo de corvo saltou para a frente, empunhando algo que sacou do sapato direito. Antes que Zack pudesse reagir, ela enfiou a coisa no braço estendido do agente e, em segundos, todo o corpo dele se contorceu. A arma caiu de seus dedos, e ele desabou no convés. O agente rolou de costas, tentando recuperar o controle de seus membros, mas então o corpo todo ficou rígido, como se seus músculos se transformassem em ossos.

A mulher se afastou, chutando o outro sapato para ficar descalça, ainda pressionando o ferimento de bala sob suas costelas. A águia de bronze, agora salpicada de sangue, ainda firme na outra mão. Ela se virou para Hailey e deu um passo à frente. Hailey cambaleou para trás e sentiu o canhão em suas costas novamente — mas depois notou outra coisa. A base do canhão não era tão lisa e curvilínea quanto ela pensava. Ela estendeu a mão para trás e a tocou. Havia uma abertura perto do topo do canhão que não deveria estar lá.

No chão, o agente do FBI emitiu um grunhido.

— O que você fez com ele? — exigiu Hailey.

Enquanto a mulher olhava para Zack, estatelado no convés, Hailey esticou as mãos para trás e agarrou o canhão, depois puxou o mais forte que pôde, girando a engenhoca em sua estrutura com rodas. O canhão agora apontava diretamente para a mulher, que a encarava, com uma expressão que era uma mistura de choque e deleite.

Hailey observou o canhão. Como tinha percebido, havia uma abertura no ferro onde a parte posterior do cano fora cortada e adaptada. De dentro da abertura, Hailey sentiu o leve cheiro de pólvora.

Enquanto a mulher observava, ainda entretida, Hailey tirou algo do bolso da saia. Era o colar que Nick tentara roubar da vitrine do Museu do Tea Party. Hailey o guardara com a intenção de devolvê-lo. Ela podia ser muitas coisas, mas não era uma ladra. Era uma matemática, uma contadora de cartas. E talvez, uma *Mecânica*.

Hailey pegou o pequeno sino que brilhava como ouro na ponta do colar e o segurou sobre a abertura do canhão.

A mulher de cabelo preto sorriu, o sangue da ferida sob suas costelas escorrendo por seus dedos.

— Não é um canhão de verdade — disse ela. — Nada disso é real. É história. Uma ilusão. E Katie, mesmo que fosse real, não dá para fazer fogo com ouro.

Hailey sorriu de volta para ela.

— Meu nome não é Katie. E isso não é ouro. É pirita. Alguma ideia de onde vem esse nome?

Com um movimento da unha, ela raspou um pequeno fragmento da pirita do sino em miniatura. No segundo em que o floco tocou o ar, o oxigênio reagiu com o sulfeto de ferro na pirita e uma pequena fagulha flutuou pela abertura do canhão.

A mulher de cabelo de corvo mal teve tempo de arregalar seus olhos de gato antes que a pólvora dentro do canhão remodelado explodisse. A munição de salva .40 explodiu através do cano com imensa força. A explosão do canhão atingiu a mulher em cheio, um cone de fogo mutilou a águia de bronze e bateu no peito da mulher como um punho redondo. Ela cambaleou para trás, gritando, as chamas engolindo suas roupas. Então ela se aproximou do vão na balaustrada e caiu de costas — despencando na água abaixo.

Os ouvidos de Hailey zuniam enquanto ela corria em direção aos dois homens deitados no convés. Nick ainda se movia, esfregava a cabeça onde havia atingido o poste de amarração de cobre. Ela foi até ele primeiro, ajudando-o a se sentar e examinando seus olhos, o ferimento na cabeça e no ombro. Ele parecia razoavelmente lúcido, então Hailey correu até o outro homem. O agente do FBI estava em um estado bem pior. Seus olhos estavam bem abertos, olhando diretamente para cima. Os braços e as pernas estavam rígidos, e o peito mal se movia enquanto ele lutava para respirar. Os lábios se abriram como se ele estivesse tentando falar.

Hailey ouviu sirenes vindo de algum lugar além do píer e sabia que a ajuda estaria lá em breve, mas duvidava que chegasse a tempo. Ela precisava ajudar aquele homem, mas não sabia como. A mulher o espetara com algo, algum tipo de seringa. Hailey olhou além de Nick, para o local em que a mulher estava poucos momentos antes — e viu um dos sapatos de saltos altos jogado no chão, perto do vão na balaustrada por onde ela despencara na água.

Hailey correu até o sapato, o agarrou com as duas mãos e o virou. Sob o salto, viu um pequeno compartimento — e uma segunda seringa. Não tinha como saber com certeza, mas Hailey imaginou que, se você estivesse disposta a envenenar as pessoas, provavelmente carregaria um antídoto.

Ela pegou a seringa e correu de volta para o agente do FBI estirado no chão. Então arregaçou uma das mangas da camisa dele.

— Você vai ficar bem — disse ela, rezando para que fosse verdade. E espetou a agulha no braço dele.

Longos segundos se passaram, as sirenes do píer ecoando cada vez mais alto. Atrás de Hailey, Nick tentava se sentar e agora olhava para ela. Mas Hailey observava o agente do FBI. O olhar do homem de repente mudou, a rigidez de suas bochechas se dissipando. Ele olhou para ela, e a boca finalmente se moveu.

— As pinturas — ele começou.

Hailey sacudiu a cabeça.

— Nunca vi pintura alguma. Tive a posse da águia por um tempo, mas ela também já se foi. Talvez você possa pescá-la da água com o que sobrou daquela mulher.

Ela se levantou, depois olhou para Nick. Ainda havia sangue correndo de seu couro cabeludo e do ferimento em seu ombro, mas ele sorria para ela, que sorriu de volta. Hailey sabia que ele também estava ouvindo as sirenes, mas Nick não fez qualquer gesto para se levantar. Parecia resignado. Talvez o levassem de volta para a cadeia, talvez o deixassem em paz. Diabos, talvez até lhe dessem uma parte da recompensa por chegar tão perto. Uma parte dela queria ir até ele, mais uma vez estar ao seu lado para enfrentar o que estivesse por vir. Mas afastou o pensamento para o fundo de sua mente, para a caixa de proteção que construiu ao longo de seus anos como uma fugitiva, a caixa onde ela mantinha a maior parte de seus sentimentos.

— Foi divertido — falou, olhando para Nick. — Mas acho que chegou a hora de cada um seguir seu caminho, pelo menos por um tempo.

A última parte foi difícil de dizer, mas não havia muita escolha. Aquela mulher, a assassina com cabelo de corvo, sabia o nome verdadeiro de Hailey, o que significava que o FBI certamente também sabia quem Hailey era de verdade. O castelo de cartas que cuidadosamente construíra havia desabado, o que significava que era hora de fazer as malas e começar de novo.

Ser Katie de novo não era uma opção. Katie não era ninguém; assustada, frágil, sozinha.

Hailey se afastou de Nick, pegou sua mochila e foi em direção aos cordames que a levariam de volta ao esquife, com a intenção de se afastar o máximo possível de tudo isso.

— Hailey?

Não era Nick chamando, era o agente do FBI, Lindwell, atrás dela no convés. Ela se virou ligeiramente e viu que, embora ainda mal pudesse se mover, ele fitava a caixa dourada contendo o estranho badalo. — Você não precisa continuar fugindo.

Hailey o encarou. O agente do FBI não entendia. Ficar parada ia contra cada fibra de seu ser. Era algo que todo bom contador de cartas sabia: quando a sorte vira, é hora de se levantar da mesa.

Mas por um breve segundo, ela continuou imóvel. E não era para o agente do FBI que ela olhava, tampouco para Nick — era para aquela caixa de ouro contendo o estranho badalo.

Um badalo, acreditava Hailey, feito para o sino mais famoso do mundo.

Proclamareis liberdade em toda a terra a todos os seus habitantes. Hailey reconheceu a inscrição de imediato. Fora gravada no bronze do Sino da Liberdade, o símbolo supremo da independência norte-americana.

Parecia insano, impossível, mas a matemática levou Hailey a uma conclusão: o Sino da Liberdade não era apenas o sino mais famoso do mundo. Era possivelmente o objeto mais poderoso existente na face da Terra. Um sino projetado por Paul Revere para produzir um som que poderia, só para começar, transformar chumbo em ouro.

Não importa o quanto Hailey quisesse continuar fugindo, ela sabia que aquilo ainda não tinha acabado. Ela caminhou em direção à caixa de ouro e a Nick, do outro lado do convés daquele famoso e antigo navio, correndo em meio às sirenes cada vez mais altas — fundindo-se em uma nota insistente, soando quase como o som daquele sino distante.

CAPÍTULO 32

oi o terceiro uísque que finalmente fez a mágica acontecer.
Adrian Jensen sentiu seu corpo se transformar em borracha enquanto se esparramava na *chaise longue* estilo Louis XV revestida de veludo, no canto de seu escritório bem equipado, escondido em uma parte deserta do terceiro andar do East Hall, no campus da Universidade de Tufts. O cálice da era Napoleônica — comprado em um leilão, junto com o sofá, em comemoração à sua efetivação como professor uma década antes, ambos os artigos, ele fora assegurado, viajaram com a tenda de comando de George Washington para não apenas uma, mas *duas* batalhas vagamente importantes no final da Guerra Revolucionária —, em algum momento entre o primeiro e o terceiro uísques, surgiu magicamente sobre a escrivaninha de mogno George III, que agora estava encostada contra a porta que levava ao corredor.

Bloquear a porta com a pesada mesa não foi uma tarefa tão simples, especialmente considerando o quanto os braços e as pernas de Adrian tremiam quando ele voltou ao seu escritório depois do calvário da noite. Não tinha ajudado que ele tivesse pedalado até ali — no escuro — a uma velocidade que jamais imaginou ser possível; por duas vezes ao longo do trajeto, quase morreu atropelado e só conseguiu chegar física e talvez mentalmente ileso na Tufts depois de uma manobra heroica para desviar de um buraco inesperado na Davis Square.

Ele estendeu a mão em direção ao cálice na mesa, mas rapidamente percebeu que agora estava além de seu alcance — e levantar--se de sua posição estatelado no sofá não parecia mais uma opção. Considerou tentar alcançar a garrafa de uísque, que ainda estava sobre a vitrine aberta atrás dele, ao lado de alguns itens de importância e valor histórico variados — mas isso também parecia uma impossibilidade. Sua energia heroica havia se esgotado.

Seu único consolo era que ele estava no lugar em que normalmente se sentia mais seguro. Tudo em sua sala do trono acadêmica, como ele gostava de imaginá-la, havia sido cuidadosamente pensado para destacar sua jornada intelectual nas últimas duas décadas. Da mesa à vitrine — que continha principalmente artefatos outrora pertencentes ao próprio Paul Revere, incluindo uma pistola de pederneira, acompanhada por um saco contendo pólvora e chumbo; uma das bengalas retráteis de Revere, uma peça de metalurgia tecnologicamente impressionante que ele usou em seus últimos anos de vida, o cabo entalhado em marfim de morsa igual ao que esculpira na forma de inúmeros pares de dentes falsos; uma coleção de colheres de Revere, polidas à quase perfeição pelo próprio; um par de botas semelhantes às que Revere usara em sua viagem a Concord; e os restos de uísque envelhecido cinquenta anos que Adrian acabara de abrir, um item que antes pertencera a um colega colecionador de Revere que adquirira a garrafa empoeirada junto com um pífaro e um tambor sobreviventes da fracassada Expedição Penobscot — motivo de Revere ser levado à corte marcial e dispensado do Exército Continental.

Essa vitrine, junto com as altas prateleiras de carvalho repletas de livros de história revolucionária e manuscritos originais — de alguns séculos de idade — que se alinhavam pelas paredes do escritório, justificadamente intimidavam os muitos graduandos e pós-graduandos que ousavam incomodar Adrian durante as abomináveis horas em que a universidade o forçava a receber o corpo estudantil no intervalo das aulas. A sala também impressionara um bom número de acadêmicos visitantes que iam buscar sua opinião sobre questões geralmente triviais da vida de Revere.

Charles Walker, por sua vez, nunca visitou Adrian em Tufts; e se o tivesse feito, Adrian teria se esforçado para dissuadir o tolo, e talvez tivesse conseguido desviá-lo do caminho que terminaria com balas voando pelo Museu do Tea Party. Mas, de novo, por mais que tentasse, Adrian não poderia culpar *apenas* Charles por seu estado atual. Embora Adrian ainda não tivesse motivos para acreditar que a tese de Charles era algo além de mero devaneio fruto de uma mente fantasiosa, parecia que algumas pessoas a levavam muito a sério.

A águia da imagem extraída do interior do baú de Hancock era real, e aparentemente alguém estava disposto a matar por ela. Se Adrian não tivesse entrado na sala de controle e acionado os efeitos especiais do museu, Hailey e Nick estariam mortos; ou talvez Adrian só tivesse ganhado um pouco de tempo para eles — até onde ele sabe, os corpos dos dois poderiam estar flutuando na baía, esperando para serem pescados pelas autoridades locais.

Adrian supôs que ele deveria ter esperado no museu até que a polícia chegasse. Mas quando ligou para o serviço de emergência para relatar o ocorrido, já estava correndo para sua bicicleta. Claro, sua ação na sala de controle foi corajosa, mas qualquer estudante de história sabia que a diferença entre um herói e um tolo não estava no ato em si, mas no resultado. Quinhentos bravos norte-americanos morreram em Penobscot; Paul Revere saiu vivo direto para os livros de história.

Apenas talvez a dupla tenha conseguido escapar com a águia; e talvez eles realmente tenham chegado até o navio colossal no Estaleiro da Marinha de Charlestown e encontrado o último sino de Revere, se é que ele de fato estava escondido a bordo daquele navio de duzentos anos. Para Adrian, pouco importava. Ele não arriscaria a vida para provar que a tese absurda de Charles estava errada.

Porque é claro que seria isso que descobririam, mesmo que tivessem encontrado aquele sino. Um delírio fantasioso e absurdo que Adrian deveria ter descartado no instante em que leu o artigo — e o fato de alguém estar disposto a matar por isso não o tornava mais crível. As pessoas estavam dispostas a matar por ideias absurdas desde o início do mito e da religião.

Adrian exalou dramaticamente, agora com um único propósito: reunir heroísmo suficiente para alcançar aquele cálice para uma quarta dose daquele uísque absurdamente caro...

Antes que ele pudesse mover o braço lânguido, ouviu uma batida forte na porta.

As pálpebras de Adrian se abriram, e sua coluna subitamente se endireitou. Os efeitos do álcool não eram páreo para a explosão de medo em suas veias. Ele olhou para a porta e a mesa na frente — torcendo para que fosse o suficiente. A batida recomeçou, ainda mais alta — e depois houve o som de metal contra a fechadura da porta.

— Vá embora — gritou Adrian. — Eu já chamei a polícia.

A fechadura resistiu por menos de três segundos; então, a maçaneta girou, e alguém empurrava a porta com o ombro. A mesa se moveu um centímetro, depois outro.

— Eu disse para ir embora.

— Professor Jensen — uma voz conhecida ecoou pela fresta da porta. — Encontramos algo que precisamos mostrar para você. No *Constitution*.

Jensen engoliu em seco, depois tossiu.

— Como me encontrou?

— Google — respondeu Hailey, com certeza ainda vestindo sua saia de tênis. — Você tem uma aparência distinta. Não foi difícil rastrear seu escritório. Se não estivesse aqui, planejávamos esperar. Achei que apareceria mais cedo ou mais tarde.

Adrian fechou os olhos. Ele não queria mais se envolver naquilo. Talvez Charles se considerasse como uma espécie de historiador aventureiro, mas Adrian era um acadêmico sério. Ele pensou em ligar para a polícia — mas então se deu conta, perplexo, do que a mulher acabara de dizer.

— Vocês encontraram algo no *Constitution*?

Houve um grunhido do outro lado, presumivelmente o homem de camisa jeans, ainda empurrando a porta.

— Você vai abrir essa droga? — berrou Hailey. — Ou vamos ter que arrombar?

Adrian exalou novamente, de forma ainda mais dramática — depois cambaleou do sofá e foi arrastar a antiga escrivaninha.

— *"E santificareis o ano quinquagésimo"* — murmurou Adrian, em parte para si mesmo, enquanto se inclinava sobre o objeto na caixa de ouro, que agora estava sobre o mogno de sua escrivaninha antiga — *"e proclamareis liberdade em toda a terra a todos os seus habitantes..."*

— É da Bíblia, certo? — perguntou Nick. — Era o único livro que meu pai tinha, embora não lesse com frequência.

Adrian não olhou para cima, embora estivesse levemente surpreso que o homem de jeans tivesse identificado a citação.

— Levítico 25:10 — disse Adrian. — Embora eu ache que muitas pessoas conheçam esse trecho tanto por causa do sino quanto pela versão King James da Bíblia.

Adrian deslizou o dedo pela lateral do pesado badalo, sentindo o toque frio do bronze. *Daquela que fez a caixa.* Hailey lhe mostrou o bilhete. Em um laboratório, com as ferramentas adequadas, ele poderia ter sido capaz de autenticar ambos os itens — o bilhete e o badalo — e talvez datar suas origens dentro de uma margem de poucos anos. No caso do badalo, ele poderia descobrir assinaturas físicas metalúrgicas que apontariam para as mãos que o haviam criado muito tempo antes. Mas ali, em seu escritório, o melhor que podia fazer era conjecturar; e para Adrian, conjecturar era apenas um passo além da fantasia.

Ainda assim, era intrigante. O *Livro dos Sinos* de Revere os levou ao *USS Constitution*; uma pista escrita com a caligrafia de Paul Revere guiou Hailey não para outro sino — o último de Revere —, mas para aquele badalo. *Daquela que fez a caixa*. Não era incomum que um artífice se referisse a um sino no feminino. Adrian poderia relevar o fato de a jovem inteligente e seu amigo ardiloso fazerem uma suposição que consideravam lógica. Mas para Adrian, apesar das circunstâncias, ainda parecia mera suposição. Embora, se alguém tivesse que fazer mais uma viagem fantasiosa, o Sino da Liberdade não parecia uma conclusão tão despropositada.

— É um poderoso emblema da liberdade, o derradeiro símbolo da Independência dos Estados Unidos, quando, na verdade, o Sino da Liberdade não tinha absolutamente nada a ver com a Revolução. Era um sino banal, embora de tamanho considerável, instalado no campanário da Assembleia Legislativa do Estado da Pensilvânia vinte anos *antes* da Guerra da Independência, por membros do governo que estavam bastante satisfeitos sob o jugo do governo britânico. Mesmo a inscrição não pretendia exaltar vagas noções de Liberdade e, sim, o momento, pois o sino foi encomendado em comemoração ao *quinquagésimo* aniversário da assinatura da Carta da Pensilvânia por William Penn.

Hailey estava ao lado de Adrian, enquanto ele continuava a estudar o badalo. Não tinha ideia do que ela havia passado no *Constitution* para conseguir o badalo — mas podia inferir, pela respiração pesada e pelo leve tremor nos braços da jovem, que o Museu do Tea Party havia sido apenas um primeiro ato. Nick parecia ter saído da guerra. Seu ombro estava enfaixado, e havia sangue seco em seu couro cabeludo. Mas de alguma forma, ele ainda estava de pé.

— O Sino da Liberdade — continuou Adrian — nem foi originalmente criado nas Américas. Foi encomendado da fundição Whitechapel Bell, em 1751, pela Assembleia Legislativa do Estado da Pensilvânia. O sino foi instalado no campanário da Assembleia dois anos depois, em março de 1753, mas no primeiro toque, o bronze rachou bem no meio, inutilizando o sino.

Adrian podia ouvir Nick vasculhando o escritório atrás dele, mas resistiu ao impulso de se afastar do badalo, porque Hailey estava concentrada em suas palavras. Ela, pelo menos, parecia valorizar adequadamente sua expertise.

— Dois metalúrgicos locais chamados John Pass e John Stowe, cujos nomes agora adornam o sino, foram encarregados de criar um substituto. Eles derreteram o sino original em sua fundição na Filadélfia, reforjaram segundo as novas especificações e adicionaram uma maior concentração de cobre à mistura, na esperança de um melhor resultado. Mas quando o novo sino foi trazido para o campanário da Assembleia e foi tocado novamente, emitiu um som tão horrível que a cidade toda reclamou. Mais uma vez, o sino foi retirado para ser refundido.

— E esse sino é o que agora chamamos de Sino da Liberdade? Aquele que está na Filadélfia hoje?

— Sim e não — respondeu Adrian. — Porque Pass e Stowe falharam novamente. O segundo sino não soou melhor do que o primeiro. A Assembleia, perturbada com toda a confusão do processo, encomendou um novo sino da Inglaterra. Mas quando o novo sino chegou, também tinha um som horrível. Então, o bom povo da Filadélfia contava agora com dois sinos terríveis. Eles penduraram o sino britânico na cúpula da Assembleia Estadual, e o sino de Pass e Stowe, que agora chamamos de Sino da Liberdade, no campanário. O sino britânico foi tocado várias vezes por dia para marcar as horas. O Sino da Liberdade foi poupado, provavelmente devido ao tenebroso som, somente para ocasiões especiais. Tais como na comemoração quando o rei George III assumiu o trono em 1761.

Nick havia chegado à vitrine de exposição atrás de Adrian e analisava o conteúdo. Mas pelo menos ele estava ouvindo com atenção o suficiente para comentar.

— Não foi exatamente um momento de grande liberdade. Quando o novo sino rachou?

— Ninguém tem certeza; em algum momento da década seguinte, o bronze começou a mostrar sinais de deterioração. Mas a última vez que tocou foi no aniversário de George Washington em 1846. Quando o último badalar reverberou pela cidade, o bronze rachou na forma como o vemos hoje. E nunca mais foi tocado.

Hailey parecia estar repassando os fatos. Sua expressão era inescrutável — ou talvez fosse apenas o uísque —, mas Adrian podia imaginar algum tipo de cálculo maquinando em sua mente.

— Antes de rachar, também não tocou em 4 de julho de 1776? Para anunciar a Declaração de Independência? — perguntou Hailey.

— É isso que as crianças aprendem na escola — respondeu Adrian —, mas não. Isso vem de uma história fictícia publicada pelo *Saturday Courier* em 1847. Em uma espécie de primórdio do *"rebranding"*. Vinte anos antes da história no jornal, o sino havia caído em desuso. Na verdade, em 1828, alguém na Assembleia Estadual da Filadélfia tentou vendê-lo a uma fundição local por quatrocentos dólares, como sucata. Mas a fundição decidiu que não valia o esforço. Somente quando os líderes do movimento abolicionista tomaram conhecimento da inscrição contida no sino, em meados da década de 1830, pois Levítico 25:10 é considerada uma das passagens bíblicas mais fortes contra a escravidão ou, pelo menos, contra a continuidade da escravidão, o sino recebeu seu nome atual e toda a mitologia em torno dele. Do dia para a noite, passou de um sino de som horrível pendurado na Assembleia Estadual Pensilvânia para um símbolo de liberdade conhecido em toda a nação.

Adrian se afastou da mesa, os passos ligeiramente hesitantes. Mas Hailey permaneceu imóvel debruçada sobre o badalo, ainda estudando sua forma.

— Um sino e seu badalo se encaixam como partes de uma equação matemática — ela começou, com a voz suave. Então, olhou para Adrian.

— Este badalo se conecta de alguma forma a Paul Revere. Mas Revere não fez o Sino da Liberdade, não é?

— Claro que não! Se fosse obra dele, o Sino da Liberdade provavelmente teria um santuário em Boston agora, do jeito que as pessoas ficam extasiadas por qualquer coisa em que ele tenha colocado as mãos. O Sino da Liberdade só esteve em Boston uma vez, na verdade, em 1903. Foi trazido para a cidade de trem para comemorar o vigésimo oitavo aniversário da Batalha de Bunker Hill. Ficou em exposição por um breve período no monumento e depois foi transportado de volta para Filadélfia.

Hailey olhou na direção de Nick, mas seu colega ainda estava ocupado remexendo na vitrine de Adrian. Parecia entretido com a pistola de pederneira.

— Essa coisa funciona?

— Eu tenho documentos atestando que sim — respondeu Adrian.

Antes que Adrian pudesse detê-lo, Nick alcançou o estojo e estava empunhando a arma antiga com uma mão, enquanto admirava a bengala com cabo de marfim com a outra.

— Você tem alguma ideia de quanto isso vale? — retrucou Adrian.

— Acho que isso pode ser útil — disse Nick, levantando a arma do estojo.

— Isso é porque você nunca tentou disparar uma pistola de pederneira — retrucou Adrian.

— Professor — interrompeu Hailey. — O sino. Não foi a fundição de Revere que o fabricou, mas isso significa necessariamente que ele não estava envolvido? Você disse que foi refundido aqui mesmo, duas vezes. E que Pass e Stowe adicionaram mais cobre à mistura, tentando resolver o problema. Revere não era o principal metalúrgico de cobre do país na época? Ele não seria o tipo de especialista tecnológico que eles procurariam para ajudá-los? Revere não poderia estar envolvido, sem que os livros de história notassem? Como você disse, não era um sino notável até muitos anos depois. Na verdade, a única coisa notável sobre ele era o som horrível.

Adrian tentou ignorar o gosto amargo em sua língua. Conjecturas, de novo. Mas já que tinha chegado até ali...

— Revere fez várias viagens à Filadélfia no período. No dia seguinte ao Boston Tea Party, ele foi até a cidade para inspirar a população local a um ato semelhante de resistência. Curiosamente, na época, escreveram que fora "saudado pelo toque de sinos". Um ano depois, em um episódio mais famoso, ele foi enviado à Filadélfia para entregar as Resoluções de Suffolk, um tratado que protestava contra o braço local do governo britânico. As Resoluções foram escritas por Joseph Warren, e foi Warren quem enviou Revere à Filadélfia, e com isso a Revolução começou a se propagar...

— Warren? — questionou Nick, pelo menos momentaneamente se afastando da vitrine e da pistola antiga. — O mesmo Warren do Monumento Bunker Hill?

— A questão é — disse Hailey, ignorando Nick —, não é impossível que Revere tenha algo a ver com o sino. Não era um sino particularmente famoso, tinha um som estranho e perturbador, e tentaram consertá-lo várias vezes. O badalo instalado nele pode não ser o badalo projetado *para* ele.

Uma intensidade quase feroz se espalhou por seu semblante, enquanto ela se virava para encarar Adrian e Nick.

— O som produzido por um sino não depende apenas das curvas de seu design; também é o resultado de uma interação com o mecanismo percussivo. A densidade, ou seja, a composição química do badalo é tão importante para o som resultante quanto a metalurgia do sino. Pode haver uma razão pela qual o Sino da Liberdade nunca soou certo, não importa quantas vezes fosse refundido. Se o molde foi projetado para funcionar com um badalo específico...

Ela girou e levantou o artefato da caixa de ouro.

— Este badalo — disse ela, e depois balançou a cabeça.

— Mas então o que fazemos? Suponho que o Sino da Liberdade não seja algo que se possa acessar assim, certo?

Adrian de repente se sentiu um pouco sóbrio. Talvez fosse a paixão de Hailey; talvez fosse o fato de que a adrenalina dos eventos no museu finalmente começava a se dissipar, substituída pelos elementos mais estoicos de sua personalidade. Mas por alguma razão assustadora, a conjectura daquela mulher estava começando a fazer algum sentido.

— Ele é mantido em um pavilhão de vidro à prova de balas, cercado por checagens de segurança e scanners de raios X, dezenas de câmeras, com guardas armados vigiando 24 horas por dia.

Os ombros de Hailey pareciam murchar quando ela pousou o badalo na mesa. Adrian olhou para ela, fez uma breve menção de responder, mas desistiu. Então, balançou a cabeça. Ele realmente queria continuar com essa insanidade? Uma imagem de dentro do baú de Hancock, uma águia de 200 anos roubada do Museu Gardner, Paul Revere, alquimia, o Sino da Liberdade.

Adrian balançou a cabeça. Ele era um estudioso. Um acadêmico. Não como Charles, não uma espécie de caçador de tesouros.

E, no entanto, a coisa nas mãos de Hailey era real, um pedaço da história.

Finalmente, apesar do protesto de seus instintos, Adrian conseguiu falar.

— Há outra maneira — disse ele. — E não precisamos ir para a Filadélfia.

— Tem mais um Sino da Liberdade? — perguntou Nick.

— Não — disse Adrian.

E então ele sorriu.

— Existem 55.

CAPÍTULO 33

As luzes azuis e vermelhas de uma dúzia de viaturas da polícia tingiam o aterro artificial que se elevava da água escura do porto, como tinta spray, captando flashes intermitentes de Curt Anderson em seu brilho tecnicolor. Curt estava sentado confortavelmente no topo da mureta, suas pernas penduradas contra a pedra. Ainda vestia o terno azul-metálico sob medida, mas agora tinha um sobretudo cinza-escuro envolvendo seus ombros sob a névoa e um gorro de lã preto enterrado na cabeça até a linha dos olhos. O gorro mal escondia os fones de ouvido sem fio brancos encaixados confortavelmente em seus canais auditivos. Os fones em si não tinham nada de extraordinário; muitos dos ocasionais corredores madrugadores que passavam pela via de tábuas de madeira atrás de Curt ostentavam dispositivos semelhantes, conectados via bluetooth aos telefones presos aos pulsos ou sacudindo nos bolsos de seus casacos.

Mas os fones de ouvido de Curt não estavam conectados a um telefone. O dispositivo em seu colo, do tamanho de uma caixa de sapato, era um pouco mais visível, se alguém se desse ao trabalho de notar a presença do homem. Embora existissem microfones unidirecionais menores disponíveis, Curt sempre foi exigente em relação às ferramentas de sua profissão. Se não fosse de uso militar — de preferência norte-americano ou chinês —, ele nem perderia seu tempo.

Não que qualquer espião amador com uma conta na Amazon não pudesse comprar um dispositivo de escuta capaz de lidar com os duzentos metros que separavam Curt da área de reparo do estaleiro da marinha em frente à proa do *Constitution*, onde a maior parte dos policiais de Boston, policiais estaduais de Massachusetts e policiais portuários se reuniam pelos últimos quarenta minutos — desde que os paramédicos desceram a maca com o agente do FBI do convés do grande navio.

Àquela distância, o agente do FBI Lindwell não parecia muito ferido; embora suas pernas ainda estivessem presas à maca, Lindwell estava sentado enquanto os paramédicos mediam sua pressão arterial e seu pulso. Pelos trechos de conversa que Curt já havia captado pelo microfone quando o homem foi retirado do navio, o agente do FBI estava ansioso para continuar sua perseguição aos dois fugitivos — que aparentemente haviam adquirido outro item importante no lugar da águia roubada. Lindwell ainda não havia dado nenhum detalhe sobre o novo item em si, mas agora que desembarcara do navio, tentava furiosamente se desvencilhar dos paramédicos e despejava uma torrente de informações para atualizar o corpulento detetive estadual que chegara momentos antes, Curt tinha certeza de que era apenas uma questão de tempo.

Um barulho à frente, na baía, interrompeu a vigilância de Curt; por um breve segundo, ele desviou sua atenção para o par de barcos da Guarda Costeira circulando pela baía, a cem metros do *Constitution*. Eles vasculhavam a área em torno do navio desde que Curt havia chegado ao local e não pareciam estar perto de desistir das buscas. Os mergulhadores, no entanto, já haviam retornado à superfície, provavelmente para trocar seus tanques de oxigênio. Se algum deles tinha avistado qualquer sinal do corpo de Patricia ou da águia que mergulhara com ela para as profundezas, ainda não havia anunciado — e pelo que ele já tinha ouvido do relato de Lindwell sobre o confronto, Curt duvidava que encontrariam muito do corpo dela intacto o suficiente para importar.

Por um breve momento, os lábios de Curt se apertaram contra os dentes. Então ele forçou seus músculos a relaxar. Patricia tinha sido um recurso competente por muitos anos, com uma capacidade aterradora de violência; mas ela ficou desleixada, talvez ansiosa demais. Fora dominada por um par de civis e um investigador de crimes de arte. Se não fosse pelo dispositivo de rastreamento que Curt escondera na roupa dela quando se encontraram no Public Garden, seu fracasso poderia ter dado uma vantagem insuperável a seus adversários.

A Família tinha razão ao incumbi-lo de supervisionar a missão. E, de certa forma, Hailey, Nick e Lindwell lhe fizeram um favor, tirando-a de cena, poupando-lhe o esforço de ter que fazer o trabalho sozinho. A Família não admitia fracassos. Sem dúvida, Patricia teria sido uma adversária digna, e parte dele lamentou nunca ter tido a oportunidade de testar seu treinamento contra o dela. Ele sabia, pelo dossiê de Patricia, que ela havia vivido um inferno quando criança na Rússia, mas se a habilidade fosse fruto do tormento, ele não tinha dúvida de que suas próprias cicatrizes superariam as dela. A teia emaranhada de sofrimento que o havia moldado não era o tipo de coisa que poderia ser resumido em um dossiê.

Curt se virou para a área de reparo, ouvindo Lindwell começar a descrever o que a garota — Hailey — havia encontrado. Ficou claro que o agente do FBI ainda estava longe de entender o que estava investigando; para ele, aquilo ainda era sobre o Museu Gardner, e ele não tinha como entender as novas informações.

Mas Curt estava começando a compreender o que Patricia havia deixado escapar. Nick havia colocado as coisas em movimento, tentando proteger a águia desaparecida havia tanto tempo; mas agora as coisas haviam ido além dessa narrativa. Parecia que seus "fios soltos" estavam juntando peças de maneiras que Patricia — e a Família — não previram.

Hailey parecia estar um passo à frente de todos eles, o que tornou o trabalho de Curt ainda mais fácil. Ela não desaparecia do radar. Na verdade, ela correria mais riscos agora que estava tão perto de resolver o quebra-cabeça.

Hailey estava com a vantagem, mas Curt tinha pistas a seguir. Se a Guarda Costeira encontrasse a águia, Curt seria capaz de recuperá-la com o mínimo esforço. Se não o fizessem, a Família dragaria o porto. Mas, enquanto isso, Curt tinha uma pista mais imediata: mais cedo naquela noite, os contatos da Família na polícia de Boston haviam interceptado uma chamada de emergência vinda de um telefone celular no Museu do Tea Party que lhe deu uma direção a seguir.

Hailey era inteligente e obviamente determinada. Se Curt conseguisse retraçar os passos dela e descobrir onde as peças se encaixam, ele poderia transformar o fracasso de Patricia no sucesso da Família.

CAPÍTULO 34

O céu acima da rua Beacon tinha passado de preto como breu para cinza-metálico quando Hailey encontrou o professor no lugar que combinaram quando ela e Nick deixaram seu escritório, vinte minutos antes: recostado em uma pose moderadamente bêbada, agora com um sobretudo sobre sua roupa de ciclismo apertada e brilhante como néon, suas costas contra a grade de ferro forjado que corria pela extensão do Boston Common, a poucos metros de sua reluzente bicicleta profissional, agora acorrentada a um parquímetro no meio-fio.

Adrian dera a ideia de se deslocarem separadamente, e Hailey e Nick não discutiram. Hailey não estava convencida de que Adrian, no estado em que o encontrou em seu escritório, faria a viagem de bicicleta de mais de seis quilômetros do campus da Tufts até a base de Beacon Hill ileso — mas ele não parecia o tipo de pessoa que se dava por vencido em discussões, e Hailey não tinha tempo a perder. Àquela altura, provavelmente metade dos policiais de Boston estavam à procura deles — e essa era a menor de suas preocupações. A mulher que quase a matou duas vezes obviamente trabalhava para alguém, e quem quer que fosse, estava atrás da mesma coisa que Hailey — e já havia matado várias pessoas ao longo do caminho.

Hailey estremeceu tentando afastar o pensamento da mulher com cabelo de corvo — aquele olhar gélido em seu rosto, enquanto apontava a arma, a maneira como seu corpo se despedaçou quando o canhão explodiu — e se inclinou contra a cerca ao lado de Adrian, sentindo o ferro frio contra sua camisa.

Adrian já havia agraciado os dois com uma rápida lição de história sobre aquele parque ao saírem de seu escritório. Era bastante óbvio que o professor adorava dar aulas, e algo tão simples quanto dar instruções fora uma oportunidade para ele contar a eles mais do que precisariam saber.

— O Common é o parque público mais antigo do país — entoou Adrian, enquanto deixavam o prédio no número 14 da avenida Talbot. — Datado de 1634, quando foi comprado do primeiro colonizador da república pelos puritanos. Vinte hectares no coração da cidade. Ao longo dos anos, já teve inúmeros usos: pasto de vacas, área de despejo, forca e local de protestos. Foi também um dos principais acampamentos do exército britânico na eclosão da Guerra Revolucionária. O regimento que conduziu Paul Revere a Lexington e Concord em 1775 partiu de lá.

Agora, depois do trajeto da Tufts até aquela cerca de ferro, parte a pé e parte dentro de um táxi, no qual Nick e Hailey fizeram o possível para esconder os rostos, parecia adequado que o ciclo se fechasse, de certa forma. O ímpeto para a corrida noturna de Revere havia começado aqui, e talvez, perto daquele mesmo local, o verdadeiro legado do homem em breve fosse revelado.

Adrian finalmente reagiu à presença de Hailey, com um gesto moroso em direção ao prédio do outro lado da rua de pista dupla diante deles. Claro, Hailey reconheceu o prédio imediatamente. Também cercado por barras de ferro, que se elevavam de uma mureta de pedra, o Capitólio Estadual de Massachusetts era imenso e imponente. Projetado logo após a Guerra Revolucionária pelo grande arquiteto de Boston Charles Bulfinch, em seu típico estilo federalista norte-americano, o edifício de vários andares era exuberante. Seu exterior consistia principalmente de tijolos aparentes e colunas coríntias retas — e por mais impressionante que fosse, tudo isso era ofuscado por sua característica cúpula dourada no topo, que podia ser vista a quilômetros de distância.

— Originalmente, era de madeira — disse Adrian, enquanto observava o local onde o olhar de Hailey havia pousado, as curvas daquela cúpula que brilhava mesmo sob a neblina do amanhecer. — Mas logo descobriram goteiras pelos vãos da madeira, então contrataram Paul Revere para revestir toda a cúpula de cobre. Ele fez um trabalho tão excepcional, que só tiveram a ideia de recobri-la com folhas de ouro setenta e poucos anos depois. O cobre original ainda está lá embaixo, sob o ouro. Na minha opinião, muito ostentativo, todo esse ouro. Durante a Segunda Guerra Mundial, eles a pintaram de cinza, para torná-la um alvo menos tentador para os alemães. Poderiam simplesmente ter deixado o cobre de Revere, o que teria poupado tanto as despesas quanto os problemas.

— Revere estava em todas — disse Hailey. — O *Constitution*, a cúpula...

— Se você precisasse de algo feito em cobre, ele era o homem certo para o trabalho. Mas o Capitólio Estadual era mais do que um simples trabalho para Revere. Ele também supervisionou o lançamento da pedra fundamental. Alguns de seus móveis e talheres decoram os escritórios e as salas de reuniões onde o governador e o senado ainda exercem suas funções. E, é claro, Revere e seu amigo Sam Adams, que era governador na época, enterraram sua cápsula do tempo aqui em 1795.

— Parece que a única coisa dele faltando por aqui é um de seus sinos.

Adrian ofereceu um leve sorriso, enquanto oscilava contra a cerca.

— O sino veio mais tarde. Muito mais tarde.

Em vez de um aceno, desta vez ele apontou para um ponto bem em frente à base do prédio, um pequeno pátio de pedra adjacente à escadaria que levava à majestosa entrada. Hailey estreitou os olhos, mas só conseguiu distinguir sombras — algo grande escondido atrás de outra cerca, bem perto dos tijolos alaranjados do primeiro andar.

— O Sino da Liberdade — sussurrou Hailey.

— De certa forma — disse Adrian, aprofundando-se na lição que dera a eles antes de sair do escritório, uma aula que incluiu até fotos de um dos livros em suas prateleiras abarrotadas, que deixara aberto sobre sua mesa. — Em 1950, o Tesouro dos EUA estava procurando novas maneiras de conseguir doações do exaurido povo norte-americano pós-Segunda Guerra Mundial. Então tiveram a ideia de aguçar o senso de patriotismo da nação. Eles encomendaram 55 réplicas exatas do Sino da Liberdade, idênticas nos mínimos detalhes, e as distribuíram a todos os estados e territórios do país. Os sinos chegaram com grande alarde, desfiles, discursos, arrecadando milhões para o Tesouro Nacional. Muitos estados ainda exibem seus sinos falsos em lugares de destaque.

— Boston parece ter adotado uma tática diferente — disse Hailey, desviando o olhar do pátio, onde provavelmente ficava o sino, para o portão de entrada trancado do outro lado da rua. Apesar da incontestável atratividade do Capitólio Estadual, a entrada principal estava fechada para visitantes havia quase duas décadas.

— Originalmente, o Sino da Liberdade de Boston fazia parte do tour ao Capitólio. Mas depois do 11 de Setembro, quando a entrada principal foi fechada, o sino ficou inacessível ao público. Houve algumas tentativas para que o sino fosse exposto em um local mais adequado, incluindo um projeto de lei apresentado ao senado há alguns anos, mas, por enquanto, é um dos muitos segredos do Capitólio Estadual.

— Mas o sino em si — disse Hailey, tentando se concentrar nos aspectos positivos — é realmente uma réplica perfeita?

— A fundição que o projetou e forjou enviou uma equipe para medir o Sino da Liberdade original nos mínimos detalhes. Eles têm exatamente as mesmas proporções. Um metro e vinte de altura, 943 quilos. Setenta por cento de cobre, cerca de 24 por cento de estanho. O sino de Boston tem uma diferença marcante, que você verá quando chegarmos perto.

Os lábios de Hailey se apertaram — de onde estavam, chegar perto sino parecia uma tarefa extremamente difícil, se não impossível. E ela não precisava apenas chegar perto, precisava subir na maldita coisa, perto o suficiente para afixar o badalo que ainda estava na caixa de ouro em sua mochila.

Não era apenas a cerca trancada, ou o fato de que o sino estava bem junto ao prédio. Só de caminhar pela rua Beacon até onde Adrian estava, Hailey avistou pelo menos quatro policiais estaduais uniformizados patrulhando a área cercada. Havia também duas viaturas na esquina da Beacon com a rua Bowdoin, com policiais dentro.

Hailey não sabia se a presença da polícia tinha algo a ver com ela e Nick, mas, por outro lado, eles estavam envolvidos em dois incidentes distintos em pontos turísticos famosos de Boston, e o Capitólio Estadual certamente se qualificava como um potencial terceiro ataque. Era pouco depois das 4h da madrugada, então a polícia não estava lá para supervisionar grupos de visitantes ou funcionários do Capitólio. Havia uma boa chance de que eles estivessem patrulhando por cautela adicional, provocada por um alarme de incêndio no Monumento Bunker Hill e um canhão disparado no *USS Constitution*.

A única outra possibilidade tinha a ver com o andaime que Hailey vira ao longo da rua Bowdoin — perpendicular ao Capitólio — quando ela e Nick chegaram ao local, antes de ele sair para "estudar" o prédio, algo que ele descreveu como "força do hábito", e Hailey não sentiu a necessidade de impedir. Adrian não precisou explicar a presença dos andaimes; Hailey já havia passado pelo Capitólio o suficiente para saber que o edifício antigo estava em um estado quase permanente de reformas e reparos. As folhas de ouro da cúpula foram substituídas várias vezes, os tijolos já haviam sido pintados, repintados e restaurados. Até mesmo as colunas do edifício, que originalmente eram de madeira, foram substituídas por réplicas em ferro. Sempre havia algum tipo de andaime perto de diferentes partes do prédio, e isso geralmente significava mais policiais, mais câmeras, mais complicações.

Qualquer que fosse o motivo, seria difícil evitar a polícia. E a cada minuto que passava, com o céu se iluminando de diferentes tons de cinza, seu objetivo se tornava cada vez mais remoto.

— Isso não vai ser fácil — disse Hailey.

— Sim, *vocês* vão precisar de um ótimo plano — respondeu Adrian, afundando ainda mais na cerca. — Vou voltar para a minha bicicleta e encontrar o caminho de volta para o meu uísque. Até os heróis têm seus limites.

Ele foi interrompido por uma silhueta correndo em direção a eles pela calçada. Hailey percebeu que era Nick antes mesmo que seu rosto, escondido sob o boné, ficasse visível; a maneira como ele segurava seu ombro machucado, seu braço rígido contra a lateral do corpo, a fez se apiedar de seu estado.

Mas se Nick estava incomodado com o ferimento, não deixou isso transparecer. Na verdade, sua expressão estava quase radiante.

— A polícia — começou Hailey, quando ele se aproximou o suficiente para ouvi-la, mas ele já estava alguns passos à frente dela.

— Entrar pela frente está fora de questão. Vão nos algemar antes de chegarmos a um metro do sino. Mas já circulei o perímetro duas vezes e acho que pode haver outra maneira.

Ele olhou para Adrian, que o encarava apenas com um leve desdém, mas uma boa dose de descrença. Então Nick se virou para Hailey.

— Mas tenho certeza de que você não vai gostar.

CAPÍTULO 35

Nick cerrou os dentes ao sentir o latejar em seu ombro enquanto se erguia sobre o parapeito baixo que separava o telhado de uma das alas de trás do Capitólio das telhas que se alinhavam em direção ao cume do prédio principal. A jornada ao longo dos telhados do enorme complexo que se estendia por trás do Capitólio — que mais parecia um pavão invertido, toda a plumagem na frente e a parafernália feia e funcional escondida atrás — tinha sido mais fácil até aquele ponto, depois de escalarem os andaimes de seis metros até o telhado do estacionamento. Mas agora que eles estavam se aproximando da frente da estrutura, com seus vários beirais, telhas inclinadas e varandas com colunas, cada passo tinha que ser cuidadosamente escolhido. Um pé mal posicionado poderia fazê-lo deslizar até a borda e depois despencar quinze metros até o chão abaixo.

Um ruído abafado atrás dele sinalizou que Hailey havia chegado ao parapeito, e ele parou para oferecer a pouca ajuda que conseguia enquanto ela se lançava para o telhado inclinado ao lado dele. A mochila dela balançou com o movimento, e ele desejou poder carregá-la por ela — mas a única parte do ombro direito que não doía estava dormente, o que o deixava mais preocupado. Ele evitava ao máximo deixar a dor transparecer para Hailey, mas assim que aquilo terminasse, ele precisaria buscar atendimento médico em algum lugar discreto.

255

Foi uma sensação estranha e enervante levar um tiro. Ele sabia que teve sorte; achava que a bala não tinha atingido algo importante, como ossos ou artérias, já que ainda foi capaz de escalar o andaime.

O plano de Nick era simples. Entrar pela frente, despercebido, teria sido impossível. O portão trancado e os policiais estaduais representavam muitos riscos, e ele e Hailey ficariam muito expostos até chegar ao pátio onde ficava o sino. Mas Nick invadia lugares desde os 14 anos. E sempre tinha que lidar com os sistemas de segurança, fechaduras, travas e guardas. Normalmente não precisava se preocupar com viaturas ou policiais — mas Nick descobriu que, se estudasse o alvo bem o suficiente, sempre havia um meio de entrar.

E naquele caso seria *por cima*.

Embora os andaimes e a obra acima do estacionamento não tivessem nada a ver com o Capitólio Estadual propriamente dito, eram um ponto de acesso relativamente discreto. No ponto em que os andaimes encontravam a rua Bowdoin, Nick avistou um punhado de barreiras de segurança e mais uma viatura policial. Mas, ao caminhar pela rua, ele percebeu que seria uma subida rápida até o telhado atrás do complexo e, em seguida, um caminho fácil pelos vários beirais e varandas até o prédio principal.

A parte mais difícil foi sincronizar a primeira parte da subida para quando o policial mais próximo tivesse dobrado a esquina da Bowdoin, durante sua patrulha da área de estacionamento. Assim que ele e Hailey chegassem ao segundo andar do prédio dos fundos, estariam além do campo de visão da rua. Fora o ombro ferido, não era sequer uma das invasões mais difíceis que Nick havia tentado; o "trabalho" no banco que o mandou para Shirley tinha sido infinitamente mais complicado e incluía saltar de um telhado, bem como uma complicada desativação de alarme. Claro, esse trabalho terminou com Nick preso, mas isso foi resultado de má sorte, não de mau planejamento.

Agora que Hailey estava em segurança atrás dele, Nick subiu até o topo do telhado inclinado e começou a se mover em direção à frente do prédio principal. Ainda estava escuro o suficiente para que ele não sentisse a necessidade de rastejar, mas ele se manteve o mais abaixado possível sem tocar os joelhos nas telhas. Quando olhou para trás sobre o ombro ferido, pôde ver que Hailey seguia seu exemplo, agachando-se com a mochila nas costas. A respiração dela estava pesada com o esforço, mas, para a surpresa de Nick, ela não parecia assustada ou mesmo ansiosa. Parecia extasiada.

Ela notou a atenção dele e lhe ofereceu um leve sorriso.

— Você pensou que eu não iria gostar disso? Olhe onde estamos.

Nick olhou para seu lado direito, abaixo das telhas inclinadas até a borda da parte do telhado que atravessavam. Tinham acabado de virar o canto de trás do prédio até sua fachada, e agora o Boston Common se esparramava na frente deles, clareiras de grama interrompidas pelas silhuetas escuras de árvores de várias formas e tamanhos, de olmos enormes e antigos a faias e bétulas mais delgadas, e até uma sequoia, todas interligadas pelos caminhos pavimentados que cruzavam o parque de uma extremidade à outra.

E à esquerda de Nick, ele podia enxergar além das divisas de Beacon Hill em direção às luzes do distrito financeiro; em frente, além do parque, estavam os edifícios baixos de Back Bay e de South End, ainda dormindo à sombra do Hancock, o anguloso arranha-céu semelhante a uma lança, e do cintilante Prudential Center, com suas luzes piscantes se erguendo até serem engolidas pelas nuvens.

— É lindo — disse ele. — Mas eu sei que você não gosta de alturas.

E então ele percebeu — Hailey não estava olhando para a cidade. Ela estava virada na direção oposta. Porque depois de subir o telhado inclinado, eles agora estavam posicionados logo abaixo da cúpula dourada. Suas curvas começavam a apenas alguns metros de onde estavam, erguendo-se como uma enorme coroa dourada. Tão perto, na verdade, que Nick poderia estender a mão e tocar a superfície brilhante e folheada, mas algo o fez resistir. Parecia tão suave, tão imaculada, que ele se sentia — *indigno*. Mas, ao mesmo tempo, não se sentia pequeno; algo naquela corrida em que se meteram, no caminho que estavam seguindo, fez com que se sentisse finalmente parte de algo importante. Aquele não era apenas mais um trabalho, ele não estava apenas tentando outro golpe, e Hailey não era apenas mais uma cúmplice.

Ele observou Hailey se levantar, o suficiente para ver mais da cúpula. Ela apontou para a estrutura no topo — uma estranha escultura feita de madeira, mas coberta de ouro.

— As pessoas acham que é um abacaxi — explicou Hailey. — Mas, na verdade, é uma pinha. O pinheiro era um dos recursos mais importantes da região na época, e o cone dourado deveria simbolizar a importância da madeira para a incipiente nação. Pessoas ricas em todo o estado costumavam ter estátuas de pinhas no topo de suas propriedades.

Nick sorriu.

— O professor te falou isso?

— Na verdade, eu me lembrei disso sozinha.

Sua voz se dissipou, enquanto ela examinava a cúpula mais de perto. Nick notou que havia pontos em que o revestimento de ouro estava desgastado pelo tempo, em manchas tão profusas que o ouro parecia polido, de um tom diferente.

— Acho que esse é o cobre original — disse Hailey. — O cobre de Paul Revere aparente sob o ouro desgastado.

No passado, Nick poderia ter considerado tentar arrancar algumas lascas daquele cobre antigo — sem falar de alguns pedaços daquele ouro 24 quilates — como um pequeno seguro contra o fracasso na busca de um tesouro impossível. Mas ele sabia que Hailey não permitiria, e isso bastava para fazê-lo continuar naquela corrida insana. Nick tinha que admitir: agora ele estava tão determinado quanto ela a ir até o fim.

— Estou feliz que você tenha mudado de ideia — disse ele. — No *Constitution*. Quando o agente do FBI pediu que parasse de fugir, você ia me deixar lá, e eu entendi. Mas estou feliz que não tenha feito isso.

Hailey estava perto o suficiente para estender a mão e tocar a dele. Foi um pequeno gesto, quase nada, mas Nick sentiu algo percorrer todo seu corpo.

Eles começaram a avançar novamente, movendo-se ao redor da borda da cúpula. Mais alguns metros e estariam diretamente acima do pequeno pátio onde ficava o sino. Descer seria mais complicado do que a subida. Não havia andaimes na frente do prédio, mas havia algumas varandas baixas que possibilitariam a escalada. Os três metros finais envolveriam a gravidade e um pouso forçado. O único problema real seria a exposição — mesmo descendo do telhado pela parte de trás do prédio, significaria que eles teriam que chegar ao sino em plena vista dos policiais estaduais que patrulhavam a área; mas o plano de Nick também levou isso em consideração. Ou, mais precisamente, pegou emprestado um pouco de estratégia de Hailey e de sua contagem de cartas — *distração e pistas falsas*. Se as coisas saíssem como planejado, eles chegariam ao sino sem serem notados.

Depois disso — Nick deixaria o resto com Hailey. Ainda era difícil imaginar o que eles estavam prestes a descobrir, mas Hailey já os havia levado até ali. Nick olhou para ela novamente, maravilhado com o quão confiante ela parecia enquanto avançava atrás dele, emoldurada como uma silhueta contra o céu cinza...

Houve um súbito lampejo de movimento atrás dela, e Nick paralisou, seus pés travando contra as telhas inclinadas. Hailey viu o medo em seu rosto e girou a tempo de ver o homem magro e anguloso em um terno elegante se debruçar sobre o parapeito que acabaram de subir. Ele aterrissou a alguns metros de Hailey, seu corpo esguio lançando uma sombra estreita na curva da cúpula dourada à sua esquerda.

— Imaginei que poderia encontrá-los aqui — disse ele. — Parece que o pensamento rápido do professor Jensen, e sua extensa biblioteca, nos salvaram de uma viagem pela costa até a Filadélfia. Vocês fizeram um trabalho incrível, amigos. Mas acho que vou assumir a partir daqui.

E então ele estava se movendo para a frente, seu corpo leve caminhando sobre as telhas. O homem não tinha uma arma apontada, mas não parecia precisar de uma.

Nick também começou a se mover, mas Hailey estava entre eles, e o homem estava perto, muito perto. Hailey parecia atordoada, mas então Nick viu que uma de suas mãos estava dentro da mochila — e então tudo aconteceu de uma vez.

A mão de Hailey saiu da mochila e Nick viu o metal escuro do frasco entre os dedos dela. O homem de terno avançou, mas Hailey foi mais rápida; ela se abaixou enquanto um de seus dedos abria o frasco, movendo a mão em um amplo arco. O ácido da bateria se espalhou em direção à cúpula ao lado dela, o líquido nocivo atingiu a placa de ouro que revestia a cúpula, espirrando sobre pontos onde o cobre estava aparente.

Houve um sibilo repentino quando o gás tóxico se elevou em vagalhões; Hailey estava abaixada o suficiente para que a maior parte de seu corpo não fosse atingida, mas o homem de terno azul recebeu o vapor em cheio no rosto. Ele cambaleou para trás, tossindo violentamente, esfregando os olhos, que agora ardiam como fogo.

Nick aproveitou o momento e avançou, passando por Hailey, depois abaixou o ombro são e acertou o peito do homem. O homem cambaleou para trás e seus sapatos escorregaram contra as telhas inclinadas, e então ele estava bem na beirada do telhado — mas de alguma forma recuperou o equilíbrio. Uma mão ainda cobria seus olhos, mas a outra estava dentro do paletó, e Nick viu a coronha de uma pistola.

Mas Nick agora estava no piloto automático. Ele alcançou o próprio cinto e seus dedos tocaram o marfim frio. Em um único gesto, ele puxou a bengala retrátil que surrupiara da vitrine de Adrian, abriu-a com um movimento do pulso e, depois, golpeou o esguio homem com toda sua força. A bengala atingiu a mandíbula do homem com toda a força, arremessando-o para trás — e então ele estava no beiral do telhado, mergulhando para baixo. A inércia quase lançou Nick atrás dele, mas Hailey agarrou a parte de trás de sua camisa, segurando-o antes que ele ultrapassasse o beiral.

Nick olhou para baixo. O local onde o homem caiu, uma queda de pelo menos cinco metros de puro tijolo, terminando em outro telhado inclinado e, depois, uma queda mais longa até os degraus de pedra abaixo. Nick podia ver marcas escuras no telhado inferior que certamente eram sangue, mas nenhum corpo. Ainda estava muito escuro para ver todo o trajeto da queda, mas até onde Nick pôde ver, o homem havia atingido o primeiro beiral e provavelmente rolou até o chão.

— Ele está...? — Hailey começou, mas parecia relutante em concluir o pensamento.

Nick deu de ombros. Ele não sabia se um homem poderia sobreviver a tal queda, mas se houvesse um corpo lá embaixo, era apenas uma questão de tempo até que um dos policiais notasse. O que significava que ele e Hailey tinham que se apressar para terminar o que precisavam fazer.

Nick se virou para Hailey. Ela guardava o frasco vazio de volta na mochila. Seus olhos estavam vermelhos, e ela estava tossindo um pouco — mas a maior parte dos vapores havia se dissipado no ar. Seus dedos tremiam quando ela fechou o zíper da mochila, mas quando ela olhou para cima, seus olhos ainda brilhavam.

Não havia chance de ela desistir agora. A assassina de cabelo de corvo, o homem de terno, até o agente do FBI, todos a subestimaram. Nick não faria o mesmo.

— Precisamos continuar andando — disse Hailey. Haveria tempo mais tarde para processar o que haviam enfrentado, mas por ora ela tinha razão.

Nick começou a avançar novamente, sua mente já visualizando os próximos passos. Em breve eles estariam em posição, logo acima do pátio onde o sino estava escondido. Mas isso seria o mais longe que Nick poderia levá-los.

O resto do plano não dependia dele.

CAPÍTULO 36

spero que esteja feliz, Charles, onde quer que esteja...

Adrian murmurou para si mesmo enquanto cambaleava pela calçada de tijolos tão rápido quanto seu estado atual permitia, uma mão no selim da bicicleta para se equilibrar e a outra direcionando o guidão para manter a maldita coisa em linha reta. Ele preferiria estar pedalando, em vez de empurrando a bicicleta pela rua estreita cercada em ambos os lados por prédios de três e quatro andares, mas o local era íngreme e faltava pouco para chegar. Na verdade, em mais um metro ele chegaria à esquina das ruas Mount Vernon e Joy — e uma rápida olhada em seu relógio esportivo Tag Heuer, confortavelmente aninhado no pulso debaixo da camisa de ciclismo justa, informou a ele que chegaria bem na hora.

Ele analisou rapidamente seu entorno. A interseção entre as duas ruas — a muito mais ampla e imponente Mount Vernon, com suas casas multimilionárias, garagens privativas e jardins cercados, e a mais claustrofóbica Joy, onde os prédios eram grudados uns nos outros, em geral divididos em várias unidades e as garagens eram inexistentes — estava deserta e na maior parte banhada pelas sombras, exceto pelo brilho quente saindo de um único lampião a gás de ferro forjado se projetando do meio-fio mais próximo.

Na sombria madrugada, observando os edifícios de dois séculos de idade iluminados a gás, Adrian imaginou que o cenário parecia muito como teria sido na virada do século XIX, quando aquelas casas haviam sido construídas e as pessoas que perambulavam por aquelas ruas tinham nomes como Cabot, Lodge, Hancock e, sim, Revere.

Parecia um lugar adequado para o que viria a seguir. Adrian empurrou a bicicleta pelo último metro, depois a encostou no poste. Sem trava, porque, se as coisas saíssem como pretendia, ele precisaria fugir às pressas descendo a encosta da colina — a área que na época de Revere era conhecida como Mount Whoredom, um termo cunhado pelos marinheiros e soldados britânicos que atravessavam aquelas ruas estreitas antes que os Cabots e Lodges finalmente os afugentassem. Então ele recuou, endireitando o sobretudo. Deu uma última olhada nos prédios antigos de ambos os lados; as janelas estavam todas escuras, a maioria com as cortinas fechadas. O momento certo, o local perfeito. Deserta, perto o suficiente do Capitólio Estadual para o efeito desejado, mas longe o suficiente para dar a Adrian uma boa vantagem.

— É agora ou nunca — sussurrou Adrian.

Então ele enfiou a mão no sobretudo e puxou a pistola de pederneira que guardava em sua vitrine, junto com o pequeno saco de cânhamo. A arma parecia surpreendentemente pesada em sua mão; ele já havia a segurado antes, é claro, quando a comprou pela primeira vez em um leilão e algumas vezes quando a mostrou a estudantes de graduação e acadêmicos visitantes particularmente irritantes. Mas, é claro, ele nunca a levou para fora de seu escritório e nunca cogitou fazer algo como o que estava prestes a fazer.

E, no entanto, apesar do calafrio de medo subindo por sua espinha, ele não podia ignorar a segunda sensação crescendo dentro dele quando inclinou a pistola e examinou o longo cano e o mecanismo de disparo: uma onda palpável de excitação.

Ele rechaçou o sentimento, porque destoava de seu prestígio e da ocasião e porque tinha um trabalho a fazer. Abrindo cuidadosamente o saco de cânhamo, retirou um pequeno frasco de pólvora e cuidadosamente o inclinou sobre a abertura do cano da pistola. Não tinha a menor ideia da quantidade apropriada de pólvora para despejar no cano; se ele tivesse tido tempo de examinar a biblioteca em seu escritório, poderia ser mais preciso — mas o heroísmo, ao que parecia, era uma ciência inexata.

Depois de despejar o que esperava ser o suficiente para um disparo, ele se certificou de que a pólvora havia assentado contra a base do mecanismo de disparo. Então ele pegou um pequeno pedaço do pano grosso dentro do saco e o colocou sobre a abertura da arma. Depois disso, veio a bala; levou um momento tateando até encontrar o pedaço redondo de chumbo. Originalmente, o saco tinha quatro balas, mas ele só precisava de uma para o trabalho.

Colocou a bala em cima do pano, depois removeu cuidadosamente a vareta presa sob o cano da pistola. Ele usou a vareta para empurrar a bala e o pano para dentro do cano, até a pólvora. Por causa do pano, ele podia ter certeza de que o cano estava devidamente vedado e hermético; quando o mecanismo de disparo fosse acionado, a bala só teria um caminho a percorrer.

Ele afixou a vareta e colocou o saco de volta no bolso. Agora a pistola estava carregada e pronta. Tudo de que ele precisava era de um alvo adequado.

Levou apenas um momento para seus olhos se erguerem até o poste de ferro, até a luminária de vidro retangular no topo, talvez três metros acima de sua cabeça. O fogo alimentado por gás cintilava dentro do vidro, seu brilho laranja dançando em seus nervos ópticos.

Adrian respirou fundo, depois estendeu o braço, apontando a pistola para o lampião.

— Para você, Charles. E para você, Sr. Revere.

E puxou o gatilho.

A explosão rasgou o ar, um cone de fogo explodindo da ponta da pistola. Adrian foi erguido no ar pelo coice da arma, seu corpo foi lançado para trás até cair de costas no meio da rua. No mesmo instante, houve o som de vidro quebrando quando a luminária explodiu em mil pedaços e a chama cintilante se intensificou.

Adrian sentou-se na calçada, atordoado, olhando para a luminária a gás destruída, sua cabeça latejando com o som ainda reverberando em seus ouvidos. O estrondo foi acompanhado por uma cacofonia de alarmes de carros, disparados pelo barulho — e enquanto ele observava, as luzes nas janelas nos prédios de ambos os lados da rua começaram a acender, uma após a outra. E, então, ao longe, ele ouviu o som das sirenes cortando a noite.

Adrian assobiou baixo, olhando para as mãos. Elas estavam cobertas de fuligem e cheiravam a pólvora, mas todos seus dedos ainda estavam lá. Demorou alguns segundos para encontrar a pistola, arremessada perto do meio-fio. E mais alguns segundos para se levantar e correr até sua bicicleta.

Da próxima vez, usaria menos pólvora. Mesmo assim, o plano de Nick parecia estar funcionando perfeitamente. Distração, pistas falsas, seja lá do que o homem havia chamado — Nick e Hailey teriam sua chance.

Mas para Adrian, não havia tempo a perder. Ele pegou a bicicleta encostada no poste de ferro, que ainda reverberava o tiro, e saltou sobre o selim. Pedalaria como nunca havia pedalado antes.

Ele achava que fora Emerson quem dissera uma vez: *"Um herói não é mais corajoso do que um homem comum, mas ele é corajoso por cinco minutos a mais."* Adrian teria acrescentado: um minuto a mais e ele cruzaria a linha de herói a tolo. E Adrian Jensen não era um tolo.

Pegou impulso no asfalto com o calcanhar — e segundos depois ele estava pedalando pela calçada de tijolos o mais rápido que as engrenagens bem lubrificadas de sua bicicleta podiam suportar.

CAPÍTULO 37

Ele conseguiu — murmurou Nick, enquanto os últimos ecos do tiro reverberavam pelo ar. — Tenho que admitir, estou bastante surpreso.

Inclinando-se para a frente sobre o parapeito de tijolos da sacada do primeiro andar, onde estavam agachados, Hailey podia ver os policiais estaduais nas proximidades correndo pela frente do Capitólio Estadual na direção do barulho. Ela sabia que a distração só daria a ela e Nick um pouco mais de tempo; Nick havia avisado a Hailey que os policiais retornariam assim que averiguassem a situação — mas era a única chance que eles teriam. Adrian havia feito sua parte; agora dependia deles.

Hailey passou por cima do parapeito e virou o corpo para que pudesse baixá-lo o máximo que conseguisse pendurada pelos braços. A mochila quase enroscou nos detalhes de pedra no parapeito da varanda, mas Nick a ajudou a se libertar. Ela lançou um último olhar em direção ao chão; ainda era alto, talvez entre dois e três metros, mas havia um gramado e alguns arbustos que circundavam os degraus de pedra que levavam até o pátio do sino. Mesmo se ela pousasse errado, a vegetação a manteria praticamente intacta.

Ela deu uma última olhada em Nick, depois soltou as mãos.

Hailey pousou com um baque suave, seus joelhos se curvando para absorver o impacto. Nick veio logo depois, atingindo o chão tão perto que quase esmagou os dedos do pé dela. Se a queda exacerbou a dor em seu ombro, ele não deixou transparecer. Em vez disso, apenas fez um gesto com a cabeça em direção ao pátio. Segundos depois, eles estavam subindo os degraus de pedra.

O pátio era, na verdade, uma espécie de varanda baixa, semelhante àquela de onde haviam acabado de saltar. O chão era de pedra, as paredes e os pilares, de tijolo. Havia uma fileira de janelas em arco de um lado, que davam para o segundo andar do Capitólio, mas as luzes nas salas estavam apagadas. Nick tentou espiar através das vidraças, para ver se havia alguém que pudesse vê-los — mas a atenção de Hailey já estava fixa em seu alvo.

— É incrível! — sussurrou ela.

O sino ficava entre dois pilares de tijolos, delimitados de um lado por uma cerca feita de barras de metal na altura dos ombros. O sino era muito maior do que ela imaginara; suspenso em uma estrutura de metal que parecia original, era da altura dela, e embora desgastado pelo clima e pelo tempo, parecia estar em condições quase perfeitas. Na verdade, parecia perfeito demais.

— A rachadura — disse Hailey. — Não tem rachadura.

Nick se afastou das janelas e parou ao lado de Hailey.

— Adrian disse que o sino de Boston era diferente do resto. Acho que foi isso que ele quis dizer. Eles não adicionaram a rachadura. Então não é uma réplica perfeita — argumentou Nick.

— Na verdade, é. Uma réplica perfeita do sino como foi forjado, antes de ser tocado.

Ela soltou a mochila, enfiou a mão e retirou a caixa dourada contendo o badalo do *Constitution*.

— O Sino da Liberdade foi tocado muitas vezes ao longo de quase um século, e nunca soou certo. Talvez porque nunca foi tocado da maneira que foi planejado para tocar. Uma parte dele estava faltando.

Ela abriu a caixa e levantou o badalo, depois colocou a caixa de volta em sua mochila. O badalo era pesado em suas mãos, feito do que parecia ser o mesmo bronze do sino.

Hailey atravessou o pátio até a cerca de metal. Leu rapidamente a placa pendurada nas barras de metal, descrevendo o sino e como ele havia chegado a Boston; então ela se esgueirou pelo vão entre a cerca e um dos pilares de tijolo e chegou ao lado do próprio sino.

Ela se ajoelhou e olhou por baixo. Para sua surpresa, não havia badalo, apenas a estrutura em que deveria ser afixado. Ela se perguntou se todas as réplicas do sino eram assim ou se o badalo do sino de Boston havia sido removido em algum momento nos últimos setenta anos. Talvez as pessoas tivessem se cansado de ouvir aquele som que fora descrito como terrível.

Hailey levou alguns minutos para anexar na estrutura o badalo recuperado no *Constitution*. Quando ela recuou, gotas de suor escorriam de sua nuca, fazendo a brisa que soprava por Beacon Hill parecer dedos de gelo contra sua pele.

— Pronto? — perguntou ela.

E então ela estendeu a mão sob o sino, agarrou o badalo e deu um forte impulso em direção à parede interior do sino de bronze.

O som a atingiu como uma onda sólida, e ela cambaleou em seus calcanhares. O som era profundo, estranho e intenso, penetrando direto em seus ossos. Seu estômago pareceu afundar, e ela ofegou — nunca tinha ouvido nada parecido antes.

Metal contra metal, mas algo mais, algo além do que seus ouvidos eram capazes de detectar, algo que parecia fazer as próprias células de seu corpo começarem a vibrar. E ao olhar para Nick, o rosto dele estava completamente pálido, os olhos estatelados. Ela se virou para o sino; o badalo havia se deslocado até o outro lado do interior de bronze, e um segundo badalar se juntou ao primeiro — o estranho ruído em um crescente, mais profundo e mais poderoso, percorrendo de modo perturbador cada centímetro de seu corpo...

— Hailey, olha!

Ela se virou para Nick. Ele estendeu a mão e, na palma aberta, ela viu as três balas restantes que acompanhavam a pistola de pederneira de Adrian. Mas elas não pareciam normais, não eram mais de chumbo cinza-escuro. Estavam brilhando, reluzindo mesmo sob a luz fraca...

Elas se transformaram em ouro.

— Isso não é possível — murmurou Nick.

Mas Hailey sabia que ele estava errado. Não era apenas possível; era real, estava acontecendo. Aquilo era...

Não era. Porque de repente as três balas escureceram na palma da mão de Nick e, um segundo depois, voltaram ao seu estado original. *Chumbo, nada além do vil metal.* O tom do sino ainda ecoava ao redor deles, mas a sensação que Hailey sentira apenas momentos antes — a intensidade, a vibração interna, quase celular — havia desaparecido.

— Elas se transformaram em ouro — disse Hailey. — Por um segundo, elas eram de ouro. Mas não durou. Não foi permanente...

Um som repentino interrompeu sua frase, e Hailey se virou para o sino. Ela observou perplexa a rachadura surgir e descer pelo bronze, até embaixo. O sino estava rachando diante de seus olhos. E enquanto isso acontecia, o tom mudava ainda mais, se distorcendo em um som tedioso, desagradável.

Hailey deu mais um passo para trás. E, então, ela percebeu que havia outros ruídos além do som do sino. Demorou um momento para reconhecer que eram sirenes.

— A polícia está voltando — alertou Nick. — Temos que sair daqui.

O badalo estava perdendo velocidade, o arco de movimento cada vez menor, e o som, por mais desagradável que fosse, ficava mais suave à medida que as sirenes se intensificavam. Hailey estava tentando entender o que acabara de testemunhar. A equação de Revere — a curva de som que ele moldou nas asas da águia — havia se tornado real, traduzida pelo Sino da Liberdade. O grande segredo, o Santo Graal da alquimia, a pedra filosofal, capaz de transformar chumbo em ouro — mas tinha sido apenas um efeito temporário. Não *transformou* o chumbo, apenas *rearranjou* momentaneamente suas moléculas.

Hailey balançou a cabeça. Aquilo não fazia sentido.

A caixa em sua mochila que guardava o badalo era feita de ouro. O bilhete dentro da caixa junto dizia: *Daquela que fez a caixa*. Hailey pensou que o bilhete se referia ao próprio Sino da Liberdade. Mas então se perguntou — e se fosse outra coisa?

E se o sino não foi o fim da investigação alquímica de Revere?

— Uma prova matemática — sussurrou Hailey.

— O quê? — indagou Nick.

Ele olhava para as balas de chumbo em sua mão. O homem parecia confuso. Algo incrível aconteceu, eles chegaram muito perto de algo imensamente poderoso. Mas então, sem mais nem menos, desapareceu.

— Em matemática, uma prova é um argumento que mostra a inegável veracidade de uma teoria — continuou Hailey. — Os sinos de Revere eram experimentos. O Sino da Liberdade, o último sino de fato, era sua prova de que o que estava tentando fazer era realmente possível. Mas o Sino da Liberdade não fez aquela caixa dourada. *Algo*, ou *alguém*, a fez.

— A pedra filosofal de Revere — começou Nick.

— Ainda está por aí — completou Hailey.

A mão de Nick se fechou sobre as balas. Então, ele lançou um olhar para Hailey de um jeito que ela nunca tinha visto. Talvez fosse porque tinham chegado tão perto, ou porque ele tinha testemunhado o impensável, nem que fosse por um breve momento. Mas algo definitivamente mudou. Antes, ele deixara bem claro que todos estavam naquilo pelo dinheiro. Pela primeira vez para Nick, ela acreditava, isso não era mais verdade.

— Isso não acabou — disse ele.

Hailey pegou a mochila e passou por ele. Considerando que haviam acabado de escalar o Capitólio, sair do pátio e passar pela cerca que circundava a fachada do prédio não seria difícil. Mas a partir dali, Hailey ainda não sabia qual seria o próximo passo.

Mesmo assim, enquanto conduzia Nick pelos degraus de pedra em direção à cerca, à rua Beacon e ao Boston Common, ela percebeu que estava sorrindo. Ela e Nick tinham acabado de testemunhar algo potencialmente devastador e incrivelmente poderoso; um mecanismo que, embora por um breve momento, era capaz de transformar chumbo em ouro. Mas eles também tinham evidências — a caixa em sua mochila — de que, em algum lugar, havia algo ainda mais poderoso e permanente esperando por eles. Paul Revere havia começado essa jornada mais de duzentos anos antes, mas agora Hailey tinha certeza de que ela estava em seu encalço.

— Pensei que o Sino da Liberdade era a solução para o quebra-cabeça de Revere — lamentou ela, enquanto se moviam. — O ápice de seu trabalho. Mas me enganei.

O sino não era a solução para o quebra-cabeça.

Era só a primeira peça.

EPÍLOGO

A oito quilômetros de distância, Curt Anderson caminhava a passos dolorosos, mas determinados, pela longa doca privativa em direção à figura parada no extremo oposto, iluminada pelo sol nascente do outro lado do porto. A perna direita de Curt latejava de dor enquanto a doca balançava com as ondas que batiam e espirravam contra os pilares de madeira que a sustentavam, mas Curt se recusou a admitir a dor, seus músculos longos e tensos reagindo instintivamente para manter o perfeito equilíbrio, seu movimento puro. Além da perna, que poderia muito bem estar quebrada, duas de suas costelas estavam, sem dúvida, machucadas. Cada respiração era um desafio, mas Curt sabia, naquele momento, que seus ferimentos eram irrelevantes. Com o tempo, eles se curariam. Naquele momento, o fato de ele ter falhado era muito mais uma ameaça existencial; então, apesar da dor, ele não apenas caminhou, como *deslizou* elegantemente pela plataforma, suas articulações perfeitamente sintonizadas para superar os ferimentos, valendo-se de quase uma vida de intenso preparo físico.

Mas mesmo depois de tudo que enfrentou no Capitólio, e de toda sua *formação*, todos os anos exercendo aquela profissão tão singular, algo naquele homem no final da doca ainda lhe dava calafrios.

Estranho. Quando Curt se aproximou, ele conseguiu distinguir as feições do homem, e não havia nada de incomum ou aterrorizante nelas. De meia-idade, bonito, esguio sem ser esquálido, com cabelos curtos ligeiramente prateados nas laterais e talvez o vestígio de uma cicatriz acima do olho esquerdo. Para todos os efeitos, o homem parecia um banqueiro ou um empreendedor visionário do Vale do Silício. Não havia nada inerentemente assustador nele.

Mas quando Curt parou alguns metros na frente do homem, saudando-o com uma leve reverência, ele pôde sentir a onda de dor percorrer sua espinha, mais aguda que as agulhas ricocheteando em suas costelas. Todos os seus sentidos dispararam, em alerta, e foi preciso muita de sua energia apenas para repelir essa sensação.

— Sr. Arthur — disse Curt finalmente, quando recuperou a compostura. — Infelizmente, não trago boas notícias.

O velho suspirou. Curt podia ver, atrás do homem, a lancha tênder revestida de couro atracada na ponta da doca, pilotada por um marinheiro em um viçoso uniforme cinza. O exterior da lancha era elegante, quase todo em fibra de vidro preta, sem nomes ou números. O interior também era escuro, de couro importado e caro. Curt sabia que a lancha era uma das mais rápidas de seu tipo, ridiculamente cara, um preço que chegava aos milhões. Mas não era nada comparado ao iate de 300 pés que a auxiliava, ancorado mais adiante na baía.

Curt já havia estado no iate antes, quando foi contratado pela primeira vez para supervisionar Patricia. O iate era realmente incrível: dois helipontos, várias piscinas, um teatro interno e um piso inferior que só poderia ser descrito como um museu de arte, repleto de Picassos, Van Goghs e, provavelmente, agora, pelo menos um Vermeer. O iate hasteava uma bandeira de um pequeno país europeu, mas a família que o possuía tinha uma origem diferente, envolta em mistérios. Nem Curt sabia de toda sua história. E ele não pretendia pesquisar o assunto.

Alguns segredos devem permanecer guardados, não importa o quão curioso você seja.

— Tanto Patricia quanto eu falhamos — explicou Curt, sem medir as palavras, mas o Sr. Arthur o interrompeu com um aceno de mão.

— Não importa. Há uma nova pista a seguir, Sr. Anderson. Uma bastante promissora.

Curt instintivamente recuou quando o Sr. Arthur enfiou a mão no bolso do paletó, depois relaxou ao vê-lo retirar uma pequena fotografia e a entregar-lhe.

Curt olhou para a foto. Era de uma gravura; uma que ele nunca tinha visto antes. A assinatura na parte inferior da gravura era instantaneamente familiar: Paul Revere. Revere também estava na imagem, mas não estava sozinho. Havia um segundo homem. Corpulento, parcialmente calvo, mas com cabelos cacheados e longos nas laterais, e óculos circulares com moldura de metal apoiados na ponta do nariz. Os dois homens estavam no que parecia ser uma oficina, com uma mesa entre eles. Na mesa estava o que parecia ser uma águia, feita do que poderia ser ouro maciço. Mas, estranhamente, a águia não era o ponto focal da gravura. Era outra coisa, um objeto pendurado entre os homens, acima da mesa.

Uma pipa. Com o que parecia ser uma chave pendurada em sua cauda. O Sr. Arthur estendeu a mão, e Curt devolveu a foto. Então Arthur se virou para a lancha, acenando para que Curt o seguisse.

— Estaremos na Filadélfia pela manhã — disse ele.

Então, Curt percebeu que, no fim das contas, teria que fazer a viagem pela costa.

Ele e Patricia haviam falhado, mas a corrida ainda não havia terminado.

Na verdade, estava prestes a recomeçar.

AGRADECIMENTOS

Quando o *Boston Globe* me contatou pela primeira vez — no auge da pandemia — com a ideia maluca de eu escrever um romance serial para ser publicado diariamente, por um período de duas semanas, nas páginas do jornal da minha cidade natal, fiquei animado e aterrorizado. Eu sempre quis escrever esse tipo de livro — um thriller moderno construído em torno de um mistério de escala épica que remonta a séculos de história real —, mas a ideia de criar um capítulo por dia para leitores ansiosos parecia mais do que um pouco ambiciosa. Felizmente, um senso delirante de aventura venceu a razão; *The Mechanic*, que agora evoluiu para um romance em tamanho real, *Corrida à Meia-Noite*, acabou sendo uma das melhores experiências de escrita da minha carreira. Por isso, tenho uma enorme dívida de gratidão aos maravilhosos leitores do *Globe* de toda a Nova Inglaterra e de todos os Estados Unidos, que me acompanharam diariamente no que acabou sendo apenas o início de uma jornada incrível.

Da mesma forma, sou imensamente grato à brilhante Linda Pizzuti Henry e ao dedicado Brian McGrory por se arriscarem em algo assim, por todos os motivos certos. Meus agradecimentos especiais a Mark Morrow, do *Globe*, por ajudar a moldar os capítulos que apareceram no jornal, e a Heather Hopp-Bruce pela incrível obra de arte que acompanhou cada um dos capítulos.

Transformar *The Mechanic* em um thriller em tamanho real foi um trabalho de amor, que eu não poderia ter realizado sem a incrível ajuda e genialidade de meu editor, Wes Miller. Tenho muita sorte por trabalhar com alguém tão habilidoso como Wes e com toda a equipe da Hachette, incluindo Autumn Oliver e Andy Dodds. Também sou grato pela maravilhosa ajuda de nossa equipe na Amblin Partners, Jeb Brody e John Buderwitz; mal posso esperar para ver esses personagens na telona.

Como sempre, meus profundos agradecimentos aos meus incríveis agentes, Eric Simonoff, da WME, e Matt Snyder, da CAA. E para minha família, Tonya, Asher, Arya, Bagel e Bugsy, que estavam por perto na maior parte do tempo — eu não conseguiria sem vocês. *Corrida à Meia-Noite* abre um novo capítulo para mim, e mal posso esperar para ver onde essa aventura me levará.

SOBRE O AUTOR

BEN MEZRICH é autor dos best-sellers do *New York Times Bilionários por Acaso* (adaptado por Aaron Sorkin para o filme de David Fincher, *A Rede Social*), *Quebrando a Banca* (adaptado para o filme homônimo, sucesso de bilheteria), *A Rede Antissocial*, *Bilionários do Bitcoin* e vários outros best-sellers de não ficção. Seus livros venderam mais de seis milhões de cópias em todo o mundo.

Este livro foi impresso nas oficinas gráficas da Editora Vozes Ltda.,
Rua Frei Luís, 100 – Petrópolis, RJ.